# Journal de LOS ANGELES

Violet Fontaine

# Journal de LOS ANGELES

*Suspense à Hollywood*

FLEURUS

Déjà paru :
Journal de Los Angeles

# FLEURUS

Illustration de couverture : Dorothée Jost
Coordination du texte : Anne-Sophie Jouhanneau

Direction : Guillaume Arnaud

Direction éditoriale : Sarah Malherbe
Édition : Raphaële Glaux, assistée de Mélanie Davos

Direction artistique : Élisabeth Hebert

Fabrication : Thierry Dubus, Tatiana Fache

© Fleurus, Paris, 2012
Site : www.fleuruseditions.com
ISBN : 978-2-2151-1788-9
N° d'édition : 12029
Code MDS : 651 631

Tous droits réservés pour tous pays.
« Loi n° 49-956 du 16 juillet 1949 sur les publications destinées à la jeunesse. »

**Avertissement de l'éditeur :**

Par respect pour la vie privée des protagonistes de ce livre, certains noms, adresses e-mail et appellations de lieux ont été modifiés.

Pour servir au mieux l'histoire et par souci de garder un rythme constant, nous avons choisi avec Violet – au prix de discussions acharnées – de couper certains passages de son journal.

**Quelques mots sur l'auteur :**

Violet Fontaine a 18 ans et *Journal de Los Angeles, Suspense à Hollywood*, basé sur des faits réels, est son deuxième roman. Elle est née et a grandi à Paris seule avec sa mère, jusqu'à l'âge de 16 ans où elle est partie étudier à Albany High School, un des lycées les plus réputés de la cité des anges. Elle est curieuse, gourmande et impulsive, adore écrire, et peut faire du shopping jusqu'à la nuit tombée. Elle tient un blog sur sa vie à Los Angeles depuis septembre 2011.

Retrouvez-le à l'adresse suivante : www.violetsdiary.com

*À D. W.*

E-mail de **isafontaine@myemail.com**
à **violetfontaine@myemail.com**
*le mercredi 1$^{er}$ juin à 19 h 59*
Sujet : Ton anniversaire
Coucou ma chérie !

J'imagine que tu dois être surexcitée à l'approche de la fin des cours et de ton anniversaire !

J'espère que tu ne m'en voudras pas trop de mon absence, mais comme tu le sais, entre mes complications au travail ces temps-ci et tous mes trajets Paris-Londres, je ne peux vraiment pas me libérer. Attends-toi tout de même à recevoir un petit colis de ma part le jour J.

Et je suis sûre que Simon et Susan t'aideront à fêter tes 17 ans comme il se doit ! Mais que leur générosité et leur sens de l'hospitalité ne te laissent pas croire que tout est permis. Tu leur as déjà causé assez de soucis… Finies les accusations injustifiées ! Je sais que tu as une imagination débordante, mais il est grand temps que tu commences à te comporter comme une jeune fille responsable, et que tu apprennes à tenir ta langue, surtout quand de telles idées te traversent l'esprit…

Tu ne voudrais tout de même pas que Simon regrette d'avoir accepté de t'héberger une année de plus ?

Grosses bises,
Maman

E-mail de **isafontaine@myemail.com**
à **violetfontaine@myemail.com**
*le dimanche 21 août à 8 h 34*
Sujet : Ton retour à Paris
Violet,
    Je sais que beaucoup de questions se bousculent dans ta tête en ce moment… Cependant, crois-moi quand je te dis que je n'ai jamais souhaité que tu apprennes la vérité de cette façon…
    J'aurais tellement aimé que les choses se passent autrement… Malheureusement, je ne peux rien changer au passé. En tout cas, il faut que l'on en discute à nouveau de vive voix avant le mariage… Je ne veux pas tout t'expliquer par téléphone et il ne faudrait surtout pas que cela gâche la journée de Simon et Susan !
    Pour le moment, le plus important, c'est que tu rentres en France à temps pour la rentrée scolaire. Je vais m'occuper de tous les papiers pour ton inscription, et je compte sur toi pour être prête à repartir avec moi juste après la cérémonie. J'ai bien conscience que cela ne te fera pas plaisir, mais maintenant que tu sais… enfin, que tu sais tout, il n'y a vraiment plus aucune raison que tu restes à Los Angeles.
    Je t'appelle très vite pour organiser ton retour à Paris.
    Bises,
    Maman

# Mon non-anniversaire

## *Jeudi 2 juin*

Eh bien voilà, ma chère Violet ! Encore une preuve que les choses ne peuvent pas toujours se dérouler comme tu l'entends. Tu croyais que cette fois-ci serait différente après toutes les épreuves que tu as traversées cette année ? On dirait bien que tu as eu tort. Décidément, ton jugement laisse parfois à désirer, ma chère ! Mais ce n'est pas une raison pour te morfondre sur ton sort. Ce n'est tout de même pas aussi grave que cette histoire avec Nathan, et les désillusions que tu as dû subir à cause de lui... Non, rien à voir avec les manipulations d'un garçon aveuglé par l'ambition au point de commettre l'irréparable...

Un peu de recul, tout de même ! Une soirée d'anniversaire ratée, ce n'est tout de même pas la fin du monde !

Oh, mais j'en avais tellement envie ! J'avais même commencé à faire une *playlist*, à réfléchir à un thème, à la façon dont j'allais demander l'autorisation à Simon. Ce n'aurait pas été simple, nos rapports étant un peu plus distants ces derniers temps, mais qui sait, il aurait peut-être fini par dire oui...

On n'aurait pas été nombreux, une petite vingtaine peut-être, mais les personnes les plus importantes auraient été là : Zoe, ma meilleure amie à LA (mais ne dites pas à Lou, ma meilleure amie à Paris, que j'ai écrit ça, ça ne lui ferait pas très plaisir), ainsi que Maggie et Claire, les deux amies de toujours de Zoe qui sont aussi devenues les miennes depuis mon arrivée à Albany High en septembre dernier.

J'aurais aussi invité Jeremy, le petit copain de Zoe et Zach, celui de Claire. Bien sûr, Maggie se serait peut-être un peu sentie seule... Pourtant, elle avait trouvé un cavalier pour l'accompagner au bal de fin d'année il y a quelques semaines, et on avait toutes croisé les doigts pour que ça marche ! Mais non, à la fin de la soirée, Thomas et elle sont repartis chacun de leur côté, et on n'a plus jamais entendu parler du bonhomme...

Quel dommage ! Je dois avouer que j'ai un intérêt tout particulier à ce que Maggie trouve enfin chaussure à son pied. J'essaie de ne pas trop y penser, mais je ne peux tout de même pas oublier que, alors que j'étais encore tout à fait obnubilée par l'affreux Nathan, Maggie était déjà tombée sous le charme de Noah depuis belle lurette... Et si les sentiments de Noah avaient été réciproques, c'est sans doute avec lui que Maggie filerait le parfait amour aujourd'hui.

Mais le hasard a fait tourner les choses en ma faveur. Fort heureusement, j'ai enfin fini par démasquer le côté sombre de Nathan et rétablir l'innocence de sa précédente conquête, Sarah Drake, désormais exilée à New York, et bien plus heureuse loin de lui. Et puis, j'ai enfin ouvert les yeux : le prince charmant dont je rêvais tant était devant moi depuis le début, et il n'était pas celui que je croyais !

Bon, je m'égare encore une fois, revenons à l'essentiel... Revenons à Noah, mon cher et tendre, mon basketteur préféré... Noah serait bien entendu venu à ma fête d'anniversaire. On aurait dansé langoureusement sur notre slow préféré, entourés de tous nos amis réunis pour célébrer mes

17 ans… J'aurais soufflé mes bougies sur un de ces gros gâteaux américains recouverts de glaçage ultra-sucré, ça aurait été magique !

Mais non, Violet, il est temps de te rendre à l'évidence. Ton imagination sans bornes te perdra ! Car de soirée d'anniversaire, il n'y aura point. Tu ne vas quand même pas organiser une fête sans invités !

Zoe et Claire, ces deux grandes sportives, participent à une compétition de natation et sont absentes avec leur équipe tout le week-end, car celle-ci a lieu à l'autre bout de la Californie. Maggie, je n'ai pas très bien compris son excuse – elle a le chic pour tout envelopper d'un brin de mystère –, mais elle non plus ne peut pas venir à la soirée que je voulais organiser samedi soir, deux jours avant la vraie date de mon anniversaire, lundi.

J'ai fait part de ma déception à Noah, mais il a pris ça avec légèreté – lui qui est d'habitude si attentif ! – et je me suis sentie d'autant plus déçue. D'accord, cela ne fait que trois semaines que nous sommes ensemble, mais j'aurais voulu que Noah comprenne l'importance que cette fête avait pour moi. Mon premier anniversaire à Los Angeles ! Mais non, il a juste haussé les épaules et m'a simplement proposé de m'emmener dîner, rien que tous les deux, lundi soir. Samedi ? Eh bien, on n'avait qu'à en profiter pour se faire un petit ciné. « Il y a plein de films qui ont l'air super ! » m'a-t-il même précisé.

Un ciné en tête à tête à la place d'une super soirée avec tous mes amis ? Pff, tu parles d'un lot de consolation !

Je dois bien me rendre à l'évidence : ma super fête d'anniversaire, ce sera pour une prochaine fois. Peut-être pour mes 18 ans, qui sait ? Encore faudrait-il que j'habite toujours chez Simon, et rien n'est moins sûr… J'ai déjà eu la chance incroyable que maman ait accepté que je reste une année de plus. Quand je suis arrivée à Albany High en septembre, ses conditions étaient claires : c'était *une* année d'échange et rien d'autre ! Je devais normalement rentrer faire ma terminale à Paris, au lycée Descartes, et retrouver Lou et mes copines. Bien sûr, maintenant que j'avais goûté à la vie californienne, j'étais bien déterminée à faire tout ce qui était en mon pouvoir pour convaincre maman de me laisser finir ma scolarité ici... Mais je n'en ai pas eu besoin. Avant même que j'aborde le sujet avec elle, elle m'a annoncé avoir fait les démarches de réinscription, mais sans me préciser, encore une fois, ce qui l'avait motivée à prendre cette décision... Je commence à en avoir un peu assez de toutes ces cachotteries !

Allez, Violet, reprends-toi ! Repense un peu à ton dernier anniversaire... Tu n'avais pas de petit copain (et aucun garçon en vue) et tu étais un peu déprimée à l'idée que maman refuse encore une fois que tu partes en échange dans un lycée américain...

Regarde comme ta vie a changé ! Tu es lycéenne à Albany High, un des plus prestigieux lycées de Los Angeles, tu fais partie du journal du lycée et as rédigé des dizaines d'articles, tu as trois copines en or – et n'oublions pas Lou, même si elle est loin – et tu as désormais dans ta vie un garçon drôle, sensible et tendre... qui fait chavirer ton cœur. Et pourtant, tu trouves encore le moyen de te plaindre... *Come on, girl !*

# Un été qui promet !

## Samedi 4 juin

— À quelle heure passes-tu me prendre demain ?
— Eh bien, le bus part du parking du lycée à 7 h 45. Si je passe chez toi à 7 h 20, ça devrait aller… Tu m'attendras sous le porche ? Je ne veux pas réveiller tes parents comme la dernière fois ! Et Jeremy ? On passe aussi le prendre ?
— Non, ça nous fait faire un trop grand détour. Sa mère va le déposer, je crois.

Alors que je mordais à pleines dents dans mon hamburger et que Maggie, en face de moi, picorait ses frites, l'air absent, Zoe et Claire planifiaient les derniers détails de leur week-end sportif.

J'ai essayé de m'intéresser à leur compétition, et j'ai posé un tas de questions par-dessus le brouhaha habituel de la cafèt' du lycée, mais je n'ai pas pu empêcher un sentiment de tristesse de m'envahir… Et pas seulement à cause de ma fête d'anniversaire qui n'allait pas avoir lieu. L'année scolaire touchait à sa fin, tout comme nos retrouvailles quasi quotidiennes autour de nos plateaux-repas. Ces moments entre amies vont tellement me manquer ! Retrouver mes trois complices à l'heure du déjeuner a toujours été mon moment préféré de la journée.

Bien sûr, j'ai aussi plusieurs raisons de me réjouir que l'année se termine enfin. J'ai travaillé dur ces derniers mois, autant pour maintenir mon niveau scolaire dans mon nouveau lycée qu'au sein du journal, et mes projets pour cet été ont pris une tournure pour le moins intéressante... Bref, je ne risque pas de m'ennuyer !

Et puis, petit détail qui a tout de même son importance : je serai extrêmement soulagée de ne plus avoir affaire à l'*evil trio* [1]. Alyssa, Rebecca et la reine des abeilles, Olivia, sont rapidement devenues mes pires ennemies à Albany High. Je ne supporte plus d'entendre la voix nasillarde d'Alyssa, ma voisine de casier, dont les décolletés se font plus plongeants au fur et à mesure que les températures montent. Ajoutons Rebecca qui, avec son air glacial, son allure de mannequin boudeur et ses remarques cassantes, me donne des frissons dans le dos ! Il m'est d'ailleurs déjà arrivé de rebrousser chemin en l'apercevant au bout du couloir.

Quant à Olivia, eh bien... Elle et moi, on était faites pour se détester... Elle sait sans aucun doute que j'ai essayé, en vain, de lui piquer son (désormais ex) petit copain. Heureusement qu'elle ignore encore que c'est moi, au bout du compte, qui suis responsable de leur rupture... Me remercierait-elle de l'avoir sauvée de Nathan le maléfique ? Hmmm, rien n'est moins sûr... Me détesterait-elle encore plus ? Je ne préfère pas le savoir.

En tout cas, voilà pourquoi j'ai évité ces trois pestes depuis le bal de fin d'année. J'aurais trop peur qu'elles lisent toute la vérité sur mon visage... et s'acharnent à faire

---

1. L'*evil trio* : le trio diabolique.

de ma seconde année à Albany High un vrai cauchemar. Ce qui est sûr, c'est qu'elles ne vont pas me manquer cet été...

— Violet... Violet ! Tu m'écoutes ?

La voix enjouée de Zoe m'a ramenée à la réalité. J'ai observé mon amie : sa coupe à la garçonne avait laissé place à une longueur intermédiaire, et ses cheveux se rebellaient dans le creux de sa nuque. Leurs reflets auburn étaient d'autant plus vifs depuis le retour du soleil, tout comme les taches de rousseur qui parsèment ses pommettes et son nez. Zoe était devenue de plus en plus féminine ces derniers mois, depuis qu'elle sortait avec son grand Jeremy, et elle portait ce jour-là une robe chemise blanc cassé, ceinturée à la taille.

— Euh, oui. De quoi on parlait ?

— On parlait de nos projets à toutes les quatre pour cet été... Et je te demandais si tu avais enfin avoué à Noah ton changement de... euh... trajectoire ?

Claire a étudié mon regard un peu penaud.

— Il faut que tu le lui dises ! Qu'est-ce que tu attends ?

— Rien... J'ai essayé de lui en parler plusieurs fois, mais je n'ai pas encore trouvé le bon moment...

Mes trois amies ont affiché une moue réprobatrice. La vérité, et elles le savaient très bien, c'était que je n'avais pas vraiment d'excuse pour ne pas avoir parlé de mon stage à Noah. Hormis le fait peut-être que je n'étais pas certaine que mon choix allait lui faire tant plaisir que ça. Mais, comme je n'allais pas régler ce problème dans la minute, mieux valait changer de sujet au plus vite.

— Et Maggie, au fait, ça y est, tu as signé ton contrat de stage ?

Bien sûr, je n'ai dupé personne, mais, après un soupir exagéré, la bande a décidé de laisser tomber pour cette fois.

Depuis le temps, elles ont compris qu'insister ne sert à rien, je suis bien plus têtue qu'elles trois réunies.

— Oui. Je suis passée au bureau de Gilbert & Evans hier après les cours, et ils m'ont informée que je commencerais le 20 juin.

— Gilbert & Evans ? a repris Zoe. Tu fais donc ton stage chez eux ?

— Pourquoi est-ce que ça te surprend ? Tu savais bien que j'avais fait des demandes dans plusieurs cabinets d'avocat… Et oui, effectivement, c'est eux qui ont fini par m'accepter, a répliqué Maggie, un peu confuse de la réaction de Zoe.

Zoe a laissé échapper un petit rire.

— J'étais au courant de ce stage dans un cabinet d'avocat… Mais c'est juste que je ne m'attendais pas à ce que ce soit le même que celui de Jeremy !

Nous avons toutes ri de bon cœur. C'est fou ce que le monde peut être petit parfois ! Sans le savoir, Jeremy et Maggie allaient passer l'été à quelques pas l'un de l'autre.

— Eh bien ! On dirait que tu vas voir mon amoureux beaucoup plus souvent que moi ces prochains mois…

Zoe a poursuivi sur le ton de la plaisanterie, mais non sans une légère pointe d'amertume.

— Au moins, je pourrai garder un œil sur lui ! a renchéri Maggie.

Zoe s'est contentée d'un petit sourire.

Quand je l'avais rencontrée au début de l'année scolaire, elle m'avait tout de suite avoué son désir de travailler un jour avec des enfants. Elle faisait régulièrement du baby-sitting et avait envisagé d'être monitrice de colonie de vacances pendant l'été. Après quelques recherches, elle avait trouvé un organisme à San Francisco qui acceptait de nouveaux moniteurs pour la saison, et Zoe avait été recrutée. Elle avait sauté de joie en apprenant la bonne nouvelle ! Cela voulait dire qu'elle ne verrait pas beaucoup son chéri pendant les vacances, mais Zoe n'était pas du genre à abandonner son projet pour un garçon. Cependant, à mesure que la fin de l'année approchait, et que leur relation devenait chaque jour plus sérieuse, il était évident que mon amie appréhendait leur séparation temporaire. Certes, elle aurait quelques jours de vacances pendant l'été et rentrerait certains week-ends, mais, pendant qu'elle organiserait des jeux avec son groupe d'enfants à quelques centaines de kilomètres de là, Jeremy serait coincé huit heures par jour dans un bureau de Downtown Los Angeles à découvrir le métier d'avocat. Et pourrait déjeuner avec Maggie tous les midis.

Je savais que Zoe, toujours très positive, serait plutôt contente pour Maggie qui, au moins, connaîtrait déjà une personne à son stage, mais j'ai préféré parler d'autre chose. Je me suis tournée vers Claire.

— Et toi, au fait ? Zoe, Maggie et moi avons toutes les trois réglé nos projets pour cet été, mais toi, alors ? Tu avais parlé de travailler dans le café de ton cousin, pour économiser un peu d'argent…

Un brin de malice est passé dans le regard de la jolie blonde du groupe. Ses yeux bleu vif se sont mis à pétiller et elle a mordu sa lèvre inférieure d'un air espiègle. Nous n'avions aucune idée de ce que Claire était sur le point de nous confier, mais son expression a suffi à nous faire tendre l'oreille.

— Tu as raison, c'est ce que j'avais prévu de faire, même si cette perspective ne me réjouissait pas tellement…

Claire a lancé un petit coup d'œil à chacune d'entre nous avant de poursuivre.

– Et j'en parlais à Zach, le week-end dernier. Son oncle a une villa près de San Diego, et il y passe tous les étés avec ses cousins et une partie de sa famille. Il a plein d'amis dans le coin aussi, qu'il retrouve chaque année, et ils ont l'air de vraiment bien s'éclater...

– Bon, si tu nous disais où tu veux en venir ?

Nous étions très impatientes, mais c'est Maggie qui a décidé de faire comprendre à Claire que le suspense avait assez duré.

– Eh bien, j'étais chez lui l'autre jour, en train de parler de mes plans pour cet été. Sa mère était là et elle a entendu notre conversation... Je vous ai déjà dit à quel point je m'entends bien avec elle...

– Oui, on sait ! Il n'y a pas que Zach qui est adorable, mignon, drôle, toute sa famille est aussi super sympa, tu nous l'as déjà dit... des tonnes de fois !

Zoe et Maggie ont étouffé un rire devant mon exaspération.

– Bon, bon, OK. Excusez-moi, mais je suis tellement heureuse... Ce que je voulais vous dire, c'est que la mère de Zach m'a invitée à venir passer tout l'été avec leur famille à San Diego !

Claire n'a pu réprimer un sursaut d'excitation pendant que nous autres restions bouche bée, incapables de réagir à cette nouvelle.

Au bout de quelques secondes, Maggie a rompu le silence :

– Tu veux dire que pendant qu'on sera toutes les trois à cravacher, tu te feras dorer sur la plage avec ton amoureux et tous ses potes ? Que pendant que je mourrai de chaud dans mon tailleur, tu te pavaneras en paréo à longueur de journée ?

Le ton de notre future avocate se voulait gentiment moqueur, mais il trahissait ce que nous pensions toutes les trois : Claire allait passer un été beaucoup plus glamour et reposant que nous autres réunies. Et, même si je n'avais pas à me plaindre – après tout, moi aussi je vais passer tout l'été avec mon petit copain, même s'il ne le sait pas encore –, je n'ai pas pu m'empêcher de ressentir un brin de jalousie à l'encontre de mon amie.

Bon, il est temps que je laisse mon clavier et que je me prépare pour mon rendez-vous avec Noah. Car ce n'est pas parce que ma super soirée n'a pas lieu que je vais me pointer chez lui dans ma robe en sweat grise et mes Ugg boots que je réserve pour la maison !

J'ai rendez-vous avec lui à 16 heures, mais je ne sais pas trop ce que l'on va faire après le ciné. Tiens, je vais en profiter pour mettre mon petit haut bleu marine à motif floral. Je l'ai acheté la semaine dernière avec Susan et, curieusement, je n'ai pas encore trouvé l'occasion de le porter… Ça ne me ressemble pas, une chose pareille ! En général, j'ai tendance à vouloir porter mes nouvelles acquisitions avant même de sortir de la boutique. À 5 ans, je suppliais déjà maman de bien vouloir me laisser mettre les jolies ballerines vernies qu'elle venait juste de m'offrir !

Tiens, en parlant de Susan, je me demande si elle est rentrée de ses courses. Simon et elle se font particulièrement discrets depuis ce matin. Je les ai aperçus dix minutes au petit-déjeuner, mais ils m'ont à peine adressé la parole. Sur les conseils – enfin, conseils, je devrais plutôt dire les ordres – de maman, j'ai évité de poser quelque question que ce soit. Ce qui, lorsque l'on connaît ma curiosité légendaire, m'est extrêmement pénible.

Mais je sais bien que c'est de ma faute si Simon se montre distant envers moi. J'ai tout gâché en l'accusant, à tort, d'être mon père. Je croyais avoir rassemblé toutes les pièces du puzzle, j'étais sûre de moi. Et Lou aussi. Mais ça n'excuse en rien le comportement que j'ai eu avec lui quand j'ai appris qu'il avait demandé sa main à Susan...

Mais il y avait ce lien d'affection, si fort entre nous, presque déconcertant, que j'ai ressenti dès le premier jour de mon emménagement dans sa superbe maison de Santa Monica. J'avais cette intime conviction qu'il était bien plus qu'un simple ami de jeunesse de maman. Je l'ai toujours.

Et pourtant, je sais maintenant combien je me suis trompée à son sujet. Je l'ai appris de manière douloureuse. Simon n'est pas mon père, et moi, je n'en sais toujours pas plus sur cet inconnu, cet étranger, cet homme invisible. Connaît-il même mon existence ? Maman refuse toujours de parler et Simon se renfrogne encore plus qu'avant quand j'ose une question, aussi innocente soit-elle.

Mais pas question de laisser notre relation se déliter ! Je tiens trop à mon hôte *british*. Il a beau ne pas être mon père biologique, Simon est et reste la seule figure paternelle que j'aie jamais connue, alors, s'il faut que je prenne mes distances en attendant que les choses se calment un peu à la maison, qu'il en soit ainsi. Et puis, Susan vient d'emménager chez nous, et ils ont bien d'autres préoccupations que moi, avec leur mariage prévu pour le 3 septembre.

Allez ! Il ne me reste plus qu'à me préparer en vitesse, à retrouver parmi mon bazar mes escarpins en daim rouge qui rappelleront à merveille le motif de mon haut, et appliquer une touche de maquillage.

Et puis, je m'éclipserai de la maison discrètement, sans déranger personne. Loin de moi l'envie de me mettre Simon et sa fiancée à dos !


SMS de « **Zoe portable** »
à « **Violet portable** »
*Envoyé le samedi 4 juin à 15 h 45*
Hello ! Suis avec J. et C. dans bus pour compèt. On a eu 1 idée : déj entre filles chez Cookie lundi pour fêter ton anniv ? C plus sympa que la cafèt ! Et o fait, avoue tout à N. pour cet été, C le moment ou jamais ! ZXXX

# Surprise !!!

## *Lundi 6 juin*

Toc, toc, toc.
— *Hello Birthday Girl !* Je peux entrer ?
J'étais encore plongée dans un demi-sommeil quand j'ai entendu Susan frapper à la porte de ma chambre ce matin.
— Euh, oui, entre.
Je me suis redressée dans mon lit, ai attrapé mon réveil. 6 h 45. Quelle poisse que mon anniversaire tombe un jour de semaine cette année, et un lundi en plus !
Susan est entrée, fraîche et pimpante. Elle était déjà habillée, maquillée, son carré blond soigneusement *brushé*, et elle affichait une mine radieuse. Je crois bien que ma nouvelle « colocataire » n'est pas redescendue de son petit nuage depuis qu'elle a dit *oui* à Simon, et ça se voit !
Elle tenait un plateau sur lequel était disposé un petit-déjeuner de rêve. Smoothie aux fruits rouges *homemade*, pancakes tout frais et cuisinés à n'en pas douter par notre chef cuistot, j'ai nommé Simon Porter, mon thé préféré, un earl grey de Mariage Frères, envoyé par maman, le tout agrémenté d'un joli petit bouquet de violettes.
— Alors, *sweetie*, tu t'es remise de tes émotions de samedi ? a-t-elle claironné tout en déposant le plateau

devant moi, et en s'asseyant à l'autre bout du lit. J'ai souri jusqu'aux oreilles.

— Non ! Je n'en reviens toujours pas… Et dire que je n'ai rien soupçonné ! Je suis censée être journaliste et, là, pas un seul indice qui m'ait mis la puce à l'oreille !

Nous nous sommes esclaffées.

Samedi avait été surréel. Incroyable. Encore mieux que tout ce que j'aurais pu imaginer. Et je savais très bien que c'était en grande partie grâce à Simon et Susan. J'ai commencé à attaquer mes pancakes devant son regard attendri, quand j'ai remarqué une petite enveloppe sous mon assiette. Susan a eu un petit sourire coquin en réponse à mon regard interrogateur. Ma première carte d'anniversaire de la journée, youpi ! Je m'en suis emparée et, alors que j'allais l'ouvrir, elle a posé sa main sur la mienne.

— Attends ! Avant que tu l'ouvres, je voulais te dire que… Enfin, que j'espère que ça te fera autant plaisir qu'à moi. Je sais que tu comptes beaucoup pour Simon, mais je veux que tu saches que tu comptes tout autant pour moi. J'espère que tu vas dire oui…

Ma curiosité aiguisée, j'ai sorti la carte de l'enveloppe, si vite que j'ai manqué de la déchirer en deux.

*Chère Violet,*

*Happy Birthday ! J'espère que tu garderas toujours de délicieux souvenirs de tes 17 ans californiens !*

*Je suis ravie que l'on ait appris à mieux se connaître ces derniers mois, et j'aimerais beaucoup que tu sois présente à mes côtés lors du plus beau jour de ma vie. Alors, veux-tu être une de mes demoiselles d'honneur ?*

*Susan XXX*

J'ai dû relire le texte au moins trois fois avant de bien comprendre son contenu. Au pied du lit, Susan sautillait presque sur place, un grand sourire sur le visage. Devant mon ébahissement, elle a poursuivi :

– J'ai déjà demandé à Kristen et à Jessica [1], bien évidemment – *family first !* – et à Lydia [2], mais j'aimerais tellement que tu rejoignes notre petite troupe ! Et puis, pour tout t'avouer, tu es celle qui s'y connaît le plus en mode, et je compte sur toi pour trouver *the* robe de demoiselle d'honneur et pour m'aider à choisir ma robe de mariée !

Susan était si excitée qu'elle ne s'est même pas arrêtée pour reprendre sa respiration. Au bout de quelque temps, j'ai dû interrompre son flot continu de paroles en bondissant de mon lit, au risque de renverser mon plateau de petit-déjeuner.

– OUI !!!! Bien sûr que c'est oui ! Tu plaisantes ? Être ta demoiselle d'honneur ? Le rêve ! Merci Susan, merci !

J'ai attrapé la future mariée dans mes bras. Mon cœur battait la chamade. Entre cette nouvelle et les événements de samedi, il était bien surprenant qu'il soit encore accroché !

Samedi... ah... samedi... Il y a tant à dire, par où commencer ? Bon, reprenons depuis le début.

Samedi, après m'être préparée pour rejoindre Noah, j'ai trouvé le rez-de-chaussée de la maison désert. Pas un bruit. Je me suis dit que c'était un peu étrange, mais je ne me suis pas posé de questions. J'aurais dû ! J'étais déjà en retard, et j'ai donc juste laissé un petit mot sur la table disant que

---

1. Petit rappel pour celles qui n'ont pas la mémoire des noms ou qui ne se souviennent plus du tome 1 : Kristen est la belle-sœur de Susan et Jessica, sa nièce.

2. Lydia est la meilleure amie de Susan. Ma mémoire me fait défaut, je ne sais plus si j'ai déjà parlé d'elle dans mon journal...

j'étais partie chez Noah. En arrivant chez lui, on a discuté un peu avant la séance de ciné. Noah m'a raconté son match de basket de la veille, je lui ai parlé des sujets de mes derniers articles de l'année pour l'*Albany Star*, et puis la conversation a dévié sur cet été.

Il y a quelques mois, alors que Noah et moi n'étions que de simples amis, il m'avait demandé s'il pouvait poser quelques questions à Simon sur son métier. Depuis le jour de notre rencontre, je savais que Noah rêvait de devenir scénariste, comme Simon, et j'avais bien sûr trouvé l'idée excellente. Au fil des mois, ils étaient restés en contact par e-mail, et, une chose en entraînant une autre, Simon avait mis en avant la candidature de Noah pour un stage d'été chez Black Carpet Productions, la société pour laquelle il travaille. Noah avait passé un entretien au mois de mars et avait été accepté. Il était tellement ravi ! Il avait hâte d'être « sur le terrain », d'en apprendre plus sur le milieu, d'explorer sa vocation. Le jour de la prom[1], en plus de m'avouer ses sentiments pour moi, Noah m'avait remerciée de lui avoir permis de rencontrer Simon, et donc de décrocher ce stage tant voulu.

— Au fait, est-ce qu'on pourrait repasser chez toi après le ciné ? J'ai signé ma convention de stage et il faut que je la renvoie à mon responsable. Autant la donner à Simon pour qu'il la fasse passer...

— Bien sûr ! ai-je répondu, sans me douter de rien.

— Et, tu sais, je voulais te dire... a-t-il poursuivi d'une voix douce, bien qu'un peu hésitante.

— Oui ?

---

1. *Prom* : bal de fin d'année.

– Enfin, euh, je voulais te dire que ces dernières semaines ont été vraiment... euh, super. Je me sens bien avec toi.

J'ai pris sa main dans la mienne et l'ai embrassée tendrement.

– Moi aussi...
– C'est juste que... Enfin, c'est un peu idiot, mais...

Un frisson m'a parcourue. « Je me sens bien avec toi, mais... » n'est pas vraiment le genre de choses qu'une fille amoureuse a envie d'entendre.

– Mais...
– Mais je me sens un peu triste, voilà. On s'est vus presque tous les jours depuis la prom, et comme c'est bientôt la fin des cours, on ne va plus se voir autant. Je sais bien qu'on ne sera pas très loin l'un de l'autre, et qu'on aura les week-ends ensemble, mais ce n'est pas pareil...

Ça aurait été le moment parfait pour tout lui dire. Pour lui avouer qu'il se trompait. Qu'il n'avait aucune raison d'être triste. Que l'on se verrait beaucoup cet été, beaucoup plus qu'il ne pouvait l'imaginer. Mais, la vérité, c'est que je n'étais pas certaine de sa réaction. Allait-il me sauter au cou et me dire qu'il était super heureux ? Rien n'était moins sûr.

Le cinéma, être scénariste, c'était son rêve à lui. Pas le mien. Moi, je voulais devenir journaliste. Et on le savait très bien tous les deux. En tout cas, c'était vrai, jusqu'à... jusqu'à ma terrible expérience au sein de l'*Albany Star*.

Nathan avait beau avoir disparu de la circulation depuis que j'avais fait éclater la vérité dans l'affaire Sarah Drake, j'en restais encore marquée. Olivia l'avait quitté sur-le-champ et n'avait eu aucun mal à lui trouver un remplaçant pour l'accompagner au bal. D'ailleurs, Nathan ne s'y était pas montré. Il devait être mort de honte que tout le monde sache quel imposteur il était ! Qu'il avait trompé sa petite amie avec Sarah. Qu'il s'était servi de celle-ci pour devenir rédacteur en chef du journal. Qu'il avait volé ses idées, signé tous ses écrits sous son nom à lui. Qu'elle avait été obligée de quitter Albany High à cause de lui et de ses menaces. Tout le lycée savait désormais qui était le véritable Nathan Moore.

Personne ne connaît le fin mot de l'histoire, mais il se murmurait dans les couloirs qu'il avait décidé de terminer sa *senior year* [1] prématurément et quitté le lycée le jour de la prom. Personne ne l'a revu depuis. Il paraîtrait même que la prestigieuse école de journalisme dans laquelle il avait été accepté pour la rentrée n'a plus voulu de lui. Tant mieux. Nathan ne méritait pas de rentrer dans cette école de toute façon, puisque le talent dont il faisait preuve n'avait jamais été le sien !

Mais, de mon côté, même si cette histoire est bel et bien derrière moi, j'en ai gardé tout de même quelques séquelles. Pendant l'année, j'avais souvent pensé à faire des demandes de stage dans un des groupes de presse de Los Angeles. Mais, bien que mon expérience au journal m'ait beaucoup appris, mon étrange relation avec Nathan m'avait aussi désorientée. Je repoussais chaque semaine ma décision à prendre au sujet de mon stage. Un jour, il y a deux mois environ, je faisais part de mes réserves avec Simon au moment du petit-déjeuner, et, comme toujours, ce qu'il m'a répondu m'a semblé une évidence...

— Tu sais, ce n'est pas parce que tu aimes écrire que tu es forcément destinée à devenir journaliste. Je sais que c'est

---

1. *Senior year* : dernière des quatre années de lycée aux États-Unis.

ce que tu as toujours pensé, et je ne dis pas que ce n'est pas une bonne voie à suivre, bien sûr que non... Mais il y a beaucoup d'autres métiers dans le domaine de l'écriture.

Je l'écoutais attentivement, hochant la tête à chacune de ses phrases, mais sans dire un mot. Il a continué.

— Peut-être que tu pourrais faire une pause cet été. Tu reprendras de toute façon ta place au sein du journal à la rentrée, alors pourquoi ne pas profiter des vacances pour tenter autre chose ?

Il avait raison. On avait continué à discuter des différents choix qui s'offraient à moi et pour finir, on en était arrivés à parler de Black Carpet Productions. À ce moment-là, Noah et moi étions en froid total, et je ne me rappelais plus du tout qu'il avait fait une demande de stage au même endroit.

— Si ça t'intéresse, je peux demander à mes collègues s'il reste une place pour accueillir une stagiaire dans un des départements. Je ne te promets rien, mais on peut toujours se renseigner...

— D'accord !

Sur le moment, j'avais été très emballée à l'idée de travailler au sein d'une maison de production, mais, Simon ne m'en ayant pas reparlé, j'avais presque oublié. Puis, il y a un mois environ, alors que nous étions en train de dîner...

— Au fait, j'ai reçu un e-mail de la part de ma collègue Carroll.

— Ah oui ?

— Elle m'a dit qu'elle avait peut-être quelque chose pour toi. Est-ce que tu peux me préparer une courte lettre de motivation ? Je la lui enverrai dès demain.

J'avais rédigé ma lettre dans la soirée, et, trois jours plus tard, j'étais prise en stage au département du développement de nouveaux projets. Je n'allais pas forcément avoir l'opportunité d'écrire beaucoup, mais j'avais néanmoins hâte de découvrir l'univers glamour du cinéma !

Et, quand Noah et moi nous étions réconciliés quelques jours plus tard, et qu'il m'avait parlé de son stage au sein de l'équipe de scénaristes, j'étais restée clouée sur place. Et je n'avais rien osé lui dire. Les choses avaient été assez tendues entre nous pendant l'année et je craignais qu'il ne voie pas cela d'un très bon œil, qu'il pense que je lui avais volé son projet ou que j'essayais de le suivre à la trace. J'ai donc préféré garder le silence et laisser à notre couple le temps de trouver son équilibre. Bien sûr qu'il fallait que je le lui dise… Mais je n'avais toujours pas trouvé le bon moment pour aborder le sujet.

– Euh, Noah, tu sais, à propos de cet été… Il y a eu un petit changement de programme de mon côté et…
– Et… Tu vas devoir me raconter ça plus tard. Il faut qu'on y aille !

J'ai jeté un coup d'œil au réveil posé sur sa table de nuit. Il avait raison. La séance était dans dix minutes et on n'avait toujours pas acheté nos places.

Le soleil brillait encore quand nous sommes sortis du cinéma, deux heures plus tard. Il faisait doux, l'air sentait si bon le début de l'été…

– Ça te dit qu'on aille marcher un peu sur la plage, avant d'aller grignoter quelque chose ?

J'avais envie de prolonger notre après-midi en une douce soirée entre amoureux. Mais Noah n'a pas eu l'air d'accord.

– Euh, non, je n'ai pas faim, là, et puis, je te l'ai dit, je voudrais donner mon enveloppe à Simon…

– Ce n'est pas pressé, si ? Et puis, je peux la lui donner ce soir en rentrant.

– Non ! Non, enfin, je… Je préfère le faire maintenant, et puis j'ai une question à lui poser…

J'ai failli protester. Je n'avais pas du tout envie que la soirée se termine ainsi. Mais apparemment, je n'avais pas le choix.

– Bon, tu viens ?

Impatient, Noah se dirigeait vers sa voiture, clés à la main, prêt à partir. Je suis montée à ses côtés sans dire un mot.

Quand nous sommes arrivés devant le porche de la maison, j'ai eu, pendant l'espace d'une seconde, un sentiment étrange, mais j'aurais bien été incapable de mettre le doigt dessus. Et je n'aurais certainement jamais deviné ce qui était sur le point de m'arriver ! La maison était plongée dans l'obscurité. Les volets avaient été fermés, toutes les lumières éteintes. Simon et Susan devaient être de sortie.

– On dirait bien qu'ils ne sont pas là… Tu verras Simon demain. Et puis, je meurs de faim. Ça te dit d'aller chez King of Burgers ?

– Non ! a-t-il répliqué abruptement, avant de se reprendre. Enfin, je veux dire… Si, ils doivent être là, c'est bien leurs voitures, là ?

J'ai jeté un regard en biais à Noah. Quelle mouche avait bien pu le piquer ? C'est à ce moment-là que j'ai remarqué sa tenue assez inhabituelle. Noah était du genre à s'habiller de manière très décontractée. Jeans délavés, sweat ou tee-shirts douillets, baskets, c'était son look au quotidien. En général, il faisait un effort quand nous sortions et portait une chemise soigneusement repassée – Noah pouvait être très méticuleux – et son jean des grands jours, comme il l'appelait : un jean brut de marque super bien coupé. Mais, ce samedi, il était passé à la vitesse supérieure : il avait aux pieds ses plus belles chaussures, celles qu'il avait achetées pour le mariage de son cousin, et je n'avais encore jamais vu sa superbe chemise, grise et noire à petits carreaux. Elle devait être neuve. Il était aussi allé chez le coiffeur le matin même se faire couper les cheveux, et il était rasé de près. Et tout ça pour un petit ciné ? J'aurais vraiment dû deviner que quelque chose ne tournait pas rond ! En tout cas, mon amoureux avait raison. Les voitures de Simon et Susan étaient garées près de la grille, ce qui semblait indiquer qu'ils étaient bien à la maison. Je suis rentrée à contrecœur.

Je me suis avancée dans le salon à tâtons, quand, soudain, toutes les lumières se sont allumées d'un seul coup et une vingtaine de personnes ont sauté en l'air en hurlant « SURPRISE !!!! ». L'air ahuri, je me suis retournée vers Noah qui affichait un sourire malicieux au coin des lèvres. Avait-il manigancé tout cela ? Zoe et Claire étaient en face de moi et, de toute évidence, pas à leur compétition de natation. Maggie, Jeremy et Zach se tenaient près d'elles. Il y avait également quelques-uns de mes « collègues » du journal, dont Emily, notre talentueuse photographe, des copains de classe ainsi que Martin et Jessica, les neveux de Susan… qui était là aussi, dans le fond, avec Simon !

Je suis restée sans voix, m'imprégnant de la scène qui se déroulait devant moi. Une banderole multicolore « HAPPY BIRTHDAY ! » avait été suspendue au plafond, et la table de la salle à manger, déplacée dans un coin de la pièce, croulait sous les pizzas, les salades composées, les bols de chips et les boissons en tous genres. Tout à coup, la musique a envahi la maison, avec Zach, le beau surfeur bronzé de Claire, aux platines.

— Alors, tu es contente ?

Zoe s'était approchée de moi et m'avait prise dans ses bras.

— Contente ? Euh, oui, sauf que j'ai failli avoir une crise cardiaque en vous voyant tous ici. Vous m'avez bien eue ! Et votre compèt' ?

— Totalement inventée ! s'est écriée Claire qui venait de nous tendre deux verres, suivie de près par Maggie.

J'ai observé mes trois amies qui, pour l'occasion, s'étaient mises sur leur trente et un. Zoe portait une mini-jupe et un de ses plus beaux hauts et Claire, une jolie robe corail qui mettait en valeur la couleur de ses yeux. Maggie était très belle. Sa robe maxi noire, assortie à ses longs cheveux impeccablement lissés, mettait merveilleusement en valeur ses traits délicats et son teint de porcelaine. Elle portait des sandales dorées et une rangée de bracelets clinquants, et je me suis soudain sentie envieuse de son allure si étudiée.

— Regardez comme vous êtes jolies, toutes les trois ! Et moi, à vos côtés, j'ai l'air de… pff… ai-je fait, en désignant mon jean basique et mon petit haut qui n'avait plus du tout l'air adapté à la circonstance.

C'est à ce moment que Susan s'est avancée vers moi.

— Ne t'inquiète pas, c'est toi la reine de la fête ! Monte dans ta chambre. Je crois bien que tu y trouveras ton bonheur…

Devant son clin d'œil malicieux et le petit sourire entendu de mes amies, je me suis dirigée vers les escaliers, mais pas avant de me retourner vers Noah, en grande conversation avec Simon, et d'articuler un « merci » silencieux à son attention.

Je crois bien que je n'ai jamais monté ces marches aussi rapidement. J'ai tout de suite vu le colis sur mon lit. Maman, qui avait de toute évidence été mise dans la confidence, m'avait envoyé mon cadeau d'anniversaire un peu en avance, et il contenait la panoplie parfaite pour une telle soirée : une robe bleu marine à pois au décolleté arrondi, ceinturée de rouge à la taille, un bandeau assorti pour les cheveux, une trousse à maquillage remplie de nouveaux produits, ainsi que quelques livres et magazines et mon fameux thé Mariage Frères. J'ai lu la carte qui accompagnait le colis tout en me déshabillant :

*Joyeux Anniversaire ma chérie !*
*Enjoy ta surprise party ! Je pense très fort à toi.*
*Bisous,*
*Maman*

Je me suis changée à toute vitesse et me suis observée dans le miroir en pied de ma chambre. Mes cheveux châtains, légèrement blondis par le soleil californien, étaient toujours aussi indisciplinés, mais le bandeau les maintenait à peu près en place. L'ombre à paupières nacrée que j'avais trouvée dans la trousse à maquillage mettait délicatement en valeur mes yeux verts et adoucissait mes sourcils trop épais, un de mes grands complexes. Mon décolleté dévoilait peut-être un peu trop ma peau, blanche et couverte de grains de beauté, mais j'ai songé, en enfilant mes chaussures, que le résultat était plutôt pas mal. Deux minutes plus tard, je suis redescendue dans le salon, où la fête battait son plein.

La soirée s'est déroulée à merveille. J'ai pris le temps de discuter avec chacun des invités, mais je ne me suis pas fait prier pour me déhancher sur le mini *dance floor* improvisé. Tout le monde riait, s'amusait, et moi j'avais l'impression de flotter sur un petit nuage. Mon anniversaire était d'enfer ! Je n'arrivais pas à croire que tous ces gens qui faisaient partie de ma vie depuis mon arrivée à Santa Monica s'étaient donné le mot pour m'organiser une fête-surprise. J'aurais tellement aimé que Lou voie ça ! Bien sûr, je me doutais que Simon y était pour quelque chose. Susan m'avait dit un peu plus tôt qu'ils avaient prévu de s'éclipser et d'aller dîner dehors, pour nous laisser faire la fête « entre jeunes », mais il fallait absolument que je le remercie avant qu'il ne parte.

– Alors, ma Violet, tu es contente ?

Simon s'était appuyé près de la fenêtre.

– Oh oui !

– Tu comprends maintenant nos messes basses de ces derniers jours… On voulait que tu ne te rendes compte de rien, mais tu es tellement curieuse que ce n'est pas toujours facile…

Ahahah ! En effet, je ne pouvais pas contredire mon cher Simon sur ce plan-là. Tout à coup, j'ai ressenti, en plus de toute la joie qui m'avait envahie depuis le début de la soirée, un immense soulagement. Si Simon s'était montré distant ces derniers temps, ce n'était pas à cause de mes fausses accusations, mais parce qu'il tentait tant bien que mal d'organiser cette fête sans que je m'aperçoive de rien ! Les choses allaient donc pouvoir rentrer dans l'ordre. C'est comme si un poids s'était soulevé de mes épaules.

Une heure plus tard, j'étais en train d'engloutir ma troisième part de pizza – danser donne faim – quand je me suis aperçue que je n'avais pas vu Noah depuis un moment.

Nous avions à peine échangé quelques mots depuis que nous étions revenus à la maison sous son faux prétexte. Je l'ai trouvé dans le jardin, en pleine discussion avec Maggie et Claire. J'étais moi aussi ravie de prendre un peu l'air frais. La conversation tournait autour de ce que chacun avait prévu de faire après la fin des cours. Devant nos regards mi-impressionnés, mi-jaloux, Claire s'est lancée dans une description exhaustive du programme de ses vacances dans la famille de Zach. Stage de surf, soirées cinéma en plein air, parties de *beach volleyball*, dégustation intensive de glaces à la mangue, l'été de mon amie s'annonçait tellement idyllique que je n'ai pas pu m'empêcher de la taquiner un peu.

– Bon, ça suffit Claire ! Arrête de nous narguer ! Si tu continues, on va tous faire nos valises et venir avec toi. Après tout, Noah est aussi un copain de Zach, alors pourquoi n'a-t-il pas été invité, lui ?

Noah s'est esclaffé et Maggie a lancé :

– Oh, tu peux parler, Violet ! Tu ne vas peut-être pas passer tout ton été à la plage, mais je pense que tu vas quand même bien en profiter...

Je me suis empressée de faire les yeux ronds à Maggie. Il ne fallait surtout pas que Noah apprenne la vérité de cette façon ! Croyait-elle qu'il était désormais au courant ? Elle aurait tout de même pu vérifier ça auprès de moi avant d'aborder le sujet ! Un sourire étrange est passé sur son visage, et, l'espace d'un instant, je me suis demandé si elle ne prenait pas un malin plaisir à me mettre dans l'embarras.

– C'est vrai, quoi ! Toi non plus, tu ne vas pas quitter ton amoureux de tout l'été. Et, en plus, tu auras la possibilité d'aller visiter des plateaux de films. Trop cool !

Noah a froncé les sourcils tandis qu'un lourd silence tombait sur notre petit groupe. Maggie ne semblait pas du tout gênée d'avoir commis une telle gaffe. Claire l'a attrapée par le bras et je me suis retrouvée seule face à mon amoureux, beaucoup moins souriant tout à coup.

— J'aurais dû t'en parler avant, je sais, mais, je… enfin…

Noah gardait le silence devant mes balbutiements. Il n'allait pas me laisser me sortir de ce mauvais pas aussi facilement. J'ai alors pris une grande inspiration et lui ai tout avoué. Mes doutes quant à mon envie de devenir journaliste, mes questionnements sur ce que j'allais faire pendant l'été, la proposition de Simon, le stage que j'avais fini par décrocher. À la fin de mon monologue, Noah n'avait toujours pas ouvert la bouche.

— Dis quelque chose ! Tu m'en veux, c'est ça ?

Il a secoué la tête, puis a fini par murmurer :

— Et tu n'as pas jugé bon de m'en parler avant parce que… ?

J'ai poussé un grand soupir.

— Parce que je ne voulais pas que tu croies que je cherche à te coller, même si on n'était pas encore ensemble quand c'est arrivé, ni que tu penses que l'on était désormais en compétition… On ne sera même pas dans le même service, en plus !

— Je vois, a-t-il lancé, un peu sèchement. En revanche, ça ne te pose pas de problème que je l'apprenne de la bouche d'une de tes copines. Tu avais prévu de me le dire quand ? En se croisant devant la machine à café ?

Son ton était monté d'un cran. On n'allait tout de même pas se fâcher lors de ma soirée d'anniversaire, quand même ? Mais, de toute façon, on n'en aurait pas eu le temps, car avant que je puisse ouvrir la bouche pour répondre, Jeremy nous avait rejoints dehors.

– Hey ! Violet ! On te cherche partout ! Il est temps de souffler tes bougies !

# Aux abonnés absents

## *Vendredi 10 juin*

Ma journée de lundi s'est poursuivie aussi bien qu'elle avait commencé. À la pause déjeuner, les filles m'ont emmenée déjeuner chez Cookie et j'ai même réussi à éviter l'*evil trio* toute la journée. (Je n'avais aucune envie de savoir de quelle nuance de rose Alyssa avait peint ses ongles ce jour-là ni de l'entendre raconter ses dernières péripéties par le menu à ses deux acolytes.) Et donc, avant que j'aie eu le temps de dire ouf, les cours étaient finis pour la journée et, en attrapant le premier bus à la sortie du lycée, j'avais juste assez de temps pour me changer avant mon dîner en tête à tête avec Noah. J'avais été très gâtée par ma super fête-surprise de samedi, mais mon amoureux avait tenu à ce que l'on maintienne notre soirée prévue pour mon anniversaire. Cependant, j'appréhendais un peu le moment où la conversation allait inévitablement tomber sur nos stages respectifs. On n'en avait pas reparlé depuis la soirée.

Et pourtant, je n'aurais pas dû m'inquiéter. C'est Noah qui a abordé le sujet alors que nous étions à peine installés chez Il Solito Posto, un super restaurant italien de mon quartier. Il m'a tout de suite rassurée en m'avouant qu'il s'était peut-être un peu emporté lorsqu'il avait appris que je serais en stage dans la même entreprise que lui.

– J'étais surpris, c'est sûr, mais j'y ai beaucoup réfléchi et, en fait, je trouve que c'est une super nouvelle !

– Vraiment ?

– Carrément ! On va se voir tous les jours, on pourra déjeuner ensemble et partager nos petites anecdotes… Non, ça va être super !

– Je suis ravie que tu le prennes comme ça !

– Et, franchement, je suis d'autant plus impatient de commencer ce stage. J'appréhendais un peu les premiers jours, mais de savoir que tu seras à quelques bureaux de moi me réconforte beaucoup.

Plus tard dans la soirée, Noah m'a offert mon cadeau. Il s'agissait d'un sublime portefeuille en cuir, de couleur camel « pour assortir à la besace que tu aimes tant », m'a-t-il dit tendrement pendant que j'inspectais mon nouvel accessoire sous toutes ses coutures. J'étais aux anges ! Quelques jours auparavant, j'avais innocemment placé dans la conversation que je songeais à remplacer mon vieux portefeuille à scratch par un modèle un peu plus digne du sac magnifique que Simon m'avait offert en début d'année scolaire, et Noah s'en était souvenu !

Quand il m'a raccompagnée chez moi, je n'ai pas pu m'empêcher d'ouvrir la boîte aux lettres pour la cinquième fois de la journée, même si je savais très bien qu'elle serait vide.

J'avais reçu plusieurs cartes pour mon anniversaire : une de mes grands-parents, de Lou et des copines de Descartes, et une de ma boutique préférée pour me proposer 15 % de réduction sur toute leur collection pendant le mois de juin. Je savais que cette année ne serait pas différente des autres.

Qu'il n'y avait aucune raison pour que ma prière soit enfin exaucée. Que le fait que je vive désormais à Los Angeles me rendrait encore plus difficile à trouver. Et pourtant, tous les ans, sans faute, le matin du 6 juin, j'ouvre la boîte aux lettres le cœur battant. Le semblant d'espoir que j'ai depuis toute petite ne m'a pas quittée. J'y crois. Je crois encore que, si mon père voulait un jour se manifester, il le ferait sans aucun doute le jour de mon anniversaire. Qu'il m'enverrait une longue lettre, écrite à la main, m'expliquant les raisons pour lesquelles il n'a pas pu faire partie de ma vie pendant toutes ces années. Je verserais de chaudes larmes en la lisant et me précipiterais sur le téléphone pour composer le numéro inscrit au bas de la lettre. On parlerait pendant des heures, et il répondrait à toutes les questions qui me poursuivent depuis que je suis en âge de comprendre que ma situation familiale est quelque peu inhabituelle. J'accepterais ses excuses et on déciderait de se rencontrer une fois, puis une autre. Jusqu'à ce que des liens forts se renouent entre nous. Jusqu'à ce que toutes ces années passées loin de l'autre s'estompent, s'oublient. Jusqu'à ce que j'aie un père. Enfin.

Dans les nombreux e-mails que j'avais échangés avec Lou ces dernières semaines, j'avais bien senti que je trouvais toujours avec elle une véritable écoute. Ensemble, nous nous étions jetées tête baissée sur la fausse piste de Simon. C'est elle qui m'avait convaincue que c'était lui, mon père. Et, peut-être pour se rattraper, ou simplement parce qu'elle est ma plus vieille amie et qu'elle veut m'aider, elle m'avait promis qu'on n'en resterait pas là.

« *Bon, d'accord, on s'est complètement plantées sur ce coup-là. Mais ça ne veut pas dire que l'on doit baisser les bras pour autant. On a déjà quelques indices en main, plus*

*la certitude que Simon en sait plus qu'il ne veut bien en laisser paraître. Alors, crois-moi sur parole, je ferai tout ce que je peux pour t'aider de l'autre côté de l'Atlantique, et tu finiras enfin par découvrir la vérité sur ton père !* »
m'avait-elle écrit dans un de ses derniers e-mails. Ça m'avait fait chaud au cœur et remonté le moral, surtout quand on sait que ma mère a toujours refusé de répondre à la moindre de mes questions à son sujet...

Il n'y a qu'à Lou que j'avais pu avouer la raison secrète de mon excitation à la perspective de faire un stage dans l'entreprise de Simon. Quand il m'en avait parlé pour la première fois, j'y avais vu une opportunité personnelle avant de considérer une piste professionnelle. Une porte s'ouvrait devant moi. En acceptant ce stage, je passerais beaucoup plus de temps avec Simon, je visiterais le bureau qu'il occupe tous les jours, mais, surtout, je rencontrerais les gens avec qui il travaille depuis des années, et qu'il s'est bien gardé de me présenter depuis que je suis entrée dans sa vie. Ce serait peut-être une nouvelle piste sans issue, mais je gardais bon espoir que ce stage m'apporterait autre chose qu'une expérience sur le terrain.

Il allait falloir que je me montre discrète – Simon me réprimanderait illico s'il apprenait que j'interrogeais ses collègues –, mais le jeu en valait la chandelle. J'allais pouvoir infiltrer une autre partie de la vie de mon hôte, ce « vieil ami de ma mère » qui la connaissait avant ma naissance, et j'étais sûre que cela me conduirait à de nouvelles informations. Mais, en découvrir plus sur le passé de Simon et sur sa famille me conduirait-il à mon père ? Je ne peux peut-être pas répondre à cette question pour le moment, mais une chose est sûre : Inspecteur Violet n'a pas dit son dernier mot !

# Dernier tour de piste

## *Lundi 13 juin*

– Montre, montre, montre !

S'il y a bien une chose – et une seule – plus grande encore que ma curiosité, c'est mon amour pour les fringues. Alors, quand Maggie, toujours aussi élégante avec sa chemise blanche sans manches et son short noir, a débarqué chez Zoe samedi soir les bras chargés de paquets, je lui ai sauté dessus avant qu'elle ait eu le temps de dire ouf.

– Tu risques d'être déçue. Il n'y a rien de très *exciting* là-dedans… a-t-elle fait d'un geste nonchalant, en déposant le tout par terre. Devant ma mine intriguée, elle a cru bon de préciser :

– Un pantalon noir strict, trois blouses dans des tons neutres et des escarpins *nude*. La panoplie parfaite de la petite stagiaire en droit… Mais c'est sûr que je ne risque pas de gagner le prix de la mode cet été !

– Oui, mais tu as de la chance : ça t'a fait une excuse toute trouvée pour faire du shopping… J'ai déjà posé la question à Simon, et, chez Black Carpet Productions, je peux arriver en jean, en baskets même, ils s'en fichent !

– Oh, on te connaît, Violet, tu arriveras bien à trouver le moyen d'aller dévaliser les boutiques, que tu en aies « besoin » ou pas !

Claire avait passé la porte de la cuisine avec un grand plateau débordant de tous les plats thaïlandais dont nous raffolions. Bien sûr, aucune de nous n'avait passé trois heures derrière les fourneaux... Non, notre dîner était arrivé dans de petites boîtes en carton dix minutes plus tôt, livré chez Zoe par le restaurant thaï du coin.

— Zoe ! ai-je crié en direction du bureau de son père. Tu viens ? On meurt de faim, nous !

Zoe s'y était éclipsée quelques minutes plus tôt, suspendue au téléphone avec Jeremy.

— Ces deux-là sont vraiment inséparables. Déjà qu'ils passent tout leur temps ensemble, il faut en plus qu'ils s'appellent trois fois par jour... Je me demande comment ils vont faire quand Zoe sera partie en colo la semaine prochaine...

C'était plus fort qu'elle. Claire se faisait souvent du souci pour les autres, même si tout semblait aller pour le mieux dans le meilleur des mondes entre nos deux amis.

— C'est toujours mieux d'être séparée de son petit copain pendant quelques semaines que de ne pas avoir de copain du tout !

La remarque de Maggie, peut-être un peu plus cassante qu'elle ne l'aurait voulu, est restée en suspens pendant quelques instants.

— Tu as raison, Maggie. On n'arrête pas de se plaindre, mais on devrait penser un peu plus à toi...

— Enfin, bon, je n'ai pas non plus besoin de votre pitié !

J'ai lancé un regard furtif à Claire, ne sachant pas vraiment comment rebondir. C'est tout moi, d'aborder un sujet aussi délicat !

— Il ne s'agit pas de pitié ! On voudrait juste que tu sois heureuse, comme nous, c'est tout.

– Et puis, qui sait si tu ne vas pas rencontrer un charmant jeune homme chez Gilbert & Evans ? Jeremy et toi ne serez pas les seuls stagiaires... a poursuivi Claire, avec un ton plein d'espoir.

Pour toute réponse, Maggie a levé les yeux au ciel.

– Il y aura peut-être des mecs mignons autour de moi. Et je ne manquerai pas de te les présenter...

La grimace de Maggie aurait dû suspendre mon élan, mais, de toute évidence, je n'ai pas saisi le message.

– Ne t'inquiète pas, Maggie, on va te trouver un garçon super d'ici la fin de l'été. On s'y mettra toutes s'il faut !

– Oui, cet été, c'est le tien autant que le nôtre, a rajouté Claire. Il y aura un garçon dans ta vie d'ici la rentrée, j'en suis sûre !

Soudain, les joues de Maggie, d'ordinaire assez pâles, se sont empourprées. Elle a détourné le regard. Puis, elle a pris une grande inspiration avant de laisser éclater sa colère.

– Mais laissez-moi tranquille, à la fin ! Vous vous croyez meilleures que moi parce que vous êtes amoureuses ? Vous pensez que je rêve de vous ressembler à tout prix ? Que je suis jalouse ? Mais je n'ai pas besoin de votre aide ! Je peux très bien me débrouiller toute seule !

Sa voix s'est brisée. Maggie a bondi du canapé et s'est dirigée vers la porte menant au jardin d'un pas si enragé que Claire et moi n'avons eu ni le temps ni l'envie de protester. De toute façon, je doute que l'une d'entre nous ait pu trouver les mots pour apaiser sa colère.

Nous étions encore assises sur le canapé, embarrassées, quand Zoe est ressortie du bureau toute guillerette, prête à nous raconter sa conversation dans les moindres détails. Elle a aussitôt compris que quelque chose n'allait pas. Deux minutes plus tard, elle rejoignait Maggie dans le jardin. Claire et moi osions à peine nous regarder, convaincues que la soirée était complètement gâchée, quand elles sont réapparues toutes les deux, peu après. Maggie avait les yeux rouges et gonflés, et sa voix était étouffée quand elle s'est adressée à nous.

– Désolée, les filles, je n'aurais pas dû vous crier dessus. Ce n'est pas de votre faute si... enfin... si je me sens un peu seule parfois. Mais, voilà, je ne veux plus entendre parler de cette histoire de petit copain. Laissez-moi vivre ma vie à ma façon et le sujet est clos, OK ?

Nous avons acquiescé en silence, secouant la tête aussi vivement que nous le pouvions pour montrer à notre amie que le message était passé. On ne nous y reprendrait plus.

– Bon, je crois qu'il ne nous reste plus qu'à faire réchauffer les plats ! s'est écriée Zoe, joignant le geste à la parole. Il n'en fallait pas plus pour rétablir une ambiance un peu plus gaie entre nous.

Le reste de la soirée s'est déroulé sans heurt, mais il y avait comme un parfum de nostalgie dans l'air. Vendredi avait marqué la fin des cours et cette soirée de samedi était notre dernière *girls night* officielle avant que nous partions chacune de notre côté pour l'été... Bien sûr, il y aurait des retrouvailles, pas plus tard que le week-end du 4 Juillet, la fête nationale, mais j'avais tout de même le cœur gros.

Vendredi, j'avais retiré toutes mes affaires de mon casier, inspectant chaque objet, savourant ce moment. Je savais que j'aurais le plaisir de le retrouver dès septembre, mais je n'arrivais pas à chasser la mélancolie qui m'avait envahie le matin même. Je me suis souvenue de l'excitation que j'avais ressentie lors de mon premier jour à Albany High, en voyant mon nom s'afficher en toutes lettres sur la porte de mon casier rouge vif. J'avais eu l'impression de marquer mon territoire au sein de mon nouvel établissement, de prouver que j'existais bien, que j'étais là au même titre que les autres. Ce sentiment d'appartenance s'était rappelé à moi tous les matins en arrivant, et cela grâce à un simple autocollant estampillé « Violet Fontaine ».

J'ai aussi dû ranger et nettoyer mon bureau au journal. Notre réunion éditoriale, d'ordinaire si solennelle chaque vendredi matin, avait pris un air de vacances : pas d'ordre du jour établi, pas d'articles à proposer, pas de bataille avec les autres journalistes pour obtenir les sujets les plus intéressants. Cependant, si les conversations tournaient autour des vacances et des projets de chacun, il y avait tout de même un sujet brûlant que personne n'osait aborder à voix haute, sous peine de donner l'impression d'avoir les dents qui rayaient le parquet. C'est vrai, quoi, qui pense déjà à la rentrée le dernier jour des cours ? Qui ? Les journalistes de l'*Albany Star* qui rêvent tous de décrocher le poste de rédacteur en chef à la rentrée. Voilà *qui*. Et la question à 10 000 dollars, celle que tout le monde se posait, était : qui allait être l'heureux élu ? Nathan était un *senior*, et il ne serait de toute façon pas revenu l'année prochaine. Bradley, son rédacteur adjoint, était aussi un *senior*. Les deux postes étaient donc désormais vacants.

En théorie, les *sophomores*[1], *juniors*[2] et *seniors* avaient le droit de postuler. Seuls les *freshmen*[3], les petits nouveaux, étaient officiellement exclus. Mais la réalité était

---

1. *Sophomores* : élèves en deuxième année de lycée, équivalente à une année supplémentaire entre la seconde et la première.
2. *Juniors* : élèves de troisième année de lycée, équivalente à la première.
3. *Freshmen* : élèves de première année de lycée.

bien différente. À la rentrée, la compétition serait féroce, et les critères, on ne peut plus stricts. Traditionnellement, le poste de rédacteur en chef revenait à un *senior* ayant fait ses preuves au journal depuis son entrée trois ans plus tôt en tant que *freshman*. Les mêmes règles s'appliquaient au rédacteur adjoint. Bien sûr, en plus de l'expérience et du talent, le CV de chacun allait peser dans la balance. Ceux qui suivraient des stages d'été dans des organismes de presse réputés avaient d'autant plus de chances d'être retenus en première sélection.

– Violet, tu reprends un peu de *pad thaï*[1] ?

Zoe me tendait le plat et je me suis empressée de me servir.

– Désolée, j'étais en train de penser à la rentrée, et à l'élection du nouveau rédac' chef et de son adjoint...

– Tu crois que tu vas te présenter ? a demandé Maggie.

J'ai réfléchi à ma réponse quelques instants.

– Hmmm, je mentirais si je disais que ça ne m'est pas passé par la tête. Après tout, il faut bien quelqu'un à ce poste, alors pourquoi pas moi ?

Mais, devant les expressions un peu contrites de Zoe et Claire, j'ai cru bon d'ajouter :

– Mais, bon, je ne me fais aucune illusion. Je n'ai sûrement pas l'expérience nécessaire, et je n'ai passé qu'un an à Albany High. Alors, on verra bien à la rentrée...

– L'important, c'est de ne pas trop te faire d'idées. Ainsi, tu ne seras pas déçue.

Le ton de Claire se voulait encourageant plutôt que défaitiste. J'ai toujours admiré sa façon, beaucoup plus simple

---

1. *Pad thaï* : plat typique thaïlandais à base de pâtes.

que la mienne, d'appréhender la vie. Claire n'était pas mauvaise à l'école, loin de là, mais ses notes ne crevaient pas non plus le plafond. Elle n'avait encore aucune idée de ce qu'elle allait faire après le lycée, et ignorait dans quelle université elle étudierait, mais cela n'avait pas l'air de l'inquiéter. Elle savait qu'elle allait passer un été fun et glamour aux côtés de Zach, et donnait l'impression que c'était tout ce dont elle avait besoin.

– En tout cas, ce qui est certain, c'est qu'il y a au moins une raison qui ne me fait pas regretter la fin des cours.

– Tu ne veux pas dire *trois* raisons, plutôt ? m'a gentiment taquinée Zoe.

– Oui, c'est tout à fait ça ! *Bye bye evil trio* ! Vous n'allez pas du tout me manquer. Au contraire, je suis super contente de ne pas voir vos affreuses têtes pendant plus de deux mois !

Mes trois copines ont éclaté de rire en même temps. Nous partagions toutes la même antipathie pour Olivia, Alyssa et Rebecca. La mienne se manifestait plus souvent que celle des autres, mais je savais très bien que mes amies ne portaient pas non plus ces trois pimbêches dans leur cœur. Et quoi de plus normal, quand on sait à quel point elles peuvent être dédaigneuses des filles comme nous, qui n'avons pas tous les garçons à nos pieds, des garde-robes remplies de pièces de créateurs et qui ne sortons pas tous les week-ends dans les clubs les plus branchés ?

– Sauf que, si j'étais toi, je ne me réjouirais pas si vite.

– Je suis bien d'accord avec Maggie, a renchéri Claire.

Devant mon air médusé, Zoe a clarifié leurs propos.

– Tu vois, ces trois-là ne sont pas connues pour leur discrétion. Et faire parler d'elles, c'est un peu leur seconde nature... Alors, que tu les croises au lycée ou non, il est probable que tu les verras d'une manière ou d'une autre pendant l'été ! Dans la rubrique people d'un magazine, ou bien sur un panneau d'affichage…

Les filles ont continué à m'expliquer ce à quoi ces trois pestes occupaient leurs étés. Quand elles ne sont pas en train de courir d'une super soirée glamour à une autre, souvent photographiées en compagnie de célébrités plus ou moins connues, Olivia, Rebecca et Alyssa courent les castings. Et, en partie grâce à Richard Steiner, grand magnat de la presse et père d'Olivia, elles ont dans le passé décroché des petits contrats de mannequinat, ou bien des rôles secondaires dans un film, un clip vidéo ou une publicité. Cela ne veut pas dire qu'elles vont devenir des super stars à dix-huit ans à peine, mais simplement que l'on n'est jamais à l'abri de ces trois oiseaux.

— L'été dernier, Olivia a obtenu un petit rôle dans un film d'auteur, tourné principalement à Los Angeles. Bien sûr, on l'avait lu dans la presse, impossible d'y échapper – c'est Olivia Steiner, tout de même ! Mais, de toute façon, personne n'aurait pu ignorer qu'à la rentrée sa tête avait doublé de volume !

Claire me racontait cette histoire, mimiques à l'appui.

— Alors, si tu crois que tu vas pouvoir les éviter pendant les vacances, eh bien, n'y compte pas trop.

— On n'échappe pas à nos trois princesses comme ça ! a rajouté Zoe.

Hmmm, il ne manquait plus que cela. Un été à la sauce *evil trio* ? Ah, non, merci !

# Un mensonge de trop

## *Jeudi 16 juin*

Maman me ment depuis ma naissance. Si elle se tenait derrière moi, à lire par-dessus mon épaule au moment où j'écris ces lignes, elle me corrigerait sans ménagement. Elle s'écrierait : « Je ne te mens pas ! Je ne peux simplement pas t'avouer toute la vérité ! » Je lui répliquerais que ça ne change rien pour moi, que le résultat est le même. Cela fait dix-sept ans qu'elle refuse de me dévoiler quelque détail que ce soit sur l'identité de mon père. Il est anglais, c'est ma seule certitude. Quant au reste, eh bien, je navigue en plein brouillard. Maman m'a toujours dit qu'il n'avait voulu ni de moi ni d'elle dans sa vie, mais faut-il la croire ? Rien n'est moins sûr.

Car maman me ment, j'en ai désormais la preuve. Alors, comment pourrais-je encore lui faire confiance ? Comment démêler le vrai du faux dans notre relation ? Je ne suis pas certaine d'en être un jour capable. Mon téléphone portable indiquait cinq appels manqués de sa part et trois messages. J'ai écouté le premier, sans me faire aucune illusion, m'interdisant d'espérer qu'il s'agissait vraiment d'un malentendu, qu'il y avait une explication. Puis j'ai raccroché, dégoûtée.

J'avais eu besoin de joindre maman en urgence. Elle avait déjà rempli et signé les formulaires pour ma réinscription à Albany High pour l'année prochaine et les avait renvoyés directement au lycée comme convenu. Elle m'avait dit que tout était en ordre pour mon année de *senior*. Pourtant, quelques jours avant la fin des cours, j'avais reçu un message me demandant de passer au secrétariat. Il manquait une signature sur une des pages et il était impératif que mon dossier soit complété au plus vite. Simon n'étant pas mon représentant légal, il ne pouvait rien faire. J'ai attendu une heure convenable en France et j'ai appelé maman à la maison. Pas de réponse. Je l'ai appelée alors sur son portable, plusieurs fois, sans succès.

Maman m'avait bien fait comprendre qu'elle ne souhaitait pas que je l'appelle à son bureau. Elle a toujours son portable sur elle, et, quand elle ne décroche pas, c'est qu'elle doit être en réunion, ou sur une mission. Son métier d'interprète implique des déplacements réguliers chez ses divers clients, où elle passe plus de temps qu'à son bureau. Je me souviens maintenant qu'elle avait particulièrement insisté là-dessus quand j'étais partie pour Los Angeles. « Tu peux toujours me joindre par e-mail ou sur mon portable, mais ne m'appelle jamais au travail », m'avait-elle répété plusieurs fois. Sur le moment, j'avais trouvé cela un peu étrange. Mais, maman ayant toujours eu des règles un peu strictes et des idées bien arrêtées, j'ai appris depuis bien longtemps à choisir mes moments pour poser des questions.

Bien sûr, j'aurais pu attendre quelques heures, le lendemain même, et maman m'aurait sans aucun doute rappelée. J'ai dû me laisser aveugler par l'excitation de passer une année de plus à Albany High. S'il y avait un problème avec mon dossier, il fallait qu'il soit résolu immédiatement ! Il n'était pas question de compromettre mon avenir à Los Angeles, même si je me doutais bien qu'une signature manquante n'allait pas le faire chavirer. Mais, voilà, j'ai désobéi à maman et j'ai appelé le standard de son entreprise, ma mère ne m'ayant jamais donné le numéro de sa ligne directe.

La réceptionniste m'a annoncé froidement qu'Isabelle Fontaine n'était pas disponible et ne le serait pas de la journée. J'ai bien essayé de lui expliquer que j'étais sa fille et que c'était urgent, elle m'a simplement répondu qu'elle ne pouvait rien faire de plus. J'étais sur le point de raccrocher quand une idée m'a traversé l'esprit. Je connaissais bien une des collègues de maman, Cécile, qui était aussi devenue une amie à elle au fil des années. Elle pourrait sans doute m'aider !

– Pouvez-vous me mettre en relation avec Cécile Demode ? ai-je demandé à la réceptionniste qui semblait s'impatienter au bout du fil.

Elle m'a connectée sans prendre la peine de répondre, et, un instant plus tard, j'entendais la voix familière de Cécile.

– Violet ? C'est toi ?

– Oui, c'est moi ! Je suis désolée de te déranger, mais je cherche à joindre maman par tous les moyens…

– Mais ne t'inquiète pas, tu ne me déranges pas du tout !

– Alors, est-ce que tu sais où elle est ? Je sais qu'elle est souvent en déplacement à Londres en ce moment, mais je ne me souviens pas si…

– À Londres ?

Cécile m'a interrompue, étonnée.

– Oui, à Londres, je sais qu'un de ses projets est basé à Londres en ce moment et qu'elle y va régulièrement, mais...

– Hein ? Je ne vois pas du tout de quoi tu parles, Violet, a poursuivi la collègue de maman. Isabelle est en vacances cette semaine.

C'était mon tour d'être surprise. En vacances ? Et pourquoi ne m'en avait-elle pas parlé ? Mais je savais bien que maman n'apprécierait pas du tout que je questionne son amie.

– Ah bon, j'ai dû oublier. Désolée...

– Et, quant à Londres, a-t-elle continué, je ne me souviens plus de la dernière fois où elle y est allée.

– Ah si ! Il y a deux semaines environ, je m'en souviens, c'était aux alentours de mon anniversaire, ai-je répliqué innocemment.

Cécile a marqué une courte pause, comme pour se souvenir.

– Tu as dû mal comprendre, son dernier projet là-bas remonte à plus d'un an... Depuis, elle n'a pas quitté Paris. Enfin, pour le boulot, j'entends !

J'ai failli la corriger. Lui rappeler que maman se déplaçait régulièrement à Londres pour l'un de ses clients, que je le savais bien et que c'était elle qui se mélangeait les pinceaux. Mais après tout, Cécile la côtoyait au quotidien. Elle en savait certainement plus sur les allées et venues de sa collègue que moi, sa fille vivant à plus de 17 000 kilomètres.

J'ai remercié Cécile chaleureusement sans montrer que ses révélations venaient d'ouvrir la porte à une dizaine de questions. Tout au long de l'année, maman m'avait parlé d'une mission à Londres qui l'occupait beaucoup, sans jamais m'en dire plus. Quand je ne pouvais pas la joindre, ou bien qu'elle mettait quelques jours à répondre à l'un de mes e-mails, elle invoquait toujours ses nombreux déplacements et sa charge de travail particulièrement lourde.

Mais Cécile avait été catégorique. À l'en croire, ce projet n'existait pas. Maman l'avait-elle inventé de toutes pièces ? Et si oui, pourquoi ? Je me posais encore ces questions le lendemain matin. Quand je suis remontée dans ma chambre après mon petit-déjeuner, mon téléphone affichait un message sur répondeur. J'avais espéré que Cécile ne raconterait pas à maman notre conversation de la veille, mais le lui demander aurait éveillé ses soupçons.

« *Violet, c'est maman. Je viens d'avoir Cécile au téléphone. Tu as essayé de me joindre à mon bureau hier ? Je croyais t'avoir dit de ne pas m'appeler là-bas ? Tu ne m'écoutes jamais ! Elle m'a raconté votre conversation... Je suis sûre que tu as mal compris... Avec ton imagination débordante, qui sait ce que tu t'es mis dans la tête ! Rappelle-moi dès que tu auras écouté ce message.* »

Mal compris ? C'était bien son genre d'essayer de me faire croire que c'était *moi* la fautive ! Bien sûr que non, je n'avais pas mal compris ! Et il n'était pas question que je la rappelle. Dix minutes plus tard, mon téléphone a sonné de nouveau, et je n'ai même pas pris la peine de regarder l'écran.

Au lieu de ça, je me suis précipitée sur mon ordinateur, j'ai lancé Skype et poussé un fort soupir quand j'ai vu que Lou était connectée.

– Hello, Violet, ça va ? Désolée, je ne peux pas rester longtemps en ligne, je dois filer dans cinq minutes.

Mais Lou a tout de suite remarqué ma mine déconfite via la webcam.

– Qu'est-ce qui ne va pas ?

– Je viens d'apprendre un truc, sur ma mère. Il faut vraiment que je te parle...

– Bon, laisse-moi juste passer un coup de fil aux filles et leur dire que je serai en retard.

Voilà pourquoi Lou est et restera toujours ma meilleure amie. Elle a tout de suite compris l'urgence de la situation et n'a pas hésité un instant à se rendre disponible pour moi. Je lui ai raconté ma conversation avec Cécile, puis le coup de fil de ma mère, et elle est restée silencieuse pendant quelques instants, une grimace se dessinant sur son visage. Lou est tout le contraire de moi : elle préfère prendre le temps de la réflexion, peser le pour et le contre, accorder le bénéfice du doute, alors que je suis du genre à accuser d'abord et à réfléchir ensuite.

Devant mon regard insistant, elle a enfin parlé.

– Il doit y avoir une explication...

– Oui, l'explication, c'est qu'elle me ment. Tout le temps. À longueur de journée.

Lou a pris une grande inspiration.

– OK, elle te ment. Ça fait des mois qu'elle te dit qu'elle est surchargée de travail et qu'elle n'arrête pas de se déplacer à Londres...

– Et Cécile m'a dit que les choses étaient si calmes en ce moment que maman avait pu prendre des vacances. Elle qui soi-disant ne pouvait pas venir pour mon anniversaire !

J'enrageais. Lou a posé les coudes sur son bureau et s'est pris la tête dans les mains, sans réagir à mon accès de colère. Elle me connaît assez pour savoir que, dans ces moments-là, chercher à m'apaiser ne sert à rien.

– Et si elle ne te mentait pas ?

– *Quoi !* Mais on vient justement de dire que...
– Je sais, je sais ! m'a-t-elle interrompue sans une once d'irritation dans la voix. Mais imagine un instant que ta mère te dit la vérité, en tout cas, partiellement.

Lou s'attendait à ce que je m'emporte de nouveau, mais j'attendais, incrédule, à l'autre bout du monde, de savoir où elle allait en venir.

– Imagine qu'elle se rend bien à Londres, comme elle te le dit, à chaque fois. Mais que ce n'est pas pour le travail...
– Ça n'a aucun sens ! Pourquoi s'y rendrait-elle, alors ?
– Je n'en sais rien... Mais il y a peut-être une explication...
– Toi, tu as une idée derrière la tête.
– Peut-être, mais on n'a aucun moyen d'en avoir le cœur net...
– Balance !
– Et si je me trompais ? C'est juste une intuition, une idée en l'air...
– Bon, Lou, ça suffit, dis-moi ce que tu penses !
– Eh bien, je ne sais pas, moi, mais imaginons un instant que cela ait un rapport avec ton père ?

J'ai raccroché avec Lou qui était en retard pour son ciné et j'ai attrapé mon téléphone abandonné sur le lit. J'ai écouté les deux autres messages. Ils étaient pleins de reproches, de fausses excuses et de blabla qui ne voulait rien dire. Je les ai effacés et je suis retournée à mon ordinateur pour taper un e-mail. Je ne pouvais pas lui parler de vive voix. Je savais qu'elle essaierait de brouiller les pistes, qu'il y aurait des paroles blessantes, et des pleurs, sans doute. J'ai rédigé une ligne, brute, sans fioritures.

*« Rappelle-moi quand tu seras prête à me dire la vérité. Toute la vérité. »*

Mon téléphone est resté silencieux pendant le reste de la journée.

# Princess for a day

## *Dimanche 19 juin*

Hier après-midi, j'ai eu l'occasion de vivre un véritable rêve de petite fille. Laquelle d'entre nous n'a pas un jour rêvé de parcourir des rayons entiers remplis de robes de princesse plus somptueuses les unes que les autres ? D'effleurer des matières précieuses, tulle de soie, dentelle, satin... De s'extasier devant les détails raffinés, sequins, plumes, perles... J'ai le tournis à nouveau rien qu'à écrire ces quelques lignes.

Bien sûr, nous n'étions pas là, dans cette splendide boutique de mariage de West Hollywood, pour mon plaisir personnel. Nous étions là pour Susan et toute l'attention devait se reporter sur la future mariée.

J'étais incroyablement fière que Susan m'ait demandé de l'accompagner dans ses essayages. Elle aurait dû y aller avec Lydia, sa meilleure amie, mais celle-ci était très occupée en ce moment, et Susan n'avait de toute façon pas envie d'en faire une montagne.

« J'ai besoin de l'avis sincère et objectif de quelqu'un qui a un vrai sens du style. Entendre l'avis de toutes les femmes autour de moi risquerait de me faire tourner en bourrique ! », avait-elle ajouté avec un clin d'œil appuyé.

Quand elle est sortie de la cabine après avoir passé la première robe, j'ai dû prendre sur moi pour ne rien laisser paraître de ma déception. La robe était jolie, cela ne faisait aucun doute, et elle mettait en valeur la fine silhouette de Susan. La fiancée de Simon n'est pas très grande, et je pouvais tout à fait comprendre son souhait de choisir une robe dans laquelle elle ne se noierait pas. C'était elle qui porterait la robe, et pas la robe qui la porterait ! C'est vrai que je ne l'imaginais pas dans une meringue à froufrous. « C'est bien pour les jeunes, mais, moi, je vais bientôt avoir 36 ans ! », avait-elle ri.

Mais cette robe était si simple, si dépouillée ! En satin ivoire, coupée au genou, son seul détail particulier était l'asymétrie des manches et son unique bretelle.

La deuxième robe était un peu plus élaborée. Elle était en dentelle, à fines bretelles, délicate et féminine, mais peut-être un peu trop *girly* pour Susan, dont le look – chemisier en soie dans une teinte neutre, jean slim noir et escarpins vertigineux – est plus classique. La robe était jolie, mais ce n'était pas le style de notre future mariée. Et, alors qu'elle venait de passer une troisième robe qui ne m'emballait pas vraiment, j'ai osé intervenir.

– Ces robes sont jolies, je ne dis pas le contraire, mais je t'imaginais dans quelque chose de plus, enfin, de moins…

Susan, qui s'observait dans le grand miroir à l'autre bout de la pièce, s'est tournée vers moi, intéressée.

– Dis-moi… C'est pour ça que je t'ai demandé de venir avec moi.

– Eh bien, c'est ton mariage ! Ton *big day* ! Tu n'en auras qu'un. Je comprends que tu n'aies pas envie d'une robe de princesse, mais ce n'est pas une raison pour choisir l'extrême inverse.

Susan s'est approchée de moi, intriguée.

— Imagine-toi descendre vers l'autel, Simon au loin t'apercevant pour la première fois... Tu veux lui faire de l'effet, le renverser, le subjuguer ! Être la fille la plus belle de la terre à ce moment précis !

Elle a ri.

— Tu as raison, a-t-elle remarqué en parcourant du regard les robes pendues dans sa cabine.

Elle a attrapé les cintres et les a tendus à la vendeuse.

— Mais il faut aussi que tu saches quel type de mariage Simon et moi sommes en train d'imaginer. Tout d'abord, il n'y aura pas d'autel. La cérémonie aura lieu dans un parc. Ensuite, au risque de te décevoir, ma chérie, ce ne sera pas un grand mariage de conte de fées... Il n'y aura qu'une poignée d'invités et nous avons envie de faire les choses très simplement...

— Et tu as envie d'une robe en conséquence, ai-je continué, hochant la tête. Donne-moi deux minutes !

Je comprenais mieux ce qu'elle souhaitait. J'ai fait le tour de la boutique et je suis revenue avec trois robes. Sobres, élégantes, courtes, mais chacune avec un petit détail en plus qui, je l'espérais, allait faire toute la différence.

La première a été la bonne. À la seconde où Susan a tiré le rideau de la cabine et où j'ai vu son visage radieux, j'ai su que c'était la bonne. Le haut de la robe ressemblait à un bustier à larges bretelles, près du corps, au décolleté arrondi qui mettait sa poitrine parfaitement en valeur. La robe était très cintrée, parfaite pour la taille fine de Susan. Mais la jupe, au genou, partait ensuite en corolle, contrebalançant la structure du haut et ajoutant une touche de douceur. Voilà, on venait de trouver *the* robe que Susan porterait pour épouser Simon, et la joie grandissait sur son visage. Je

me suis levée d'un bond, j'ai attrapé sa main et je l'ai fait virevolter sur elle-même.
– *I love it* ! Et je me sens si bien dedans…
– Eh bien, l'affaire est dans le sac !

Vingt minutes plus tard, nous étions attablées à la terrasse d'un charmant petit restaurant du quartier. Susan m'a raconté leurs projets de mariage un peu plus en détail. Elle avait un photographe en tête, l'ami d'un ami qui faisait un travail magnifique, et ils avaient déjà décidé de louer les services d'un groupe de rock plutôt que ceux d'un DJ. Ils avaient prévu de visiter quelques lieux de réception le week-end prochain mais ils savaient déjà exactement ce qu'ils voulaient : un endroit intime et simple pour accueillir une quarantaine de personnes, dès la fin de l'été.
– C'est tout ? Je n'ai pas pu cacher ma surprise. Moi qui avais cru que Susan et Simon voudraient être entourés de leurs nombreux amis à Los Angeles, en plus de leurs familles respectives… Quarante personnes, cela me semblait bien peu.
Susan a balayé ma remarque d'un petit geste de la main.
– Oui, c'est tout. Nous avons déjà décidé de n'inviter que nos amis proches, plutôt que d'ajouter à la liste toutes nos connaissances de travail et nos fréquentations…
– Et vos familles, alors ? Bien sûr, ma question était intéressée. Je connaissais déjà la famille de Susan. J'avais passé Thanksgiving avec son frère, David, sa belle-sœur Kristen et leurs deux enfants, Martin et Jessica. J'avais aussi brièvement rencontré ses parents le jour où elle avait emménagé chez nous. Mais je ne pouvais pas en dire autant pour Simon.

– Eh bien, mes parents, mon frère... Tout le monde sera là, bien sûr... a-t-elle répondu sans me regarder.
– Et Simon ? Mon ton se voulait innocent, mais, au fond de moi, l'envie d'en savoir plus me démangeait.
– Oh, tu sais, sa famille est loin... Susan évitait toujours mon regard.
– Mais c'est le mariage de leur fils, tout de même. Ses parents ne voudront pas rater ça !

Maman aurait été absolument horrifiée si elle m'avait entendue. « Violet, arrête de te mêler de ce qui ne te regarde pas. Qu'est-ce que tu peux être indiscrète, parfois ! »

– Hmmm, oui, mais ce n'est pas si simple... Je ne suis pas sûre que Simon ait particulièrement envie de les inviter... Et, même si j'arrivais à le convaincre, je ne sais pas si...

Susan a rougi, puis elle a attrapé son verre de San Pellegrino et a pris une grande gorgée. J'ai tenté de garder mon calme et de ne pas montrer tout l'intérêt que je portais à ce sujet, mais je bouillais de questions. Je vivais chez Simon depuis plus d'un an, et je ne l'avais jamais entendu parler de ses parents. C'était comme s'ils n'existaient pas, et, malgré tous mes efforts, je n'en avais jamais découvert plus. Mon hôte avait toujours fait tant de mystère sur sa famille, sur son passé, sa vie en Angleterre ! Mais Susan en savait plus que moi, c'était évident, et si, avec un peu de chance, j'arrivais à la faire parler...

Mais l'amie de Simon a dû lire dans mes pensées, car avant même que j'aie eu le temps d'ouvrir la bouche, elle a balbutié :

– Oublie ce que je t'ai dit. Je ne devrais pas t'embêter avec ça. Et puis, je préférerais que cette conversation reste

entre nous. Simon n'a pas vraiment envie que je t'implique dans nos préparatifs, il craint que cela fasse trop pour toi...
— Au contraire, je suis ravie de participer. J'étais tellement contente quand tu m'as demandé d'être l'une de tes demoiselles d'honneur !
— Mais, euh, Simon ne voit pas les choses de cette façon... Mieux vaut éviter de l'embêter avec nos petites histoires, d'accord ?

La voix de Susan s'était imperceptiblement teintée d'autorité et son sourire était forcé quand elle a reposé ses couverts sur son assiette vide. Simon ne voulait pas que je me mêle de leurs affaires, que j'en apprenne plus sur eux – sur lui ? – et Susan n'allait pas me dire pourquoi. Ou peut-être ne pouvait-elle pas me dire pourquoi.

Mais s'il y a une chose qu'elle ne sait pas encore sur moi, c'est que plus l'eau est trouble, plus j'ai envie d'y plonger.

E-mail de **loulou@emailme.com**
à **violetfontaine@myemail.com**
*le mardi 21 juin à 8 h 55*
Sujet : Susan
Hello ma Violet !

J'espère que tes premiers jours au sein de Black Carpet Productions se déroulent bien. Tu me raconteras tout, hein, promis ? Surtout si tu croises des stars, je veux TOUT savoir !

Bon, revenons à nos moutons : Susan. Pour moi, une chose est claire, Simon ne t'apprendra rien de plus. Un an que tu essaies de lui soutirer des informations sur sa relation avec ta mère, sur son passé, sur ce qu'il sait de *ton* passé, et tu n'en tires rien. Mais, d'après ce que tu m'as dit,

Susan est un peu plus bavarde. Si j'étais toi, je concentrerais mes efforts sur elle. Elle en sait de toute façon plus que toi...

Grosses bises,
Ta Lou

# Working Girl

## Vendredi 24 juin

Appelez-moi Violet Fontaine, stagiaire aux mille ressources ! Je n'ai pas arrêté de courir dans tous les sens depuis que j'ai commencé mon stage. Ma responsable, Carroll Egan, a à peine 30 ans et de l'énergie à revendre. Elle parle à une vitesse hallucinante, arrive à jongler avec trois choses à la fois et est toujours sur le qui-vive. Il faut dire que ses journées sont bien chargées ! Elle passe son temps en réunion, reçoit une centaine d'e-mails par jour et semble constamment pendue à son BlackBerry. Pourtant, elle trouve quand même le temps de m'expliquer ce qu'elle fait, comment les choses fonctionnent, quel va être l'ordre du jour de telle ou telle réunion… Et elle accepte que je la suive à la trace dans tous ses va-et-vient. C'est fascinant !

En une semaine, j'ai assisté à un déjeuner avec des scénaristes, à une séance de casting pour une nouvelle série TV, et j'ai pu passer un après-midi avec une équipe de techniciens du son qui mettait la touche finale à la bande-annonce d'un film qui va bientôt sortir en salles. Bon, j'ai aussi couru plusieurs fois par jour au Starbucks du coin pour assouvir les besoins de Carroll et de toute l'équipe, mais comme je peux moi aussi me commander une boisson aux frais de la princesse, ça ne me dérange pas tant que ça.

En revanche, je n'ai croisé Simon qu'une poignée de fois. Son bureau n'est pas au même étage, et il est lui aussi souvent en réunion. Il est quand même passé me voir le premier jour pour vérifier que tout se passait bien, mais à part ça, je n'ai pu lui raconter mes journées que le soir en rentrant à la maison.

Le bureau de Noah, lui, est au même étage que le mien, mais à l'opposé, ce qui fait que je ne peux le « croiser » que si je fais un petit détour. Mais nous avons quand même pu déjeuner ensemble une fois. Je lui ai raconté mes journées à cent à l'heure aux côtés de Carroll et à quel point j'admire son dynamisme et le fait qu'elle arrive à rester calme, même si beaucoup de responsabilités semblent peser sur ses épaules. J'étais tellement perdue dans mes anecdotes qu'il m'a fallu un certain temps pour remarquer que Noah n'avait pas dit un mot depuis un moment. Je ne savais presque rien de la façon dont les choses s'étaient déroulées pour lui. Quand je lui ai posé la question, il a commencé par hausser péniblement les épaules.

– Mes premiers jours n'ont pas été aussi réjouissants que les tiens, ça, c'est sûr… On m'a donné plein de boulot à faire, mais rien de très intéressant. Je passe le plus clair de mon temps à lire et relire des scénarios jusqu'à ce que mes yeux voient double, à corriger grammaire et ponctuation…

J'ai attrapé sa main à travers la table.

– C'est si terrible que ça ?

– Ah ! J'ai oublié de te parler des centaines de photocopies que j'ai faites depuis que je suis arrivé ! a-t-il ironisé, tout en dégageant sa main.

Je n'ai pas su quoi répondre. J'aurais voulu compatir, lui dire qu'il pouvait me parler, vider son sac s'il en avait besoin. Il avait l'air si démoralisé… Mais j'avais également envie de lui rappeler que c'était ça aussi, le rôle d'un stagiaire.

D'assister les autres, d'accomplir de menues tâches qui paraissent insignifiantes. Moi aussi, j'avais passé beaucoup de temps devant la photocopieuse. J'avais même dû appeler le service technique pour que l'on vienne remplacer le toner de l'imprimante du service et j'avais ouvert et classé le courrier de Carroll chaque matin. Je ne pouvais pas dire que j'y prenais particulièrement plaisir, mais je savais que ça faisait partie du jeu. Noah ne pensait tout de même pas qu'il allait passer ses journées à écrire ses propres scénarios ? À 17 ans ? Cependant, à voir sa moue boudeuse, j'ai compris que ce n'était pas le moment d'aborder cela. Mieux valait me comporter en bonne petite copine et lui remonter le moral.

Hier soir, nous avions prévu de retrouver Jeremy et Maggie au King of Burgers. Je savais qu'ils arriveraient ensemble, en sortant du cabinet, mais j'ai quand même ressenti un petit malaise à voir Jeremy tenir la porte pour laisser passer Maggie. Il lui a même laissé le choix de la banquette, à mes côtés, avant de prendre place. Je savais que c'était idiot de ma part, mais j'avais tellement l'habitude de le voir avec Zoe que je ne pouvais m'empêcher de trouver notre double rendez-vous un peu bancal. Maggie était détendue, souriante. Elle a hoché la tête à plusieurs reprises pendant que Jeremy nous racontait leurs premiers pas chez Gilbert & Evans, et riait de bon cœur à ses blagues. Sa tenue était toujours aussi élégante en fin de journée, sa chemise à peine froissée, et elle avait relevé ses cheveux en une queue-de-cheval haute. Jeremy portait aussi une chemise et un pantalon de costume, ce qui lui donnait une allure plus composée, moins brute que d'habitude. Zoe aurait été encore plus charmée de le voir ainsi. Nous n'avions pas l'intention de rentrer tard – tout le monde devait se lever tôt le lendemain –, mais j'ai quand même ouvert grand les yeux quand Noah a annoncé – à peine sa dernière bouchée avalée – qu'il était totalement épuisé et qu'il voulait rentrer.

— Tu ne trouves pas ça bizarre, toi ?

La voiture était arrêtée à un feu rouge et Noah a jeté un œil dans ma direction.

— Trouver quoi bizarre ?

— Maggie… avec Jeremy.

Noah a haussé les sourcils, les yeux désormais fixés sur la route. Il y avait encore beaucoup de circulation à cette heure-là. Los Angeles est connue pour ses embouteillages impossibles.

— C'est comme si…

Mon copain a laissé échapper un rire moqueur.

— C'est comme s'ils étaient amis et en stage au même endroit ?

— Non, ce n'est pas ce que je voulais dire. Justement, c'est comme si…

— Je sais très bien ce que tu voulais dire. Il n'y a que toi pour voir le mal partout comme ça… Tu crois que Jeremy a oublié Zoe en l'espace de quelques jours ?

— Non, bien sûr que non.

Noah avait raison. Je vois vraiment le mal partout.

E-mail de **clairepearson@mymailbox.com**
à **violetfontaine@myemail.com**, **maggiebarrow@myemail.com**, **zoemiller@mailme.com**
*le mercredi 29 juin à 11 h 55*
Sujet : 4 Juillet
Hello de San Diego !

J'espère que tout se passe bien à LA et à San Fran pour toi, ma chère Zoe. De mon côté, c'est top ! Vous devriez voir mon bronzage… La maison de l'oncle de Zach est sublimissime. Je partage une chambre avec sa cousine et on a une salle de bains pour nous toutes seules ! Enfin, bref, j'arrête de vous narguer.

Je voulais aussi vous dire que, finalement, je ne vais pas rentrer pour le 4 Juillet. Le cousin de Zach a prévu une super fête et on a décidé de rester et d'en profiter.

Amusez-vous bien et racontez-moi tout en détail !

Claire xxx

# Summer Time

## *Mardi 5 juillet*

Couper les étiquettes de mon maillot de bain flambant neuf. *Check.* Vérifier qu'il reste bien de la crème solaire dans le tube. *Check.* Lunettes de soleil. *Check.* Ah non, pas celles que j'ai rayées après les avoir laissées traîner dans le sable ! Nouvelle paire de lunettes. *Check.* Tenue de rechange pour le soir. Euh, robe maxi à imprimé floral ou mini-robe rayée avec boutons dorés ? Hmm, les deux, je déciderai plus tard. *Check.*

J'ai passé en revue le contenu de mon grand sac en toile et j'ai descendu les escaliers quatre à quatre. Zoe m'attendait dans le salon. Elle était arrivée en fin de matinée, officiellement pour que l'on cuisine ensemble pour la fête – elle, un cheesecake et moi, un brownie – et officieusement pour que l'on puisse papoter en paix avant l'effervescence de la journée. Cela faisait moins de trois semaines que l'on ne s'était pas vues, mais il y avait tant à dire ! Sa colo, mon stage, Jeremy, Noah, les folles aventures de Claire à San Diego…

La sonnette de la porte a retenti.

— Ça doit être Maggie. J'y vais ! a crié Zoe depuis le salon pendant que j'enveloppais mon brownie pour la route.

– OK, j'arrive !
– Et Jeremy et Noah ? s'est enquise Maggie, alors que l'on montait dans sa voiture.
– Je viens de recevoir un SMS, a répondu Zoe. Ils sont déjà chez Mark.

Mark est un ami d'enfance de Jeremy. Chaque année, il organise une fête chez lui pour le 4 Juillet, la fête nationale américaine. D'après le petit ami de Zoe, c'est un événement à ne pas manquer, qui réunit près d'une centaine de personnes, amis, camarades et connaissances de Mark. Ses parents partent dans leur résidence secondaire pendant le long week-end, et il a la maison pour lui tout seul. Il y aurait quatre barbecues mis en place pour nous rassasier tout au long de la journée, entre deux plongeons dans la piscine dirigée plein sud.

Il y avait aussi des jeux prévus, dont un tournoi de water-polo. Puis, il ne nous resterait plus qu'à nous changer pour la deuxième partie de la fête : musique et danse en plein air jusqu'au bout de la nuit. Jeremy y était déjà allé plusieurs fois et il nous avait garanti une soirée inoubliable. Dommage que Claire ait décidé de rester avec Zach ! Elle ne savait pas ce qu'elle ratait.

Il faisait un soleil radieux et la température devait approcher les 35 degrés. L'eau de la piscine était tiède, avec une faible odeur de chlore, beaucoup moins désagréable qu'à la piscine de mon quartier. J'ai retrouvé Noah. Il avait l'air beaucoup plus détendu ce week-end. Ses deux premières semaines au sein de BCP[1] n'avaient pas été aussi réjouissantes qu'il l'avait espéré. Il avait travaillé dur, certes pas autant que les scénaristes qu'il assistait – leurs journées

---

1. BCP : Black Carpet Productions.

pouvaient atteindre douze heures, voire plus – mais assez pour se retrouver complètement épuisé à la fin de la semaine et certainement aussi un peu désabusé vis-à-vis du milieu qu'il adulait depuis toujours. Il n'avait pas voulu sortir avec moi la veille, et je savais qu'il avait prévu de faire la grasse matinée avant la fête. Apparemment, une bonne nuit de sommeil avait réussi à le remettre d'aplomb et je retrouvais enfin le Noah souriant et plein de vie que je connaissais.

Zoe et Jeremy étaient assis au bord de la piscine, en pleine conversation avec deux autres garçons que Jeremy semblait connaître. J'ai regardé autour de moi. Il y avait déjà beaucoup de monde, dans la piscine autour de nous, sur les chaises longues, un peu partout dans le jardin, autour du bar sur la terrasse… mais aucune tête ne m'était familière. Je n'avais même pas encore rencontré le maître des lieux.

Et Maggie ? Ah, si, Maggie était là, dans son superbe maillot de bain une-pièce noir, allongée sur une chaise longue protégée par un grand parasol. Ses énormes lunettes de soleil lui mangeaient la moitié du visage et lui conféraient un air mystérieux et terriblement chic. Elle détonnait au milieu des autres filles ultra-bronzées vêtues de micro-bikinis multicolores. Je lui trouvais une allure folle.

Je suis sortie de la piscine, ai attrapé ma serviette et suis allée m'installer à côté d'elle. Maggie avait eu raison de s'abriter sous l'un des rares parasols de la résidence. Le soleil tapait fort, et, avec une peau aussi pâle que les nôtres, il ne nous en fallait pas plus pour brûler. Certes, le look « cuit à point » est assez en vogue en Californie, mais cela prouve bien que toutes les modes ne sont pas bonnes à suivre.

J'étais en train de m'essorer les cheveux quand un garçon s'est approché de nous. Il n'était pas très grand mais avait une démarche assurée et un sourire confiant. Des sourcils épais, un visage fin et des yeux noirs comme le charbon. Incroyablement beau. Dès le moment où mon regard s'est posé sur lui, je n'ai pas pu me sortir ce mot de la tête. Beau. Une beauté singulière, pure, qui se retrouvait dans ses dents régulières, dans son front haut, dans son nez fort, mais en parfaite harmonie avec le reste de son visage. J'ai senti mes joues s'enflammer et j'ai détourné le regard, craignant que mes pensées ne soient trop transparentes. À mes côtés, Maggie avait à peine relevé la tête.

– Salut, les filles, vous passez un bon après-midi ? Vous avez tout ce qu'il vous faut ?

– Mark !

Jeremy et Zoe venaient d'arriver derrière nous. Je suis restée un instant bouche bée. Une maison sublime, une immense piscine, des dizaines d'amis qui venaient assister à sa super soirée, et, en plus de tout ça, Mark était tout simplement… canon.

Noah nous a rejoints, revigoré par sa baignade, et Jeremy a fait les présentations. Entre-temps, Maggie s'était redressée et avait retiré ses lunettes. J'avais toujours eu du mal à lire son expression, souvent stoïque, mais je n'imaginais pas qu'elle puisse rester insensible au charme de notre hôte. Elle l'a regardé droit dans les yeux en lui tendant la main et l'a remercié de nous avoir invités.

– Les amis de Jeremy sont mes amis !

– Non, vraiment, c'est une super fête ! a renchéri Maggie, charmeuse.

Zoe m'a jeté un coup d'œil en coin. Elle avait dû se faire la même réflexion que moi. Il serait absolument parfait pour elle. Et, en plus, c'était un vieux copain de Jeremy, cela rendrait les choses d'autant plus faciles... Mais, quelques instants plus tard, un autre invité appelait Mark. Celui-ci s'est excusé en nous souhaitant de bien profiter de la journée.

Maggie, Zoe et moi l'avons regardé s'éloigner en silence. Jeremy n'a pas été dupe.

– Ah, oui, Mark fait souvent cet effet-là ! nous a-t-il taquinées. J'imagine qu'il ne va pas rester célibataire longtemps...

– Il est libre ? a demandé Zoe, ignorant le regard menaçant de Maggie.

Jeremy a mimé un air exagérément choqué puis s'est esclaffé :

– Il vient de se faire plaquer, en fait, la semaine dernière.

– Dommage pour lui... ai-je avancé, peu convaincue.

– Oh ! Ne t'inquiète pas, il s'en est déjà remis !

Maggie n'avait pas dit un mot depuis le début de cette conversation, et, même si elle ne faisait semblant de rien, sirotant son thé glacé, j'étais certaine qu'elle n'en avait pas perdu une miette.

– Je meurs de faim, a lancé Noah. Qui veut un hot-dog ?

J'aurais bien voulu en savoir plus sur ce fameux Mark, mais j'imagine que Noah n'avait pas saisi la raison pour laquelle Zoe et moi étions soudainement si intéressées.

– Moi ! a fait Maggie, soudain très animée. Mais ne bouge pas ! Je vais les chercher.

Noah n'a pas eu le temps de répondre que Maggie tournait déjà les talons en direction du barbecue le plus proche. Le délicieux fumet de viande grillée parvenait jusqu'à nous. Un garçon roux, un peu grassouillet, faisait tourner les saucisses d'une main experte. Sur la table à côté de lui étaient disposés des petits pains, des tubes de moutarde et de ketchup, des tranches de fromage, ainsi que plusieurs bols de chips. J'avais moi aussi un petit creux, et cette odeur me donnait encore plus faim, mais j'étais déterminée à garder de la place pour plus tard. J'avais passé plus d'une heure à peaufiner mon brownie et j'avais bien l'intention d'en profiter.

C'est à ce moment-là que j'ai remarqué que Mark avait rejoint la petite troupe autour du barbecue. J'ai lancé un petit coup d'œil à Zoe qui m'a répondu d'un sourire en coin. La chasse était lancée, et Maggie y était partie tambour battant.

On ne l'a pas beaucoup revue de la soirée. Partout où Mark allait, notre belle brune n'était pas très loin. Elle riait à ses plaisanteries au milieu d'un groupe de filles qu'elle ne connaissait ni d'Ève ni d'Adam. Elle dansait à quelques pas de lui, lui tournant le dos, comme si elle ne l'avait pas remarqué. Quand il allait boire un verre, elle aussi avait soudainement soif.

Zoe et moi l'observions de loin. On n'osait rien dire à voix haute, de peur de porter malheur à Maggie, mais je pouvais sentir que mon amie retenait sa respiration autant que la mienne. Bien sûr, on souhaitait plus que tout au monde que Mark succombe au charme de Maggie et tombe follement amoureux d'elle, mais il ne semblait lui prêter que très peu d'attention. De plus, elle n'était pas seule dans son entreprise. Plusieurs filles draguaient ouvertement notre hôte, lui lançaient des sourires aguicheurs, et semblaient prêtes à bondir au moindre signe encourageant de sa part. Il était évident que le nouveau statut de célibataire de

Mark avait grisé la majorité de la population féminine de la soirée.

Et puis, tout à coup, je l'ai vue. Ses jambes interminables. Son ventre plat. Son haut de maillot qui ne laissait pas grand-chose à l'imagination. Ses yeux étudiant discrètement sa proie, la même que toutes les autres filles autour d'elle. J'ai fait signe à Zoe. Il lui a fallu quelques instants pour apercevoir Rebecca de l'autre côté de la piste de danse. Derrière elle, se tenait Alyssa, accrochée au cou de son footballeur de copain, Benjamin. Pour toute réponse, elle a haussé les épaules. Mes amies avaient eu raison. Vacances ou pas, on n'échapperait pas à l'*evil trio* si facilement. J'ai détourné le regard, refusant de me laisser gâcher la soirée.

La compétition était engagée depuis plusieurs heures mais, pour le moment, aucune fille ne pouvait encore crier victoire. Au début, il n'avait fait aucun doute pour moi que Maggie avait toutes les chances de s'attirer les faveurs du beau Mark. Elle était sophistiquée, raffinée, charmante et se distinguait clairement du lot. Cependant, je songeais désormais qu'il était peut-être temps pour elle de déclarer forfait. À l'évidence, Maggie n'était pas de cet avis. Elle venait de proposer à Mark de danser un slow, et il avait accepté, certes, mais il ne cessait de jeter des petits coups d'œil aux autres filles autour de lui. Rebecca devait enrager de voir que Maggie avait un avantage certain sur elle. C'était toujours ça de pris.

– Je n'aurais jamais pensé que Mark aurait été son type, a commenté Jeremy en désignant la piste de danse.

Noah et lui revenaient du bar avec nos quatre boissons. J'ai pris la mienne des mains de mon petit copain et je me suis levée pour l'embrasser. Quelle chance incroyable j'avais ! Un amoureux en or qui s'assurait de mon bien-être et qui me regardait droit dans les yeux lorsque l'on dansait ensemble. Je devais admettre que c'était une position bien plus agréable que celle de passer la soirée à draguer en vain un garçon.

— Hmmm, si j'en crois le spectacle devant nous, Mark est le type de *tout* le monde, a murmuré Zoe en faisant un clin d'œil à Jeremy.

Nos quatre paires d'yeux se sont tournées vers le couple. Maggie enlaçait Mark, les yeux fermés, encensée par la musique. Elle avait l'air bien, dans son élément. Mais, la chanson à peine finie, son partenaire lui a murmuré quelques mots et s'est éclipsé sans plus de cérémonie.

— Je m'en veux un peu, a continué Jeremy.

Devant nos regards interrogateurs, il a poursuivi :

— J'aurais dû prévenir Maggie. Mark n'est pas un mec pour elle...

— Elle n'a pas l'air d'être de ton avis, a raillé Noah.

— Le problème, c'est qu'il fait craquer toutes les filles... Et qu'il ne voit pas vraiment l'intérêt d'en choisir une.

— Je croyais qu'il venait de se faire plaquer ? a rétorqué Zoe, prête à le défendre.

— Oui... Mais seulement parce que sa copine trouvait qu'il avait l'œil un peu trop baladeur. Il y a toujours des filles qui lui courent après et il ne fait rien pour les dissuader.

— Peut-être que ce sera différent quand il rencontrera la bonne ? suis-je intervenue, pleine d'espoir.

— Moui, mais, malheureusement, on ne dirait pas qu'il l'a rencontrée ce soir, a-t-il répondu en désignant Mark, qui dansait désormais avec une grande blonde.

C'est à ce moment-là que Maggie est revenue vers nous. Elle s'est laissée tomber sur la chaise près de Zoe, a attrapé le verre de celle-ci et a avalé une grande gorgée.

— Tu as bien dansé ?

Le ton de Zoe se voulait léger et innocent. Maggie aurait sans doute vu rouge si elle avait su quel était notre sujet de conversation. Pour toute réponse, elle a haussé les épaules. Elle n'a pas non plus dit un mot pendant le trajet du retour. Noah était reparti avec Jeremy – ils n'habitent pas très loin l'un de l'autre –, et entre nous trois régnait un lourd silence. J'ai proposé à Maggie un nouveau dîner à quatre – Zoe serait repartie en colo – au King of Burgers pendant la semaine, et elle a acquiescé du bout des lèvres. Après être descendue de la voiture, j'ai croisé les doigts pour que Zoe arrive à briser la glace et à lui remonter le moral, mais rien n'était moins sûr.

Quand j'ai passé la porte d'entrée, la maison était plongée dans l'obscurité. L'horloge de la cuisine affichait 3 h 45 et Simon et Susan devaient être couchés depuis un moment. Eux aussi avaient assisté à une fête du 4 Juillet chez des collègues de Simon, mais elle devait s'être terminée un peu plus tôt que la nôtre. J'avais eu beau avoir nagé, dansé, bougé dans tous les sens, je ne me sentais pas fatiguée. Alors, au lieu de monter directement dans ma chambre, je suis passée par la cuisine pour me trouver un petit *snack*. Je culpabilisais un peu d'avoir repris trois fois du dessert – sans parler du reste ! – et j'avais envie de compenser mes excès par quelque chose de sain.

J'ai sorti la barquette de fraises du frigo, j'en ai lavé quelques-unes avant de les mettre dans un bol, et je me suis dirigée vers le salon. Depuis quelques semaines, Susan laissait régulièrement traîner ses magazines de mariage sur la table basse, et je prenais grand plaisir à les parcourir. Non pas que je me fasse des idées, bien sûr. Je suis bien trop jeune pour penser à ce genre de choses. Mais, mariage ou pas, les robes de princesse me feront toujours rêver. J'aime aussi particulièrement tous les petits détails de décoration que les mariées américaines apportent à leur *big day* – les magazines sont pleins de reportages sur des mariages qui me font baver d'envie – et les modèles de pièces montées – ou plutôt de gâteaux à étage, comme c'est la tradition ici – rivalisent d'originalité. Miam !

Susan avait corné ou arraché des dizaines de pages, certaines déjà classées dans son dossier « *Wedding* », laissé grand ouvert sur la table, d'autres éparpillées çà et là.

À moins de deux mois du jour J, la future mariée avait déjà bien avancé dans ses préparatifs. Dans son épais classeur, Susan avait rangé divers contrats et brochures de prestataires déjà réservés, son carnet d'idées, trois exemples de faire-part entre lesquels Simon et elle hésitaient encore, et plusieurs listes manuscrites. L'une d'entre elles, intitulée « Invités », a attiré mon attention en particulier. La plupart des noms inscrits ne me disaient rien. Voir cette liste de noms inconnus m'a rappelé le peu que je savais de la vie de Simon. Les quelques noms que j'ai reconnus étaient ceux de la famille de Susan et de Lydia et son mari, Derek. Soudain, j'ai réalisé quelque chose dont je ne m'étais jamais rendu compte aussi clairement auparavant : Susan me parlait ouvertement de son travail, de son passé, de sa famille... Tout le contraire de Simon qui, lui, ne me disait rien. Bien sûr, je pouvais discuter avec lui. On parlait culture, cinéma, il m'écoutait raconter toutes mes anecdotes de lycée, il lisait mes articles pour le journal, me donnait des conseils, s'intéressait à mes études, à mon stage, mais aussi à mes amies, à Noah. Mais cela était complètement à sens unique. Toutes les questions que *je* lui avais posées, il les avait contournées, déjouées, ignorées. Lou et moi avions passé des mois à tenter d'élucider le mystère Simon, mais il n'avait jamais laissé filtrer que des bribes d'informations insignifiantes.

Et là, à 4 heures du matin, sur un bout de papier griffonné à la va-vite, je venais d'en apprendre plus sur Simon qu'au bout de centaines de conversations avec lui. Voici ce que j'ai pu lire en bas de la liste, séparé de quelques lignes du reste des invités :

*Famille de Simon ???*
*Parents — Conrad + Lyn ???*
*Paul + sa femme + les enfants ???*

Quelques mois plus tôt, frustrées par le mutisme de Simon, Lou et moi avions eu la même idée, celle de taper le nom de Simon Porter dans Google, mais nos recherches n'avaient abouti à rien. Nous avions trouvé nombre de références à son travail de scénariste à Hollywood, mais rien de plus. Rien sur son passé en Angleterre, rien sur sa vie privée.

J'ai replacé la liste dans le dossier et je suis montée dans ma chambre, en faisant bien attention à ne faire aucun bruit. Le cœur battant, j'ai allumé mon ordinateur, décidée à reprendre mon enquête sur la famille de Simon. Vingt minutes plus tard, je me glissais enfin dans mon lit, furieuse d'avoir une nouvelle fois fait chou blanc. Mes recherches sur Conrad Porter, Lyn Porter et Paul Porter n'avaient abouti à rien. Et moi qui pensais être sur le point de faire un véritable bond en avant ! Encore une fois, mes talents d'investigatrice n'avaient servi à rien et je m'en voulais d'avoir osé espérer.

Et si tout cela ne servait à rien ? Et si, après toutes mes recherches, mes espoirs déçus, mes interrogations, Simon n'avait aucun rapport avec mon père ? Il ne fallait pas que je perde de vue mon véritable but. Simon restait peut-être un mystère, mais ce qui m'importait plus que tout, c'était de découvrir la vérité sur mon père. Et si j'étais partie dans la mauvaise direction dès le début ?

# Le temps des amours

## *Vendredi 8 juillet*

— Des nouvelles d'Isabelle ? Comment va ta mère ? m'a candidement lancé Simon hier matin alors que nous roulions vers les bureaux de BCP.

D'habitude, Simon ne partait pas au travail en même temps que moi et je prenais le bus pour me rendre à mon stage tous les matins. Mais ce jour-là, il avait une réunion à la première heure et il avait proposé de m'emmener.

J'ai détourné le regard, la mine boudeuse. Je n'avais pas parlé à maman depuis que j'avais appris qu'elle me mentait au sujet de ses séjours à Londres. Elle ne m'avait pas rappelée, mais elle m'avait envoyé quelques e-mails brefs, cherchant visiblement à renouer nos liens mais sans jamais parler du sujet qui m'intéressait, et chaque fois j'avais répondu sèchement, en quelques lignes.

— Tu l'as appelée récemment ? a insisté Simon.

Connaissant maman, elle avait dû lui demander d'intervenir pour résoudre notre conflit. Lui avait-elle aussi avoué la raison pour laquelle j'étais fâchée contre elle ?

— Non, pas vraiment. Nous sommes un peu en froid en ce moment...

— C'est ce que j'ai cru comprendre, a repris Simon, d'une voix douce. Mais c'est ta mère, et elle s'inquiète pour toi...

– Tu ne sais pas ce qu'elle m'a fait ! me suis-je insurgée.

Simon n'a pas répondu. Quelle idiote je faisais ! Bien sûr qu'il savait ce que maman avait fait ! Il en savait toujours plus que moi, même sur ma propre vie. Savait-il aussi pourquoi maman m'avait menti ?

– Fais-le pour moi. S'il te plaît ?

C'était à mon tour de rester silencieuse, les yeux collés à la vitre.

– Tu es déjà si loin d'elle…

Simon a posé sa main sur mon bras, m'encourageant à le regarder.

– Un petit coup de fil. Juste cinq minutes… Pour me faire plaisir ?

– D'accord, ai-je murmuré dans un soupir.

J'ai tenu ma promesse à Simon en rentrant. Je fais ça pour lui et uniquement pour lui, me suis-je répété en me connectant à Skype.

Notre conversation a été courte, froide, sans intérêt. J'ai répondu à ses questions sur mon stage, demandé des nouvelles de papi et mamie et je n'ai pas réagi quand elle m'a dit que, même si je ne pouvais pas toujours tout comprendre, tout ce qu'elle faisait était toujours pour mon bien. *Whatever*. Je sais mieux que personne ce qui est pour mon bien.

Après avoir raccroché, j'ai décidé de rappeler Claire. Elle avait essayé de me joindre deux fois dans la journée, mais je n'avais pas pu décrocher. Elle avait dû oublier, à se prélasser au bord de la piscine, que je travaille, moi, et que je ne peux pas papoter avec mes copines assise à mon bureau en face de Carroll. Claire m'a raconté ses journées par le menu. Chaque matin, après un bon petit-déjeuner en terrasse, elle allait faire une promenade sur la plage avec Zach. Elle s'était liée d'amitié avec ses cousines et leurs copines, et elle avait passé de nombreux après-midi entre filles, pendant que Zach retrouvait ses copains pour faire du surf. Elle avait aussi profité de ses longues heures passées à la plage ou au bord de la piscine pour faire le plein de lectures.

– Mais, tu ne t'ennuies pas un peu ? ai-je demandé, m'efforçant de donner à ma voix un ton le plus neutre possible.

Certes, Claire était en train de passer des vacances de rêve, mais mon stage était si passionnant, j'apprenais tant, que je me demandais parfois si j'aurais eu envie d'échanger avec elle.

– Oh non ! J'ai de quoi m'occuper ici. Il y a un court de tennis pas loin, plein de super boutiques à dévaliser... Je ne vois pas beaucoup Zach pendant la journée, mais je me suis fait plein de copines, alors...

Bon, OK, peut-être que je suis un tout petit peu jalouse d'elle. Malgré sa blondeur, Claire a une peau qui dore facilement, et j'imaginais déjà la mine radieuse qu'elle aurait à la rentrée. À côté d'elle, j'aurai l'air d'un cachet d'aspirine.

– J'ai des nouvelles de Zoe, au fait ! a-t-elle poursuivi. Tout se passe bien, mais les enfants sont quand même assez durs apparemment... Heureusement qu'elle a une patience d'ange et une bonne humeur à toute épreuve... Moi, je crois que je n'y arriverais pas !

– Moi non, plus ! Mais pour Super Zoe, rien n'est impossible...

Claire a éclaté de rire.

– Oui, pas de souci à se faire pour elle. En revanche, je ne sais pas si on peut en dire autant de Maggie...

– Je suis bien d'accord, ai-je soupiré. Quand je l'ai vue mardi soir, elle était d'une humeur de chien. J'ai bien essayé de la distraire et de lui parler, mais c'est un vrai mur !

– Hmm, c'est bien ce que je craignais. En fait, c'est aussi un peu pour ça que je t'appelais... J'ai appris par Zoe que Maggie a revu Mark.

– QUOI ?

– Eh oui ! Quelle cachottière, tout de même... Après votre soirée, que Zoe m'a racontée en détail, elle a décidé de persévérer et elle a soutiré son numéro de téléphone à Jeremy, qui n'a pas osé lui dire non.

– Je n'y crois pas ! Tu penses que Maggie en aurait parlé à l'une de nous trois, mais, non. Je lui aurais dit, moi, que c'était une très mauvaise idée ! ai-je fustigé.

Je me suis redressée sur mon lit, complètement absorbée par le récit de mon amie. Claire a étouffé un petit rire.

– Holà ! Violet, calme-toi, sinon tu vas exploser en apprenant la suite : Maggie a appelé Mark et ils sont sortis ensemble mercredi soir.

– Ah ! Eh bien, ça explique pourquoi elle a refusé ma proposition d'aller au ciné toutes les deux... ai-je grogné.

– Probablement... D'après ce que j'ai compris, enfin d'après ce que Jeremy a raconté à Zoe, Maggie l'a appelé et il a accepté d'aller boire un verre avec elle.

– Et ça s'est mal passé ?

– Sur le moment, pas vraiment, ils se sont même embrassés !

– Il a changé d'avis, alors...

– Eh non, et c'est bien ça le problème. À la fin de la soirée, Maggie devait déjà être super accro, mais Mark lui a dit – comme ça, sans y mettre les formes – que ça ne voulait rien dire, qu'il ne voulait pas de relation sérieuse, et que les choses n'iraient pas plus loin entre eux.

– Aaargghhh, non mais, il se prend pour qui !

Je n'avais pas pu m'empêcher de hurler. Les garçons peuvent être vraiment impossibles, parfois ! Et j'ai l'impression que plus ils sont mignons, plus ils se permettent de maltraiter les filles. À part mon Noah, bien sûr.

– Mais qu'est-ce que ça a à voir avec moi, au fait ? ai-je poursuivi.

– Maggie est une véritable tombe. Zoe l'a appelée et elle n'a pas voulu en parler. Moi, je n'ose même pas essayer… Mais je me demandais si tu en savais plus et si tu pouvais peut-être lui remonter le moral…

– Ah ! Malheureusement, je doute que ce soit possible. Elle n'est pas très bavarde avec moi ces derniers temps. La preuve, mardi soir… Avec Jeremy, elle discute, tous les deux se racontent des anecdotes sur leur stage, ils rient ensemble… D'ailleurs, je dois t'avouer que je trouve ça un peu louche…

– Pourquoi ?

C'était au tour de Claire d'être surprise.

– Je ne sais pas comment dire mais… Il y a Noah et moi d'un côté, et eux deux de l'autre, et on dirait presque…

– Presque quoi ?

– Tu vas croire que je suis dingue !

– Euh, tu sais, Violet, avec les filles, on pense déjà que tu as un petit grain, s'est-elle gentiment moquée.

Je n'ai rien répondu. Certainement parce que, au fond de moi, je suis un peu d'accord avec elles.

– Eh bien, je trouve que, parfois, on dirait un vrai petit couple, et ça me met mal à l'aise vis-à-vis de Zoe.

— Mais… tu as surpris quelque chose ? Maggie t'a parlé de lui ? C'est fort, ce que tu avances…

— Je sais ! Et, non, je n'ai aucune preuve. Juste un sentiment étrange… Tu crois que je devrais en parler à Zoe ?

— Ohlalala, non ! s'est exclamée Claire, une pointe de panique dans la voix. Maggie ne lui ferait jamais ça, et puis, pourquoi semer la zizanie pour une simple impression ?

Ah, heureusement que mes copines ne sont pas toutes aussi impulsives que moi ! Je devais bien avouer que Claire avait raison. C'était juste que… Enfin, si je me trouvais, moi, à des centaines de kilomètres de Noah et que j'apprenais qu'il passait tout son temps avec une de mes copines, qu'ils s'entendaient super bien, avaient les mêmes projets… Je crois que ça m'inquiéterait un peu. Mais Claire avait vu juste, bien évidemment. Et Maggie était de toute évidence obnubilée par Mark…

Peut-être devrais-je essayer de lui parler à nouveau ? Oui, c'est ça, je vais me comporter comme une vraie bonne copine et lui proposer une séance shopping… À quoi ça sert d'être amie si on n'est pas là quand l'une d'entre nous a un chagrin d'amour ?

# Le diable ne part jamais loin

## *Mercredi 13 juillet*

Ma semaine a commencé tranquillement. Carroll avait pris deux jours de congé pour partir en long week-end au Costa Rica – la veinarde – et elle m'avait laissé une liste de choses à faire pendant son absence.

J'ai relu la liste. J'avais un peu de classement à faire, une revue de presse, du courrier à trier, quelques documents à lire... Rien de bien méchant, en somme. Mais en consultant le planning, j'ai remarqué qu'il y avait un casting prévu mardi. Lors de la séance précédente, j'avais assisté à l'organisation et à l'accueil des candidats et, ayant trouvé ça plutôt intéressant, j'avais proposé mon aide pour une prochaine fois. Ces deux jours n'allaient donc pas être si tranquilles que ça !

Enfin, c'est ce que je croyais. Car lundi, à 13 heures, j'avais déjà accompli presque toutes les tâches que Carroll m'avait confiées. L'après-midi, je comptais ranger mon bureau, trier mes e-mails, et aussi prendre le temps d'écrire dans mon journal. Je suis passée par le bureau de Noah pour voir s'il voulait déjeuner avec moi, mais il n'avait pas le temps. Un des scénaristes de son équipe avait accepté de lire le projet de scénario que Noah avait commencé à écrire quelques mois plus tôt et mon amoureux passait tout son temps libre à le peaufiner. J'ai proposé de lui rapporter un sandwich de la cafèt', et, quand j'ai vu son air soulagé, j'ai compris qu'il devait être un peu stressé. Avoir 17 ans et la possibilité de faire lire son travail par un professionnel, ce n'est pas rien !

Je me suis donc dirigée vers la cafèt' toute seule, non sans passer d'abord par le bureau de Simon, juste au cas où. Mais il n'était pas là. J'ai acheté deux sandwiches à emporter. Je savais que j'aurais dû déjeuner avec les autres, être un peu sociable, m'installer à une table avec les collègues de Carroll, mais je n'avais pas envie de rater l'occasion de passer du temps avec mon petit copain, même si c'était pour avaler un sandwich sur le pouce, à son bureau.

En sortant de la cafèt' avec mon sac en papier à la main, j'ai croisé Betty, enfin Elizabeth, une des assistantes. Chaque fois que je la vois, j'ai un petit pincement au cœur. La pauvre a l'air tellement débordée ! Les cheveux à moitié coiffés, elle court dans les couloirs, en manquant de trébucher sur ses talons et avec un sourire un peu en biais. À mon avis, celui-ci sert surtout à camoufler le fait qu'elle est souvent dépassée par les événements. Mais c'est aussi quelqu'un de très sympathique et d'ouvert à la discussion, les rares fois où elle a le temps. Simon m'a dit qu'elle était l'assistante d'un des producteurs les plus importants de BCP, ce qui explique qu'elle n'a jamais une minute à elle. Elle aussi venait de récupérer des sandwiches pour toute son équipe et, sur le chemin, elle m'a parlé du projet sur lequel elle travaillait.

– BCP commence le tournage d'un film d'action au Canada cette semaine, et une partie de l'équipe a pris l'avion ce matin.

– Ah, oui ! Simon m'en a parlé. Il les rejoint demain, non ?

– Oui, oui, il y a toujours un scénariste au moins sur le tournage, mais, là, c'est une grosse production, et ils sont quatre à y aller. Enfin, sans parler du réalisateur, de toute l'équipe technique, des acteurs...

– Ça doit être un travail énorme ! me suis-je exclamée, m'imaginant partir moi aussi au Canada pendant plusieurs semaines pour assister à un super tournage.

– Tu ne crois pas si bien dire !

On était presque arrivées à son étage quand une idée m'est passée par la tête. Depuis que j'étais arrivée chez BCP, je n'avais pas encore eu l'occasion de mettre mon petit plan à exécution. Je n'avais pas eu une minute à moi pour enquêter – en toute discrétion – sur Simon, mais finalement, l'absence de Carroll tombait à pic. Je savais que Betty travaillait régulièrement avec Simon, et, pour une fois qu'elle était disponible plus de deux minutes, c'était le moment où jamais.

– Dis-moi, Betty, ça fait longtemps que tu travailles avec Simon ?

– Hmmm, deux ans à peu près...

– C'est comment de travailler avec lui ?

– Oh, tu sais, on ne se parle qu'en coup de vent. Un mot, une question par-ci par-là... Mais, je l'ai toujours trouvé très sympa et facile à vivre. Ce qui n'est pas le cas de tout le monde ici, a-t-elle poursuivi en me lançant un petit clin d'œil.

– Et tu le vois souvent en dehors du travail ?

– Euh, oui, de temps en temps, à des soirées entre collègues, à des événements du milieu...

Pendant qu'elle me parlait, Betty vérifiait ses e-mails sur son BlackBerry toutes les trente secondes... et mon petit interrogatoire n'avait pas l'air de la gêner le moins du monde. Tout en l'écoutant, je me faisais mentalement une liste de toutes les questions que je pourrais lui poser. Assez subtiles pour sembler innocentes mais assez bien formulées pour que je puisse en retirer quelque information utile. Sauf que je n'ai pas eu le temps de dire ouf que Betty m'avait saluée et était repartie au pas de course vers la salle de réunion, où son équipe attendait son déjeuner avec impatience.

Hmmm, Violet, il va falloir revoir ton timing ! J'ai retrouvé Noah exactement où je l'avais laissé : devant son ordinateur à pianoter frénétiquement, corrigeant une énième version de son scénario. Je lui avais déjà demandé si je pouvais le lire, mais il avait refusé catégoriquement. « Impossible tant qu'il n'est pas fini ! » m'avait-il avertie. Mais quand il m'a vue réapparaître, il a tout de même décidé de s'accorder une courte pause.

– Je sais que je ne suis pas très disponible en ce moment, m'a-t-il dit entre deux bouchées.

Je me suis contentée de hocher la tête. Mes premières semaines avec Noah s'étaient déroulées comme dans un rêve. On avait rattrapé le temps perdu pendant l'année scolaire et on ne s'était presque pas quittés. On avait passé des heures à se raconter nos vies, on se baladait presque tous les jours sur la plage, au moment du coucher du soleil, et j'avais l'impression de flotter sur un petit nuage. Je ne voulais pas trop m'emballer – j'avais peur d'avoir le cœur brisé une fois de plus – mais je sentais bien que j'étais en train de tomber amoureuse de lui.

Cependant, depuis que nous étions entrés chez Black Carpet Productions, notre relation s'était faite plus hésitante... Noah avait manifesté de la mauvaise humeur ces derniers temps, qui était due, je pense, à la découverte que le milieu du cinéma n'était pas aussi rose qu'il l'imaginait depuis toujours. Son chef ne lui donnait pas autant de responsabilités que Carroll avec moi et ils n'avaient de toute évidence pas la même connivence. Bien sûr, Carroll n'était pas devenue ma meilleure amie pour autant, mais c'était quelqu'un d'ouvert et qui prenait le temps de m'apprendre des choses. Noah avait eu beau me répéter qu'il ne voyait aucun inconvénient à ce que je fasse mon stage au sein de la même entreprise que lui, il me semblait évident que le fait que mon expérience soit plus positive que la sienne lui pesait un peu. Voire beaucoup. J'imagine qu'il ne me l'avouera jamais, mais j'ai bien vu sa réaction chaque fois que je lui raconte mes journées auprès de Carroll. Disons simplement qu'il ne se réjouit pas autant que je l'aurais espéré. C'est pourquoi j'ai décidé d'éviter le sujet avec lui désormais. Pas question que cela nuise à notre relation ! Et puis, moi, Violet la bavarde, ça ne peut pas me faire de mal de me taire un peu et de l'écouter me raconter ses journées à lui, certes un peu moins réjouissantes que les miennes.

— Mais je vais me rattraper, a-t-il poursuivi, en se redressant sur son siège. Ça te dit une soirée en amoureux, rien que toi et moi, samedi soir ?

— *Yeah* ! Un peu que ça me dit !

J'ai souri jusqu'aux oreilles, avant de me rappeler.

— Sauf que samedi, il y a la soirée BCP...

Noah a brusquement pâli. Il m'a lancé d'une voix sourde :

— Tu as été invitée ?

— Euh, oui, Carroll a travaillé sur le film, alors elle m'a proposé...

Je n'ai pas osé continuer. Le regard glacial de mon petit ami m'en a découragé. Le dernier film produit par BCP – une comédie romantique dont je n'ai pas le droit de révéler le titre – sortait dans quelques semaines. La post-production terminée, il était de coutume pour la maison d'organiser une fête de fin de projet avec tous les membres de l'équipe : acteurs, techniciens, scénaristes, producteurs... Même les assistants y étaient conviés. Mais nous n'étions que de petits stagiaires, là pour quelques semaines. Insignifiants, en somme. Quand Carroll m'avait proposé d'y assister, j'avais soupçonné que cet honneur n'était pas donné à tous. Et au vu de la réaction de Noah, j'avais eu raison. Le silence entre nous est devenu de plus en plus étouffant. J'avais très envie de passer une soirée romantique avec mon amoureux. Après les légères tensions de ces dernières semaines, cela ne pourrait nous faire que le plus grand bien. Mais manquer une super soirée privée, où je pourrais discuter avec les collègues de Simon, en apprendre plus sur lui, en plus de m'éclater comme une folle ? Je savais très bien que l'occasion ne se représenterait pas.

— Je vais demander à Carroll si tu peux venir aussi, ai-je déclaré.

Noah a fait la moue. Mon cœur a commencé à battre la chamade. J'avais l'impression de marcher sur un terrain miné.

— J'ai une meilleure idée ! ai-je repris, essayant de faire passer ma panique pour de l'excitation. La soirée ne commence pas avant 21 heures. On a tout le temps de se faire un dîner romantique avant...

Une lueur est passée dans ses yeux. Mon plan allait marcher, je le sentais.

– Allez, dis oui ! Ça fera deux soirées en une, je te promets, tu ne le regretteras pas !

– Bon d'accord, j'organise quelque chose. Mais ce sera une surprise…

– J'ai trop hâte. Et tu sais, je veux que tu saches que je te soutiens à 100 %. Je suis sûre que ton scénario va être super et qu'il va tous les impressionner !

Cette fois, Noah m'a répondu avec un grand sourire.

– Bon, eh bien, il faut que je m'y remette alors. Et toi, qu'est-ce que tu vas faire cet après-midi ?

– Oh, tu me connais, je trouve toujours à m'occuper… À plus ! lui ai-je lancé en quittant la pièce.

Et, en effet, je savais exactement à quoi j'allais passer les prochaines heures. J'allais enfiler mon imper, mon couvre-chef et mes lunettes noires, empocher mon calepin et partir sur les traces du mystère Simon. Inspecteur Violet part en mission !

Hmmm, j'imagine qu'un véritable inspecteur ne serait pas rentré au rapport les bras ballants. Même Lou s'est – gentiment, certes – moquée de moi quand je l'ai eue sur Skype, en rentrant.

J'ai passé l'après-midi à faire tous les bureaux sous des prétextes divers et variés. Parfois, je disais tout simplement que je cherchais Simon, ou que je profitais d'un peu de mon temps libre pour apprendre à connaître tous les services, ou encore que je faisais des recherches pour Carroll. Une fois la conversation engagée avec une assistante, un technicien, je déviais habilement – enfin, je crois – le sujet sur mon hôte formidable, Simon Porter. Heureusement pour moi, les employés chez BCP sont, en général, plutôt aimables. La plupart d'entre eux connaissent bien Simon, et personne n'a cillé devant mes nombreuses questions à son sujet. Le problème, c'est que tous connaissent Simon le scénariste. Mais sur son passé en Angleterre, sa famille, sa vie privée, je n'ai pas découvert grand-chose.

– J'arrête. Je laisse tomber, ai-je déclaré sentencieusement à Lou ce soir-là.
– Mais Simon est la clé vers ton père, j'en suis sûre !
– Peut-être, peut-être pas.
– Tu ne vas tout de même pas laisser tomber !

Il était rare que mon amie insiste à ce point. Lou est très douée pour écouter, rassurer, consoler. Elle est si douce, si mesurée, que je crois bien que je ne l'ai jamais entendue crier ou proférer des insultes.

– Je n'ai pas dit que je laissais tomber. Juste que je sais désormais que je n'en saurai pas plus sur Simon, à moins qu'il s'ouvre un jour à moi – on peut toujours rêver – et réponde à toutes mes questions.

Lou a compris mon agacement et a proposé de changer de sujet. Elle m'a raconté tous les détails de sa relation avec Emmanuel, son nouveau petit copain, qu'elle a rencontré en Corse, où elle passe l'été. On a parlé de la vie en France, de nos copines respectives... Et cette conversation m'a fait le plus grand bien ! J'avais tellement peur, en partant vivre à Los Angeles, que la distance ruine ma relation avec ma meilleure amie... Bien sûr, nous sommes moins proches qu'avant. On ne se parle qu'une fois par semaine, quand on a le temps. Elle s'est aussi fait de nouvelles amies depuis que je suis partie. Mais nous avons malgré tout réussi à maintenir des liens très forts et Lou continue à être ma raison, mon équilibre. C'est vers elle que je me tourne quand j'ai besoin d'un conseil, quand je veux pouvoir me confier sans être jugée, et c'est toujours elle qui me connaît le mieux.

On a même parlé de la possibilité qu'elle vienne me rendre visite ! Bien sûr, je l'avais invitée ici dès mon arrivée (et je sais que Simon serait tout à fait d'accord) mais un voyage Paris-Los Angeles, ça ne se fait pas sur un week-end. Alors, on en parle régulièrement, mais jusqu'à présent, les dates n'ont jamais convenu. Mais cette fois-ci, Lou m'a dit qu'elle espérait pouvoir venir avant la fin de l'été. Rien n'est sûr, et elle ne veut pas que je me réjouisse trop vite, mais si c'est vrai, ce sera quand même vraiment génial !

Quand je suis arrivée au bureau hier matin, j'ai à peine eu le temps d'allumer mon ordinateur que Bailey, une autre assistante de production, est venue me trouver. Elle était ravie que j'aie proposé mon aide pour le casting, celui d'un film télévisé, intitulé provisoirement *My Life in Heaven* [1]. Tout comme Betty, Bailey est toujours extrêmement occupée, et l'effervescence est à son comble les jours d'audition, car ce sont souvent des centaines de personnes qui viennent faire un bout d'essai. Mais cela ne me faisait pas peur, au contraire. J'adorais l'idée de participer à la gestion de ce casting, même si mes tâches étaient limitées puisqu'elles consistaient à apporter du café, du thé et des biscuits à l'équipe et à accueillir les candidats.

---

1. Hé hé hé, tout cela est confidentiel, bien sûr. J'ai donc changé le titre du film.

Pff ! Si j'avais su ce qui allait me tomber sur le coin de la figure, j'aurais pris mes jambes à mon cou et fui cette séance de casting le plus vite possible !

Bailey m'avait donc demandé de gérer l'accueil des comédiennes avec elle. Toutes les participantes qui arrivaient devaient inscrire leurs nom, prénom et se voyaient attribuer un numéro. Je leur indiquais ensuite la salle d'attente, où elles pouvaient passer plusieurs heures avant d'être enfin appelées pour leur audition. La plupart des filles étaient jolies, ou carrément très belles, mais toutes semblaient assez stressées. Mais il y a toujours une exception à la règle, une fille qui va arriver la tête haute, l'air confiant, avec l'attitude de celle qui sait déjà – ou croit déjà savoir – qu'elle va remporter le rôle qu'elle convoite. Et hier, il n'y avait pas qu'une fille comme ça, mais au moins deux. Leurs noms ? Olivia Steiner et Rebecca Aldridge. Dès qu'elle m'a aperçue du bout du couloir, Rebecca s'est penchée vers Olivia et elle lui a murmuré quelque chose à l'oreille. OK, je suis extrêmement curieuse, mais là, je crois qu'il est préférable que je ne sache pas ce qu'elle lui a dit à ce moment-là. Le regard glacial d'Olivia m'en a déjà dit assez. Elles se sont dirigées vers nous et ont adressé un grand sourire à Bailey, sourire qui était clairement destiné à elle et à elle seule. Elles n'ont même pas pris la peine de me dire bonjour, et ont tout simplement fait semblant de ne pas me connaître. Les pestes ! Mais bien sûr, elles ne se sont pas arrêtées là. Elles ont continué de me torturer pendant toute la matinée, venant me demander des informations, un verre d'eau, la direction des toilettes... toujours en me toisant du regard. Mais ce n'est qu'en sortant de leur audition qu'elles ont enfin admis que je n'étais pas qu'une étrangère, enfin, d'une certaine manière. Olivia a chaleureusement remercié toute l'équipe (de toute évidence, certains la connaissaient déjà) et, en sortant, elle s'est penchée vers moi. Rien que le fait qu'elle s'approche de moi a suffi à me donner des sueurs froides. Mais ce qu'elle m'a chuchoté ensuite m'a fait frissonner de plus belle. « Tu es encore là, toi ? Je croyais que tu étais déjà repartie loin d'ici… Ce serait peut-être mieux pour tout le monde, non ? » Elle avait dit ces mots tellement bas que, si je ne savais pas de quoi Olivia était capable, je croirais les avoir imaginés. Elle est repartie, tenant Rebecca par le bras, en riant gaiement, puis s'est retournée pour m'asséner un dernier regard malveillant, avant de disparaître pour de bon.

Je fulminais de rage quand je suis passée voir Noah en fin d'après-midi, le casting terminé. Il avait le temps de faire une pause et on s'est retrouvés à la cafétéria pendant dix minutes, juste le temps que je lui raconte avec colère l'humiliation que m'avaient fait subir mes deux pires ennemies. Noah s'est contenté d'écouter, d'acquiescer, sachant très bien que, quand il s'agit de l'*evil trio*, il ne peut rien dire pour me soulager.

Vivement le week-end ! Noah avait désormais l'air excité à l'idée de notre dîner romantique et j'étais moi-même très impatiente. Avant de repartir vers son bureau, il m'a tout de même fait promettre de ne pas parler de l'*evil trio* pendant notre soirée : « Ça risquerait de gâcher l'ambiance, tu ne crois pas ? » J'ai souri et lui ai donné un baiser furtif – pas question de trop s'afficher au travail, même si la cafétéria était vide, ce ne serait pas professionnel !

Quand je suis remontée à mon bureau, l'endroit était désert. Mes collègues travaillaient tellement dur qu'ils partaient plus tôt dès que l'occasion s'en présentait. Carroll n'étant pas là, j'avais moi aussi toute liberté de quitter les lieux. J'avais déjà ma besace sur l'épaule quand Betty est apparue, haletante, les joues rouges.

— Ah ! Tu es encore là, *thank God* ! m'a-t-elle dit dans un souffle.

— Qu'est-ce qui ne va pas ?

— Je cherche Simon partout ! Il est déjà parti, et je n'arrive pas à le joindre sur son portable...

Elle s'est arrêtée un instant pour reprendre sa respiration.

— Il décolle pour Vancouver demain matin à la première heure et c'est moi qui ai son passeport ! s'est-elle exclamée avant de le sortir de la poche arrière de son jean. J'en avais besoin pour faire les réservations, et j'ai oublié de le lui rendre... Je viens juste de le voir en classant des papiers sur mon bureau ! Tu imagines ? Si jamais il s'était retrouvé à l'aéroport sans son passeport, je me serais fait remonter les bretelles !

— Eh bien, heureusement que tu t'en es rendu compte à temps, alors, lui ai-je répondu avec un petit sourire.

Mais Betty n'a pas eu l'air de trouver ça drôle. Simon m'avait parlé de ce tournage au Canada plusieurs fois – il y partait pour deux semaines – et il avait l'air très enthousiasmé par ce projet.

— Tu vas le voir, ce soir ?

— Bien sûr, j'habite chez lui. Donne-le-moi.

Elle m'a tendu le passeport.

— Tu es sûre, hein ? Tu lui donnes sans faute ?

— Mais oui, ne t'inquiète pas !

— Merci, tu me sauves la vie !

Et sur ces mots, Betty a tourné les talons.

Mes yeux se sont reportés sur le passeport. Je l'ai ouvert à la première page et un détail m'a immédiatement frappée. J'ai à peine regardé la photo, qui certes était vaguement ressemblante, mais, une chose était sûre et certaine, ça ne pouvait pas être le passeport de Simon !

— Betty, attends !

J'ai couru jusqu'au bout du couloir et j'ai rattrapé l'assistante, qui attendait encore l'ascenseur.

— Tu t'es trompée, ce n'est pas son passeport !
— Qu'est-ce que tu racontes ?
— Eh bien, ce n'est pas lui, ce n'est pas son nom.
— Hein ?

J'ai pointé vers le nom en question : Daniel Simon Alexander Walmsley. Pour toute réponse, Betty a haussé les épaules. Devant mon regard interloqué, elle s'est impatientée.

— Eh bien, quoi ? Tu ne connaissais pas son vrai nom ?

Son vrai nom ? Comment ça, son vrai nom ? Je ne comprenais plus rien.

— Tu veux dire que Simon Porter n'est pas son vrai nom ?

C'était à son tour de m'observer, incrédule.

— Tu me fais marcher, là. Tu vis avec lui depuis un an, et tu ne savais pas ?

J'ai fait signe que non. Elle a soupiré.

— Simon Porter est son nom de plume. Son nom d'écrivain, si tu préfères... C'est le nom par lequel il se fait appeler depuis qu'il est à Los Angeles, il me semble...

— Mais pourquoi ?

Ma question s'est voulue beaucoup plus pressante que je ne l'aurais souhaité.

— Je ne sais pas, moi ! Ce n'est pas rare pour des artistes d'avoir des noms de scène, ou des noms de plume... Tu

106

n'as qu'à lui demander. Mais, l'important, c'est que tu lui rendes son passeport ce soir, sans faute, OK ?

Quand je suis arrivée à la maison, j'ai discrètement posé le passeport sur la console de l'entrée. Une heure plus tard, il avait disparu, mais Simon n'en a pas touché un mot lors du dîner. Et ce n'est pas moi qui allais aborder le sujet.

E-mail de **loulou@emailme.com**
à **violetfontaine@myemail.com**
*le jeudi 14 juillet à 14 h 03*
Sujet : Les Walmsley
*Oh my God* ! Comme tu dis ma chère !
Je sais qu'on a beaucoup spéculé sur le passé de Simon, mais je ne m'attendais pas du tout à ça… Après tout ce que j'ai lu à leur sujet, je n'arrive pas à croire que Simon fasse vraiment partie de cette famille. Il a l'air tellement simple, terre à terre…
Au moins, tout cela explique pourquoi nos recherches n'aboutissaient pas. Je sais qu'il n'est pas là en ce moment, mais tu es sûre que tu ne veux pas lui en parler quand il rentrera ? Ou peut-être à Susan ?
Tu me tiens au courant dès que tu as plus d'infos, hein ? Ne m'oublie pas, je meurs d'impatience !
Bises,
Ta Lou

# La lettre maudite

## *Dimanche 17 juillet*

Dis-moi, ma très chère Violet, comment se peut-il qu'une soirée qui s'annonçait absolument géniale, doublement géniale même, ait pu tourner au vinaigre à ce point ? Et empirer un peu plus à chaque heure qui passe ? Il n'y a que toi pour accomplir un tel exploit ! J'aurais dû laisser Noah organiser la soirée romantique qu'il avait prévue. J'aurais dû privilégier ma relation amoureuse. J'aurais dû me tenir le plus loin possible de cette satanée soirée BCP. Et surtout, surtout, j'aurais dû... ne jamais écrire cette maudite lettre.

Mais reprenons depuis le début. Alors, euh... Ah oui ! Mon après-midi avec Maggie. Enfin. Elle n'était pas libre le week-end dernier, et j'ai bien cru qu'elle allait à nouveau me faire faux bond hier. Ça faisait longtemps que l'on ne s'était pas retrouvées rien que toutes les deux. D'ailleurs, je me demande même si ce n'était pas la première fois que Maggie et moi passions tout un après-midi ensemble, sans Zoe et Claire... J'avais rencontré Zoe au début de l'année scolaire – on avait plusieurs classes en commun – et c'est avec elle que j'étais d'abord devenue très proche. Très vite, elle m'avait présentée à ses deux meilleures copines, Claire et Maggie, et c'est ainsi que s'était formée notre joyeuse bande. Ce sont mes meilleures amies à Los Angeles et je les adore toutes les trois pour des raisons différentes. Dès mon arrivée à Albany High, Zoe m'a aidée à m'adapter et m'a complètement prise sous son aile. Je lui dois beaucoup ! C'est aussi une véritable amie : elle sait écouter, réconforter et elle a toujours été là pour moi depuis qu'on se connaît. Et, bien sûr, je lui rends la pareille dès que possible. Certes, nous nous sommes un peu brouillées à une période de l'année, mais, même si j'ai eu du mal à l'admettre sur le moment, je sais désormais que tout était de ma faute, et j'en ai tiré une bonne leçon.

Claire déborde d'énergie, et heureusement parce que dans la bande, c'est souvent elle qui trouve les bons plans, entend parler des soirées où il faut absolument être. Zach et elle sont d'ailleurs devenus *le* couple que tout le monde a envie de fréquenter. Ils ont tous les deux un sourire contagieux et une aisance pour aller vers les autres que je leur envie un peu. Sans oublier que Claire est véritablement craquante avec son teint toujours frais, son carré blond dégradé et ses magnifiques yeux bleus.

Et puis il y a Maggie, peut-être la plus difficile à cerner des trois. Maggie, la déterminée, la réservée et Maggie l'ultra-disciplinée. Elle est capable de se retenir devant un délicieux cupcake, fait toujours ses devoirs à l'avance et ne se laisse jamais aller : même ses tenues de sport sont recherchées ! Elle est de loin la meilleure à l'école, mais elle ne se permettrait jamais de nous le faire sentir. D'ailleurs, elle m'a aidée plus d'une fois sur mes devoirs de maths. Souvent, elle préfère observer, laissant à Claire et à moi le soin de meubler la conversation (et nous ne nous faisons jamais prier) et elle ne se confie pas beaucoup, ou alors, par bribes. Plus le sujet est intime, personnel, plus elle l'évite. Cela fait presque un an que je la connais et j'ai encore du mal à savoir ce qui lui passe par la tête. Je sais de Zoe qu'elle souffre un peu de sa timidité, souvent perçue comme de la froideur, et que les garçons ont tendance à être intimidés par cette magnifique brune toujours tirée à quatre épingles.

Pour être tout à fait honnête, je redoutais quelque peu notre après-midi ensemble. Maggie ne savait sans doute pas que j'étais au courant pour elle et Mark, et il était clair que c'était *le* sujet à ne pas aborder. Sinon, pourquoi nous l'aurait-elle caché ? Connaissant ma curiosité légendaire, je craignais tout de même que quelque chose ne m'échappe. Avec Maggie, les terrains minés ne manquent pas : pas question de parler de sa vie amoureuse. Il faut éviter de trop parler de Noah – pas cool de narguer les copines –, mais comment aborder les sujets qui la passionnent ? Non pas que ses passions et son avenir ne m'intéressent pas, mais nous sommes si différentes sur ces plans-là…

J'avais promis à Claire que j'essaierais de passer un peu plus de temps avec elle, et d'être là pour elle si jamais elle avait envie de se confier. De plus, on était les deux seules de la bande à être à Los Angeles pendant tout l'été, alors il fallait bien qu'on en profite !

On s'est retrouvées pour bruncher chez Tusk vers 11 h 30 et je savais déjà parfaitement comment nous allions occuper notre après-midi. Car il y a une chose au moins que Maggie et moi avons en commun, c'est notre passion pour la mode et le shopping ! On partage tout le temps nos trouvailles, nos bons plans et, même si nos styles sont différents, son opinion compte. C'était aussi le moment idéal : à la fin des soldes, ici, j'allais sûrement faire de super trouvailles à des prix minuscules. J'avais aussi l'intention de trouver la tenue parfaite pour le soir même. Pour impressionner Noah, bien sûr, mais aussi, je dois bien l'admettre, pour ne pas me sentir en reste à la soirée BCP.

Côté shopping, l'après-midi a été un véritable carton ! Nous sommes toutes les deux rentrées les bras chargés de paquets. Maggie m'avait aidée à trouver une tenue pour la soirée, une jolie robe bustier, rose corail, avec un jupon tombant juste au-dessus du genou. J'avais aussi acheté une pochette couleur menthe pour aller avec. Et je savais déjà que j'avais dans mon placard des ballerines qui compléteraient parfaitement ma tenue. Des talons seraient certainement un peu *too much* avec une telle robe. Je n'allais quand même pas m'habiller comme si j'allais aux Oscars ! Maggie, elle, avait acheté deux maillots de bain, un jean blanc et s'était permis une petite folie : un magnifique sac en cuir noir pour la rentrée.

Cela dit, je ne suis pas sûre que l'après-midi nous ait vraiment rapprochées. Maggie était restée vague à mes questions sur son stage et ne m'avait rien dit hormis que ça lui plaisait beaucoup, et que cette expérience avait confirmé son désir de travailler dans le droit.

Bien sûr, je n'allais pas la laisser s'en tirer comme ça. Voyant que l'après-midi touchait à sa fin, j'ai décidé d'accélérer les choses et j'ai subtilement ramené la conversation à Jeremy. Elle a bien voulu m'avouer qu'ils déjeunaient ensemble presque tous les midis et qu'elle était super contente qu'il soit là, car les autres stagiaires du cabinet n'étaient pas forcément très accueillants. J'ai aussi essayé d'aborder le sujet des amours, en évoquant le fabuleux été que Claire et Zach étaient en train de passer, mais Maggie n'a rien laissé filtrer. Elle ne m'a répondu que des platitudes : qu'elle était ravie pour Claire, qui venait de lui envoyer un e-mail lui racontant ses dernières aventures, puis elle a poursuivi avec Zoe, qui devait avoir hâte de rentrer pour le week-end. Mais sur elle, sur ses amours à elle, rien du tout. Elle ne m'a même pas parlé de Noah ! J'aurais bien voulu faire les boutiques jusqu'à la fermeture, pour essayer de la faire parler, mais il était grand temps que je rentre si je voulais avoir le temps de me préparer pour mon rendez-vous avec mon amoureux.

Il m'avait demandé de le rejoindre chez lui à 18 heures, et c'est Susan qui m'a déposée à l'heure dite, non sans me complimenter sur ma tenue. « Eh bien, il en a de la chance, Noah ! La plus jolie Française de tout le pays pour lui tout seul. Bonne soirée, Violet et fais attention à toi. »

Quand Noah a ouvert la porte, j'ai vite compris qu'il mijotait quelque chose. La maison était plongée dans l'obscurité et le silence. Ses parents étaient sortis pour la soirée et ils avaient donné à Noah la permission d'organiser un petit dîner en tête à tête pour nous deux. Noah avait mis la table sur la terrasse, éclairée par des bougies, et il avait passé une bonne partie de l'après-midi à nous concocter un délicieux repas. Il avait fait tous ces efforts pour moi, pour nous. J'étais conquise. Mais ma joie a été de courte durée, bien vite remplacée par un léger sentiment de honte. C'est moi qui avais insisté pour que l'on aille à la soirée BCP après notre dîner. J'aurais pu annuler. Dire à Carroll qu'en fait j'avais autre chose de prévu. Ça ne lui aurait probablement posé aucun problème. Mais je considérais cette invitation comme un privilège que je n'avais pas envie de perdre. J'avais choisi de raccourcir notre rendez-vous amoureux pour aller rejoindre nos collègues. Et, sans vraiment comprendre pourquoi, j'avais l'impression d'avoir trahi Noah.

Pendant le dîner, il m'a parlé un peu de son scénario, mais il a encore refusé que je le lise. Pourquoi ? Je ne sais pas. Est-ce parce qu'il a peur de mon jugement, qu'il pense que le sujet ne m'intéressera pas ou bien encore parce qu'il ne me fait pas confiance ? En tout cas, une lueur s'allume dans son regard quand il en parle. J'ai cru bon de passer sous silence le fait que Carroll m'avait elle aussi proposé de lire mon travail si j'avais envie de lui soumettre des textes, ou même des idées. Il faut bien entendu que ce soit un projet pour la télévision ou le cinéma, je ne peux pas juste lui faire lire des idées d'articles ou même de roman. Depuis qu'elle m'a fait cette proposition, j'ai bien essayé de trouver une idée intéressante à développer, mais pour l'instant, l'inspiration ne vient pas. Et il n'est pas question que j'en parle à Noah, qui n'est déjà pas toujours très à l'aise quand je lui raconte mes folles journées au sein de BCP. Les siennes sont, d'une manière générale, un peu plus calmes, et je ne veux surtout pas donner l'impression que nous sommes en compétition sur tous les plans.

Hormis ce sentiment de culpabilité, le début de notre soirée s'est déroulé à merveille. Noah n'a pas arrêté de me dire qu'il se sentait bien avec moi et qu'il était ravi que l'on puisse passer du temps ensemble, sans mes copines, sans ses copains, rien que nous deux, tout simplement. Il m'a aussi beaucoup fait rire pendant la soirée et il s'est avéré être très bon cuisinier ! Certes, il a avoué que sa mère lui avait donné un bon coup de main avant de partir, mais j'étais tout de même épatée par sa salade verte parsemée de morceaux de pamplemousse, sa pizza aux champignons sauvages faite maison, et encore plus par son sorbet aux fraises, une autre de ses créations artisanales.

J'étais tellement aux anges que j'ai sérieusement pensé à lui donner la lettre. La fameuse lettre, que je trimballe partout avec moi depuis quelque temps. J'ai beau être une vraie bavarde, quand il s'agit d'exprimer mes sentiments, j'ai plutôt tendance à bafouiller, à rougir jusqu'à la racine des cheveux et à dire tout sauf les mots que j'ai pourtant pris soin de répéter longuement à l'avance. Et puis, je n'ai jamais vraiment déclaré mes sentiments à un garçon avant. Oui, bien sûr, il y a eu d'autres garçons dont je suis tombée amoureuse – du moins, c'était ce que je croyais à l'époque –, mais je n'ai jamais ressenti le besoin de prononcer les trois mots magiques : je t'aime. Enfin, dans ce cas précis, *I love you*. Je me suis rendue compte à quel point j'aimais Noah lorsque je me suis réveillée en sueur d'un terrible cauchemar. J'étais devenue invisible, complètement invisible, et mon entourage semblait ne pas se soucier le moins du monde du fait que j'avais disparu. Simon et Susan vaquaient à leurs occupations dans la maison, mes trois copines se retrouvaient pour des soirées entre filles, sans même me mentionner une seule fois, et moi je les observais, incrédule, essayant par tous les moyens de communiquer avec eux, de leur faire savoir que j'étais bien là, qu'il ne fallait pas qu'ils m'oublient, mais rien n'y faisait. Le pire moment est arrivé quand j'ai croisé Noah dans la rue. Comme tous les autres, il ne pouvait pas me voir, mais il était de toute façon bien trop occupé à enlacer une très jolie fille, une grande et longiligne métisse, que j'ai très vite reconnue comme étant Rebecca. Je hurlais qu'il était avec moi, que c'était *mon* petit copain, mais personne ne m'entendait, et Noah continuait à embrasser tendrement une de mes ennemies jurées.

C'est à ce moment-là que je me suis réveillée, essoufflée, ne sachant pas où j'étais, ne comprenant rien à ce qui venait d'arriver. J'ai mis un long moment à réaliser que ce n'était qu'un cauchemar et que rien de tout ça n'était arrivé pour de vrai. Mais je n'ai pas réussi à me sortir ces images de la tête de toute la journée. Et c'est là que ça m'a frappée. Je tenais tellement à Noah, j'étais tellement amoureuse de lui que je ne pouvais pas supporter l'idée qu'il puisse un jour en aimer une autre ou que quelque chose puisse un jour nous séparer. J'ai soudainement ressenti un besoin intense de lui parler de mes sentiments, mais je ne me sentais pas du tout capable de le faire de vive voix. Donc, j'ai fait ce que je fais de mieux : je lui ai écrit une lettre. Une lettre courte, simple, allant droit au but. Dedans, je lui expliquais que ma vie était tellement plus belle à ses côtés, que j'espérais que nous nous sentirions toujours bien ensemble, et en conclusion je lui disais que je l'aimais. J'ai relu cette lettre des dizaines de fois après l'avoir écrite, et j'ai décidé de la glisser dans mon sac. Quand le bon moment viendrait, quand je « sentirais » que le moment idéal se serait présenté, je lui tendrais tout simplement ma lettre. Et donc, voilà, mon cœur me chuchotait que ce moment était arrivé. Il allait lire ces quelques mots, être ému aux larmes et me dire qu'il m'aimait aussi.

Sauf qu'à ce moment-là mon téléphone portable a sonné. J'avais oublié de noter l'adresse de la soirée avant de partir du bureau vendredi, et Carroll devait me l'envoyer par SMS. Il était 21 heures passées, et Noah voulait absolument remettre la cuisine en ordre avant de partir. Je n'allais pas lui donner ma lettre d'amour entre deux assiettes sales. Le moment était passé.

Pour la soirée, BCP avait réservé la salle privée d'un restaurant de Burbank, non loin de nos bureaux. Quand nous sommes arrivés, les festivités commençaient à peine. Il y avait encore peu de gens, mais des serveurs passaient déjà avec des plateaux de petits fours qui avaient l'air succulents. Mais, rassasiée, je n'avais aucune envie d'avaler quoi que ce soit. Nous avons croisé Betty qui m'a remerciée à nouveau d'avoir remis à Simon son passeport en temps et en heure. On a commencé à discuter, puis Bailey s'est jointe à nous. Dix minutes se sont passées avant que je me rende compte que Noah avait disparu. Il discutait à l'autre bout de la salle avec un réalisateur que j'avais aperçu une fois dans les couloirs. Très vite, la salle s'est remplie, tout comme le *dance floor*. Il y avait de plus en plus de monde, et très peu de têtes familières. J'ai dansé un peu, mais le cœur n'y était pas. Je voulais retrouver Noah. M'excuser de l'avoir délaissé. Mais impossible de le repérer parmi la foule. En le cherchant, j'ai trouvé Carroll, qui m'a présenté tout un tas de personnes dont j'ai oublié les noms. Puis je suis retournée danser, avec elle et quelques autres filles avec qui nous discutions. Le DJ était très doué et la piste ne désemplissait pas. Même moi, je n'avais plus envie de m'arrêter. Mais, une heure plus tard, toujours pas de Noah. Où pouvait-il bien être ? J'ai décidé d'aller à sa recherche, pour de bon cette fois. Il ne pouvait pas être bien loin. J'ai parcouru toute la salle, sans succès. Il n'était ni au bar, ni avec ses collègues de bureau, ni dans aucun recoin que j'ai pu trouver. Et s'il était parti sans moi, fâché ? Un mauvais pressentiment m'a traversée et je me suis précipitée vers la sortie. Je n'ai pas pu réprimer un léger cri lorsque j'ai vu qui se trouvait de l'autre côté, à quelques mètres de là. Noah n'était pas parti de la soirée, au contraire. Il avait l'air de très bien s'amuser. Au départ, je n'ai vu qu'elle. Ils étaient engagés dans une conversation apparemment si fascinante que Noah ne m'avait même pas remarquée. Olivia m'avait vue, elle. Elle m'a lancé un regard satisfait et a repris sa discussion avec mon petit copain, le plus naturellement du monde. J'étais comme figée sur place. Ce n'est qu'après que j'ai vu les deux autres, enlacés. Rebecca et… oui, c'était bien lui. Mark. Rebecca avait eu le dernier mot, finalement. Et puis, Noah a dû sentir ma présence. Il s'est retourné et, à ma grande surprise, il ne m'a adressé qu'un léger sourire. J'étais sur le point de retourner dans la salle quand il m'a rejointe, non sans avoir chaleureusement dit au revoir à ses nouveaux meilleurs amis.

– On va prendre l'air ? m'a-t-il lancé avec nonchalance, en indiquant la rue.

J'ai hoché la tête, paralysée. Olivia, Rebecca et Mark étaient rentrés à l'intérieur, et j'ai suivi Noah le long du trottoir, incapable de dire un mot. C'est là qu'il m'a expliqué. Ma façon de me battre pour obtenir ce que je voulais, mon ambition, l'avait inspiré. Lui aussi voulait tirer le meilleur parti d'un stage qui avait été jusque-là décevant. Et, il n'avait pas besoin de le dire, le fait que j'aie été invitée à la soirée et pas lui n'avait fait que le conforter dans son envie de faire bouger les choses.

– Je sais que tu ne l'aimes pas du tout, a-t-il continué, mais Olivia a énormément de contacts. La preuve, elle a été choisie pour le rôle, tu le savais ? Et elle a été aussitôt invitée à la soirée, où elle connaît une bonne partie des gens. Ça fait plusieurs semaines que je suis chez BCP, et je n'en connais pas le quart… a-t-il poursuivi, comme pour se justifier.

Encore une fois, je me suis contentée de hocher la tête. Je n'avais rien à ajouter.

— Alors, quand je l'ai aperçue, je me suis dit que j'allais faire comme toi : saisir une opportunité quand je la vois.

— Une opportunité ? ai-je enfin demandé, la voix étranglée.

— Oui, je me suis dit que je pourrais lui demander des conseils, peut-être des contacts. Et, si jamais j'arrive à m'en faire une alliée, cela changera peut-être les choses pour moi au sein de BCP.

— Une alliée ?

Noah a dû sentir la colère dans ma voix.

— J'étais persuadé qu'elle allait me rembarrer ! Mais je me suis dit, pourquoi ne pas tenter ma chance ?

Noah m'a raconté la suite. Qu'à sa grande surprise, Olivia ne l'avait pas rembarré. Elle lui avait donné quelques conseils, qu'elle devait tenir de son père, sans aucun doute. Elle lui avait même proposé d'essayer de lui trouver un pass gratuit pour un grand festival de films à Los Angeles. Les tickets étaient normalement hors de prix, mais pas pour Richard Steiner et son grand groupe de presse, bien évidemment.

— Et puis, Rebecca et Mark sont arrivés ensemble. Olivia les avait invités. On a continué à discuter, tous les quatre... Tu avais l'air tellement occupée avec tes collègues...

Son malaise devenait de plus en plus évident, et moi, je n'arrivais toujours pas à digérer la situation. Noah, demander des conseils à Olivia sur sa future carrière de scénariste ? Il savait qu'elle était ma pire ennemie. Et pourtant, il n'avait pas hésité à aller l'aborder. Mais le pire de tout, c'est qu'elle avait bien voulu l'aider. Était-elle sincère ?

Rien n'était moins sûr. Et si elle se servait de Noah pour prendre sa revanche sur moi ? Pour me punir de ce qui s'était passé avec Nathan ? Bien sûr, Noah ne savait rien de tout ça...

— Tu ne devrais pas te frotter à Olivia. Elle est mauvaise, cette fille, ai-je repris dans un souffle, osant à peine le regarder dans les yeux.

— Facile à dire ! Tout le monde n'a pas une super Carroll pour l'aider !

Dans son ton sec, j'ai entendu tous les reproches qu'il n'osait pas formuler. Noah aurait préféré que je fasse mon stage ailleurs, loin de lui, sans marcher sur ses plates-bandes. Il ne me l'avouerait jamais, mais, quelque part, j'avais piétiné son rêve. Je ne savais plus quoi dire, quoi penser. Je me suis assise sur un banc, dans la rue, et Noah s'est laissé tomber à côté de moi. Nous sommes restés là en silence pendant un moment. Les larmes me sont montées aux yeux. On n'aurait jamais dû venir à cette fichue fête ! Si je n'étais pas intervenue, Noah et moi serions en train de savourer une belle soirée en amoureux, loin de tout ça. Loin de BCP, loin d'Olivia, loin, très loin de l'*evil trio*.

— Écoute, Noah, je suis désolée. Tout ça est de ma faute. Si tu veux, je termine mon stage chez BCP dans l'instant. Je peux aller parler à Carroll, lui expliquer...

Noah a posé sa main sur la mienne.

— Pas question. Pourquoi est-ce que tu ferais un tel sacrifice ?

— Parce que je tiens énormément à toi. Je ne veux pas te faire de mal... Je ne veux pas *nous* faire de mal. Je ferais n'importe quoi pour...

— Attends une seconde, m'a-t-il interrompue, gentiment, mais fermement. Il n'est pas question que tu te prives d'un stage qui te plaît autant pour moi. Tout comme il n'est pas question que je refuse l'aide d'Olivia.

Mon cœur s'est emballé.

– Mais, et nous, alors ? Ça ne compte pas ?

– Si, bien sûr que si. Mais on doit penser à notre avenir. Qui sait ce qui va se passer entre nous ? C'est déjà un miracle que tu restes une année de plus...

Je suis restée bouche bée un instant. Je n'avais jamais envisagé que ce genre de pensées puisse lui traverser l'esprit.

– Qu'est-ce que tu veux dire par là ?

– Rien... Enfin, juste que l'on sait déjà que l'on ne peut pas trop s'attacher l'un à l'autre, que tu finiras par rentrer chez toi.

Ses mots m'ont atteinte comme des coups de couteau au cœur.

– Peut-être... Enfin, je ne sais pas. Moi, j'aimerais beaucoup rester, et il n'est pas question que je laisse mon bel Américain derrière...

Noah a ri.

– Ouhlalala, tu te projettes, là... Qui sait ce qui va se passer l'année prochaine ?

Je n'avais pas de réponse à ça. En tout cas, ce qui était sûr, c'est que Noah avait beaucoup moins confiance en notre histoire que moi. Moi, je savais que je voulais être avec lui. Un point, c'est tout. Le reste n'avait pas d'importance.

Nous sommes retournés sur nos pas, mais je n'avais plus du tout envie de faire la fête. Noah l'a compris, et il m'a demandé si je voulais qu'il me ramène. J'ai fait signe que oui en évitant son regard. J'avais trop peur qu'il lise toute l'amertume dans le mien. On était presque arrivés à sa voiture quand j'ai pensé à Carroll. Je ne voulais pas qu'elle s'inquiète pour moi si je disparaissais sans lui faire signe. Sans réfléchir, j'ai laissé mon sac à Noah en lui disant que je serais de retour dans deux minutes. J'étais en train de monter les marches du restaurant quand Noah m'a rappelée.

— Hé, Violet ! Est-ce que tu as un chewing-gum ?

— Euh, oui dans mon sac ! Sers-toi.

Je n'ai pas réagi sur le moment à ce que je venais de faire. Et je n'ai pas non plus fait le rapprochement quand je suis montée dans la voiture et que j'ai vu Noah tenir la feuille blanche entre ses mains. Ce n'est que quand j'ai croisé son regard affolé que j'ai compris qu'en ouvrant mon sac il avait trouvé *la* lettre. Quelle idiote ! Quelle idiote je fais !

— Qu'est-ce que c'est que ça ? a-t-il demandé, un peu brusque.

— Ce n'est rien... Oublie. Tu n'aurais jamais dû la lire de toute façon... ai-je balbutié en lui arrachant presque le papier des mains.

— Elle est tombée par terre quand j'ai ouvert ton sac, et quand je l'ai ramassée, j'ai vu les premiers mots, et je n'ai pas pu m'empêcher de continuer à lire...

— Bon, arrête ! me suis-je emportée. C'était une bêtise, c'est tout !

— Mais, euh...

J'ai senti ma gorge s'assécher, les larmes me monter aux yeux une nouvelle fois. J'aurais donné n'importe quoi pour arrêter le temps.

— On y va ?

Ma voix était si autoritaire, si glaciale, que Noah n'a pas bronché.

Le chemin du retour s'est fait dans un silence presque complet. J'aurais voulu disparaître dans mon siège. Noah avait lu ma lettre, il avait lu ma déclaration d'amour, et il n'avait rien répondu. Rien ! Pour lui, notre relation n'était qu'un petit amour de jeunesse, qui s'arrêterait dès que je rentrerais en France. Je crois bien que je n'ai jamais eu aussi honte de ma vie. À la seconde où il s'est arrêté devant la grille de la maison, j'ai murmuré un « Merci pour la soirée » et je me suis éclipsée avant qu'il ait eu le temps de dire quoi que ce soit.

# Le royaume de la mariée

## *Mercredi 20 juillet*

Alors que Simon est au Canada pour son travail, Susan passe chaque minute de son temps libre à l'organisation de leur mariage. Depuis que l'on n'est que toutes les deux à la maison, elle me demande souvent mon avis, ou même un petit coup de main quand elle a besoin de faire des recherches ou d'aller rencontrer un prestataire potentiel. Quelques semaines auparavant, elle m'avait parlé d'un salon du mariage où elle voulait se rendre. Elle ne savait pas que son fiancé serait en déplacement à ce moment-là, mais elle n'avait pas eu l'air vraiment embêtée quand Simon lui avait confirmé ses dates de voyage. Maintenant, je comprends mieux pourquoi ! Ce n'est pas un univers conçu pour les garçons… Susan se doutait bien que je ne me ferais pas prier pour l'accompagner. Avec les centaines d'exposants présents, la foule et l'effervescence ambiante, elle avait grand besoin d'une alliée dans sa chasse aux détails parfaits. Cela dit, je ne suis pas sûre de l'avoir beaucoup aidée à garder les pieds sur terre, happée que j'étais par les magnifiques créations de gâteaux, les faire-part calligraphiés à la main, la collection de vieilles Mustangs de location prêtes à transporter une mariée et ses demoiselles d'honneur… Tout me faisait rêver !

– C'est tout de même dommage que Simon n'ait pas pu venir, ai-je lancé à la cantonade, alors qu'on entrait sur le stand d'un traiteur qui offrait une dégustation de ses petits fours les plus populaires.

– Mmmoui... a répondu Susan entre deux bouchées. Mais regarde autour de nous ! Je crois au contraire qu'il aurait pris ses jambes à son cou...

– Certes, ai-je fait, jetant un regard à la foule, principalement composée de femmes, mais c'est son mariage aussi...

– C'est sûr, mais tu sais, les hommes...

J'ai repris un petit four. Non, je ne savais pas vraiment, en fait. J'aurais imaginé que Simon se serait impliqué dans les préparatifs tout autant que sa belle, qu'il aurait eu envie de venir à ce salon, de participer, de voir les choses prendre forme... Mais, il faut bien que je l'avoue, quand il s'agit des garçons, je ne vois pas toujours juste.

Nous nous sommes dirigées vers le stand d'un photographe. Ses clichés doux, romantiques, aux tons sépia m'ont donné envie de me marier, là, tout de suite, pour pouvoir repartir avec de si beaux souvenirs. Bien sûr, je savais qu'une telle chose ne risquait pas d'arriver de sitôt, surtout vu la façon dont j'avais laissé les choses avec Noah après notre fameuse soirée. Cela dit, elles n'étaient pas aussi terribles que je le pensais. Je m'attendais au pire quand je suis passée devant son bureau lundi. Allait-il m'ignorer ? Ne plus jamais me parler ? Non, rien de tout cela. Nous avons repris notre relation plus ou moins là où nous l'avions laissée, peut-être un peu plus distante qu'avant, moins passionnée, mais les dégâts ont été finalement beaucoup plus légers que ce que j'avais imaginé. Difficile pourtant d'oublier que notre relation n'est de toute évidence pas aussi sérieuse pour lui que pour moi. Mais, le fait est que je n'ai pas envie de le perdre... Et qu'au fond, il y a une part de vérité dans ce qu'il dit. Et si je repartais en France ? Qu'adviendrait-il de nous ? Je ne vais pas pouvoir rester chez Susan et Simon pour toujours... Ils n'ont jamais caché le fait qu'ils aimeraient fonder une famille assez rapidement, et il serait idiot de ma part de penser que j'ai ma place dans ce nouveau tableau...

— Tu viens ?

Susan venait de réapparaître à mes côtés, une brochure sous le bras.

— Bon, OK, je peux comprendre que Simon ne se sente pas forcément dans son élément au milieu de tout ça, mais il doit bien être aussi excité que toi à l'approche de votre *Big Day*, non ?

— Oui, oui, bien sûr... Mais c'est juste que c'est un peu plus compliqué pour lui. Il a beaucoup de travail en ce moment et puis...

— Et puis, c'est sa famille, n'est-ce pas ?

Susan m'a lancé un regard en coin.

— Effectivement, ce n'est pas simple non plus de ce côté-là, a-t-elle concédé en me devançant sur le stand d'un pâtissier.

— Pourquoi, parce qu'ils ne veulent pas venir à son mariage ?

La future mariée était si absorbée par les glaçages élaborés des gâteaux exposés qu'elle n'a pas entendu ma question.

— C'est quand même si triste... ai-je repris, insistante. Je suis sûre que, quelles que soient les circonstances, Simon n'a pas envie de se marier sans ses parents et son frère.

— Hein ? Cette fois, Susan a tourné la tête vers moi.

— Je disais juste qu'il aimerait...

– Non, j'ai entendu, mais pourquoi tu parles de son frère ? Une lueur d'inquiétude est passée dans ses yeux.

– Euh, enfin, parce que… Moi, je ne m'entends pas toujours très bien avec maman, on se fâche souvent, mais je serais bien incapable de me marier si je savais qu'elle n'allait pas assister au plus beau jour de ma vie.

Susan a pris une grande inspiration.

– Tu sais, les histoires de famille… On ne peut pas se permettre de juger sans savoir…

– Hmm, mais je n'arrive pas à croire que Simon ne serait pas ravi de leur présence. Si c'était moi…

– Il vaut mieux que tu ne te mêles pas de ça, m'a-t-elle interrompue doucement. Même moi, je préfère garder mes distances sur le sujet…

– Je voulais juste dire que… je ne l'ai jamais dit à personne, mais je rêve toujours que mon père débarque dans ma vie, lors d'un de ces moments importants, un anniversaire, ou peut-être mon mariage… Et je sais que rien ne me ferait plus plaisir.

Susan m'a prise dans ses bras en plein milieu de l'allée, sans se soucier du petit bouchon qu'elle était en train de créer derrière nous.

– Oh, Violet ! J'imagine à quel point ça a dû être difficile pour toi, de grandir sans père…

J'ai entraîné Susan vers le prochain stand, une boutique de robes pour demoiselles d'honneur.

– Et si on leur écrivait ?

– Quoi ?

– Toi et moi. On pourrait écrire une lettre à sa famille, les inviter au mariage, sans que Simon le sache. Imagine sa tête, le jour J !

– Non, non, je ne crois pas du tout que ce soit une bonne idée.

Devant ma moue dubitative, elle a renchéri.

– Sérieusement, Violet, promets-moi que tu n'en feras rien ! On risquerait de créer plus de problèmes que d'en résoudre.

– OK, je promets, ai-je répondu sans grande conviction.

E-mail de **clairepearson@mymailbox.com**
à **violetfontaine@myemail.com**,
**maggiebarrow@myemail.com**,
**zoemiller@mailme.com**
*le jeudi 21 juillet à 10 h 36*
Sujet : Hello
Hello, les girls !

J'espère que vous allez bien… Je profite d'un petit orage qui nous cloue à l'intérieur pour prendre des nouvelles.

Zoe, alors, finalement, tu rentres à LA ce week-end ? Ça tomberait super bien car… moi aussi ! Je crois que ma mère est un peu triste de me savoir loin pendant tout l'été… Et puis, trois jours loin de Zach ne pourraient sans doute pas me faire du mal. J'ai du mal à imaginer comment font les couples qui vivent ensemble…

Bon, je propose une soirée toutes les quatre. Il faut qu'on en profite, plus que quelques semaines avant de reprendre le chemin de l'école !

Qu'est-ce que vous en dites ?
Claire xxx

E-mail de **zoemiller@mailme.com**
à **clairepearson@mymailbox.com**,
**violetfontaine@myemail.com**,
**maggiebarrow@myemail.com**
*le jeudi 21 juillet à 22 h 59*
Sujet : Sorry…

   Ahlalala les filles, ne m'en voulez pas, mais… finalement, je ne vais pas rentrer ce week-end. Je sais que je vous préviens à la dernière minute, mais je viens juste d'apprendre que ma sœur a changé ses plans et ne rentre que la semaine prochaine, et je voulais tellement la voir !

   Et puis, Jeremy a une grosse fête chez un copain samedi soir et, franchement, j'aurais préféré que l'on se fasse une soirée en amoureux pour une fois…

   Désolée ! On remet ça à la semaine prochaine, OK ?
Zoe XOXO

# À l'eau

## *Dimanche 24 juillet*

 

Et voilà comment mes projets pour le week-end sont tombés à l'eau. Je me réjouissais tellement à l'idée de retrouver mes trois copines ! Elles m'ont vraiment manqué pendant l'été... Et avec Lou trop occupée à s'éclater en Corse pour se connecter régulièrement à Skype, je suis en manque sérieux d'amitié.

Claire est bien rentrée comme convenu, mais ses parents avaient prévu plusieurs repas de famille, et elle n'a finalement pu m'accorder qu'une petite heure vendredi soir pour aller boire un café. J'avais espéré que notre soirée entre filles tiendrait toujours sans Zoe, mais j'avais eu tort apparemment, car Maggie aussi avait fait d'autres projets, avec sa sœur, selon Claire.

Simon et Susan étaient tout aussi indisponibles. Depuis que Simon était rentré de son voyage, ils étaient allés à plusieurs dîners entre amis, ou étaient sortis rien que tous les deux, et ils avaient déjà des projets pour le week-end. Et des projets sans moi, donc.

J'ai commencé mon week-end assise à mon bureau, à rédiger une lettre à Paul Walmsley, en essayant bien fort d'oublier les mots de Susan. « Promets-moi que tu n'en feras rien ! »

J'avais été impressionnée par ce que j'avais découvert sur la famille de Simon. Il y avait un nombre incalculable d'articles de presse sur les Walmsley, et pas toujours des plus flatteurs. Lou avait fait ses recherches de son côté et on en était arrivées à la même conclusion : ce n'était pas une famille ordinaire.

D'après ce que nous avons pu lire, les Walmsley comptent parmi les familles les plus riches d'Angleterre. Le père de Simon, Conrad, est l'héritier d'une entreprise d'investissements immobiliers fondée par le grand-père de ce dernier. Celui-ci, propriétaire de nombreux immeubles londoniens dont trois hôtels, avait fait fructifier ses biens de manière à ce qu'aujourd'hui, son petit-fils Conrad et son arrière-petit-fils Paul, le frère de Simon, soient à la tête d'un empire valant près d'un milliard de livres. L'entreprise est restée principalement familiale. Conrad et Lyn travaillent avec leur fils Paul et emploient quelques-uns de ses cousins et cousines.

Peu d'articles font mention du deuxième fils Walmsley, Simon, enfin « Daniel », et ils le présentent simplement comme exilé aux États-Unis et n'ayant plus aucun contact avec sa famille.

À l'opposé total, la vie de Paul, homme d'affaires menant d'une main de maître les affaires familiales, semble disséquée par tous les tabloïds du pays. Il est marié à une certaine Joanna, issue d'une famille aristocrate tout aussi connue, et le couple a une vie mondaine très chargée : bals de charité, réceptions, loge privée lors d'événements sportifs... Le tout amplement commenté dans la presse.

*Cher Monsieur Walmsley,*

*Vous ne me connaissez pas, je m'appelle Violet Fontaine. Je suis la fille d'Isabelle Fontaine, une amie de votre frère, qui m'héberge depuis juillet dernier (je suis étudiante dans un lycée de Los Angeles).*

*Je vous écris aujourd'hui pour vous parler de Simon, enfin Daniel, comme vous le connaissez. Vous avez sans doute appris qu'il se marie dans quelques semaines et j'ai cru comprendre qu'aucun membre de sa famille ne serait présent. Je sais bien que cela ne me regarde pas, et vous vous demanderez certainement quelle mouche a bien pu me piquer. Mais Simon compte beaucoup pour moi et son bonheur m'importe énormément. Je ne connais pas les raisons pour lesquelles vous n'êtes pas, me semble-t-il, en bons termes, mais j'ose espérer que vous reconsidérerez votre position à la lecture de cette lettre. C'est un jour très important pour Simon et je pense qu'il apprécierait d'avoir son frère à ses côtés.*

*Bien à vous,*
*Violet Fontaine*

J'ai relu ma lettre plusieurs fois et l'ai simplement sauvegardée. Je ne savais même pas vraiment pourquoi je l'avais écrite. Devais-je vraiment m'immiscer dans les affaires de Simon ? Faisais-je cela uniquement pour son bien, ou aussi par pure curiosité ? Je ne pourrais pas envoyer cette lettre tant que je n'aurais pas la conviction que c'était la bonne chose à faire.

En attendant, en l'absence d'amies avec qui passer la journée, il ne me restait plus qu'une chose à faire : aller traîner mes guêtres au *mall*¹. Il était grand temps de donner un petit coup de neuf à ma garde-robe pour la rentrée, non ? Pff... comme si j'avais besoin d'une excuse pour aller faire du shopping !

Me voilà donc partie, seule, à écumer mes boutiques préférées. J'ai fouillé dans le rayon soldes d'Anthropologie, essayé toutes les chaussures hors de prix qui me faisaient rêver chez Nordstrom, shoppé une jolie chemise bleu ciel chez Madewell, et ai même craqué pour un grand chapeau de paille soldé à dix dollars. Après tout, il y a encore plein de beaux jours à venir !

Et puis, alors que je dégustais un sorbet pêche-melon sur un banc, j'ai vu Jessica passer devant moi, elle aussi toute seule.

– Hé, Violet ! Je ne pensais pas te croiser par ici.

– Tu plaisantes, je passe ma vie ici... Comme toute bonne accro au shopping !

– Je vois ce que tu veux dire, a-t-elle ri en désignant les quatre paquets qu'elle trimballait avec elle.

Jessica a jeté un regard gourmand sur ma glace et elle ne s'est pas fait prier quand je lui ai suggéré d'aller en chercher une. Plus tard, elle m'a raconté qu'elle aussi se sentait un peu seule pendant les vacances. La nièce de Susan allait à un lycée différent du mien, mais, chaque fois que l'on s'était vues lors de repas de famille, je m'étais toujours très bien entendue avec elle et son frère Martin. Je ne sais pas pourquoi je n'ai jamais pensé à lui passer un petit coup de fil avant.

---

1. *Mall* : centre commercial.

Jessica avait rompu avec son petit copain deux mois plus tôt, et, tout comme moi, une bonne partie de ses copines étaient parties pendant les vacances.

— Et toi, avec Noah, tout va bien ?
— Mmmoui… ça va, ça va…

Je n'ai pas eu besoin d'en dire plus.

— Tu as envie d'en parler ? Les problèmes de garçons, ça me connaît !

Jessica avait raison, j'avais besoin de parler. J'avais déjà raconté à Lou la fameuse soirée et l'histoire de la lettre, mais je n'avais toujours pas réussi à me sortir de la tête le fait que j'avais peut-être gâché mon histoire d'amour pour toujours.

J'ai tout avoué à Jessica. Les débuts de ma relation avec Noah, mes sentiments grandissants, la lettre qu'il avait trouvée, la façon, un peu froide, qu'il avait eue de me dire que les choses ne pourraient pas être vraiment sérieuses entre nous… Et elle m'a écoutée, compatissante.

— Tu veux mon avis ? a-t-elle poursuivi quand j'ai eu terminé.

J'ai fait signe que oui.

— En amour, les garçons sont souvent un peu frileux. Je suis sûre que Noah a des sentiments pour toi, mais il ne sait pas comment les exprimer, et ça lui fait certainement un peu peur. Et puis, comme tu me l'as dit, c'est lui qui est tombé amoureux de toi en premier, qui a tout de suite craqué pour toi, alors je suis sûre que tu n'as aucun souci à te faire !

Et voilà tout simplement la preuve que, les copines, il n'y a pas mieux pour remonter le moral. C'était tout à fait vrai. Noah était déjà amoureux de moi quand j'étais encore bien trop occupée à manigancer contre Olivia pour séduire

Nathan. Il avait eu des sentiments pour moi dès notre rencontre en septembre dernier, il ne fallait pas que je l'oublie.

On a continué à discuter, et Jessica m'a avoué qu'elle avait hâte d'être à la rentrée pour une raison bien précise. Quelques semaines après sa rupture, elle avait croisé dans les couloirs de son lycée un garçon qu'elle n'arrivait pas à oublier depuis, et elle n'en pouvait plus d'attendre jusqu'au 6 septembre pour voir s'il était bien aussi craquant que dans ses souvenirs.

– Tu as raison, vive la rentrée ! Je serai à nouveau avec mes copines, avec Noah et tous nos autres copains, et on pourra passer notre année de *senior* tous ensemble. Ça va être génial !

– Oui, et en attendant, il faut que l'on se promette de rester en contact. C'est quand même dommage, on est presque voisines !

– Et puis, on fait partie des demoiselles d'honneur de Susan, ça nous fait quand même un gros point commun, ai-je répondu en lui lançant un clin d'œil.

J'ai raconté à Jessica la robe de demoiselle d'honneur que j'avais repérée avec Susan : bleu nuit, à bretelles asymétriques, courte, elle était simple et sophistiquée et on avait été convaincues qu'elle ravirait toutes les demoiselles d'honneur : Jessica et moi, bien sûr, mais aussi Kirsten, la mère de Jessica et belle-sœur de Susan et Lydia, sa meilleure amie. Mais ma nouvelle copine n'avait pas l'air aussi enjoué que moi.

– Au fait, en parlant de Susan, a-t-elle repris. Elle va mieux ?

Devant ma mine surprise, elle a cru bon de préciser.

– Enfin, je veux dire, ça va mieux entre elle et Simon ?

Quoi ? Il y avait un problème entre Susan et Simon ?! Mais je n'avais rien remarqué, moi. À ma tête, Jessica a compris que je ne savais rien.

— Tu n'es pas au courant ? Ils étaient chez moi il y a quelques jours, et ils n'avaient pas l'air dans leur assiette. Simon avait même l'air super en colère.

— Simon, en colère ? Ça ne lui ressemble pas du tout...

— C'est ce que j'ai pensé aussi sur le moment. Et, du coup, quand je les ai entendus, j'ai préféré rester dans ma chambre et ne pas les déranger.

— Tu ne sais pas pourquoi ils se sont fâchés, alors ?

— Eh bien, euh... si, enfin, un peu. Les murs ne sont pas si épais que ça chez nous...

— Tu veux dire que tu as écouté aux portes ?

Jessica a rougi.

— Mais non, ne t'inquiète pas, moi, je fais ça tout le temps !

Elle a éclaté de rire et repris de plus belle.

— C'était à propos du mariage, et du frère de Simon...

— Paul ?

— Oui, c'est ça. Et j'ai entendu ton nom aussi.

— Ah, oui ?

Cette histoire devenait de plus en plus intéressante.

— D'après ce que j'ai pu entendre, Susan a contacté la famille de Simon pour les inviter au mariage, sans rien lui dire. C'est mon père qui a vendu la mèche sans s'en rendre compte, il n'est pas très doué pour garder un secret. Et Simon a vu rouge, si rouge... Je ne l'ai pas reconnu ! Il lui a dit qu'elle n'aurait jamais dû faire ça, qu'elle ne comprenait pas l'ampleur de son geste, qu'il fallait absolument que sa famille reste en dehors de ça...

— Eh bien !

– Mais ce n'est pas tout ! Il a terminé en disant, enfin, je ne me rappelle plus bien les mots, mais quelque chose du genre : « Tu ne te rends pas compte, avec Violet, c'est complètement impossible ! »
– Hein ? Qu'est-ce qu'il voulait dire par là ?
– Je n'en sais pas plus que ça... Mais après ça, Susan et Simon ne se sont presque pas adressé la parole de la soirée... Tu parles d'une ambiance !

Quand je suis rentrée à la maison une heure plus tard, mon premier geste a été de retrouver la lettre adressée à Paul Walmsley et de l'effacer illico. Je m'étais déjà brûlé les ailes à ce petit jeu-là et il n'était pas question que je recommence une nouvelle fois.

# Sur un malentendu

## *Dimanche 31 juillet*

– Allô Lou ? C'est Violet. Je ne te dérange pas ?
– Non, pas du tout, qu'est-ce qui t'arrive ? Tu as une voix toute bizarre…

J'ai éclaté en sanglots. Des sanglots lourds, sonores, incontrôlables. Je m'étais promis de ne pas pleurer, et j'ai tenu moins de cinq secondes. Bravo, Violet ! Vraiment ! Décidément, tu n'en rates pas une.

– Ohlala, ça n'a vraiment pas l'air d'aller, a dit mon amie à l'autre bout du téléphone. Je me connecte sur Skype. Et tu pourras tout me raconter…

Vingt-cinq minutes plus tard, Lou m'observait via la webcam d'un air incrédule. J'avais déballé mon sac à toute vitesse, reprenant à peine ma respiration. Je ne me sentais pas beaucoup plus apaisée, mais j'avais au moins réussi à contrôler mes larmes. Pour le moment, tout du moins.

– Il a rompu avec toi, comme ça ? Devant ton ennemie jurée ? Je n'ai qu'une chose à dire, ma chère : il ne te méritait pas du tout, ce mec !

– Non, ce n'est pas vraiment comme ça que ça s'est passé, il ne l'a pas fait exprès ! Il ne savait pas qu'elle était là et…

– Je comprends que tu aies envie de lui trouver des excuses, mais ce n'est pas cool du tout, ce qu'il a fait !

– Peut-être, mais moi, ce que j'ai fait, c'est carrément impardonnable !

Lou a fait la moue, sans me répondre. Elle voulait se montrer compatissante, me remonter le moral, mais elle savait bien que j'avais raison. J'avais fait n'importe quoi, et il était trop tard pour rattraper mes erreurs.

Mardi, comme presque toutes les semaines depuis le début de l'été, Noah et moi avions prévu de retrouver Maggie et Jeremy au King of Burgers. J'avais proposé à mon amie que l'on se retrouve juste après le travail pour pouvoir discuter un peu entre filles, sans les garçons. Je ne l'avais pas revue en tête à tête depuis notre après-midi shopping, mais je m'étais bien gardée de lui raconter que j'avais croisé Mark avec Rebecca lors de nos échanges par e-mail. Ma bande du lycée me manquait tellement ! Il me tardait de retrouver Zoe et Claire quand elles rentreraient pour le week-end, mais, en attendant, un petit tête-à-tête entre filles ferait l'affaire. J'ai envoyé un e-mail à Maggie pendant la journée, et, n'ayant pas de réponse, j'ai retenté ma chance par SMS.

SMS de « **Violet portable** »
à « **Maggie portable** »
*envoyé le mardi 26 juillet à 15 h 31*
Hey miss ! Ça te dit qu'on se retrouve plus tôt au KoB avant les garçons ce soir ? On pourra mieux papoter... V x

SMS de « **Maggie portable** »
à « **Violet portable** »
*envoyé le mardi 26 juillet à 15 h 59*
Dsl, pas le temps ! Je vous retrouve plus tard à l'heure convenue... Ciao !

Je suis partie de chez BCP vers 17 heures – Noah travaillait encore – et, comme on n'avait rendez-vous qu'à 18 h 30, j'avais tout le temps de faire une petite balade une fois arrivée dans le quartier. Après un petit tour, j'ai acheté le dernier *Teen Vogue* et j'ai décidé d'aller m'installer au comptoir du King of Burgers en attendant les trois autres. Je raffole de leurs smoothies à la fraise et je commençais à avoir un sacré petit creux après un déjeuner avalé sur le pouce entre deux courses-poursuites aux côtés de Carroll dans les couloirs de BCP.
Mais quand j'ai poussé la porte de notre restau préféré, j'ai eu un véritable choc. Maggie et Jeremy étaient déjà là, assis tout près l'un de l'autre sur une banquette, et tellement absorbés par leur conversation qu'ils ne m'ont même pas vue. Je suis ressortie illico et les ai observés à travers la vitre du restaurant. Maggie était en train de rire à une plaisanterie du petit copain de Zoe. Elle lui a même donné une tape sur le bras ! Je n'en croyais pas mes yeux. Que faisait-elle ? Zoe était une de ses plus vieilles amies. Comment pouvait-elle lui faire ça ?
Hors de moi, j'ai composé le numéro de Noah, qui était en route.
– *Oh my God !* Tu ne croiras jamais ce que je viens de voir !
– Quoi ?
– Maggie et Jeremy, ensemble !

Je devais me forcer pour ne pas crier dans la rue.

– Ensemble… Comment ?

– Ensemble, tous les deux, comme des amoureux sur la banquette du King of Burgers, alors que Maggie m'avait dit qu'elle n'avait pas le temps de m'y retrouver plus tôt !

Je continuais à scruter les deux coupables par la vitre. Maggie montrait quelque chose à Jeremy sur l'écran de son téléphone, et celui-ci avait l'air impressionné.

– Tu les as surpris en train de s'embrasser ?

– Non, euh…

– Comment, alors ? En train de se tenir par la main ? Dans les bras l'un de l'autre ?

– Non, pas vraiment…

– Eh bien, pourquoi tu dis « comme des amoureux », alors ?

Je n'arrivais pas à savoir si Noah faisait semblant de ne pas comprendre ou si, simplement, il ne me croyait pas.

– Parce que !!! C'est évident. Ça fait des semaines que je soupçonne quelque chose entre eux et en voici la preuve !

Je lançais des regards foudroyants à mes deux amis qui n'avaient toujours pas conscience de ma présence.

– Euh, Violet, excuse-moi, mais je ne comprends pas très bien. Quelle preuve ?

– La preuve qu'il se passe quelque chose entre eux, enfin ! Pourquoi Maggie m'aurait-elle menti, sinon ?

– Hmmm, je pense que tu vas peut-être un peu vite en besogne. Rentre les retrouver et je suis sûr que tu te rendras compte immédiatement que tu t'es fait des films.

– Ah, non ! Pas question ! Je sais ce que j'ai vu, et il n'est pas question que je les dérange. Je t'attends dehors.

Noah a soupiré.

– Mais je suis coincé dans un bouchon, j'en ai encore pour un quart d'heure...
– Eh bien, je t'attends quand même. On pourra les confronter ensemble.
– Quoi ?
La voix de mon petit copain était montée d'un cran.
– Tu fais ce que tu veux, a-t-il continué, sans cacher son irritation, mais moi, il n'est pas question que je me mêle de ça.

Je n'avais pas bougé de mon poste quand Noah est apparu quinze minutes plus tard. Il m'a embrassée furtivement et nous sommes entrés. Je dois admettre qu'une fois à table, en train de discuter tous les quatre autour de nos hamburgers, je n'ai plus été tout à fait aussi convaincue de leur trahison. Rien dans leur comportement ne laissait plus paraître qu'ils étaient autre chose que de simples collègues de stage et amis. Enfin, jusqu'à ce que Noah aborde le sujet du week-end.
– Au fait, Jeremy, c'était comment la soirée de samedi, chez ton copain ?
– C'était super. On s'est éclatés !
– Tu devais être un peu déçu, quand même, que Zoe ne soit pas là ?
Noah m'a lancé un regard noir.
– C'est sûr, a répondu Jeremy, qui n'y a vu que du feu. Mais bon, elle rentre ce week-end, et je vais pouvoir profiter d'elle à ce moment-là !
– Oui, tu ferais mieux...
– Et il y avait du monde ? Noah m'a coupée en plein élan, sans même me jeter un coup d'œil cette fois-ci.
– Euh... Je ne sais pas... Tu crois qu'on était combien ?

Jeremy s'est tourné vers sa voisine, qui m'a jeté un petit regard coupable avant de répondre.

— Une trentaine, peut-être...

Incroyable ! Je bouillais intérieurement.

— Je croyais que tu passais le week-end en famille ?

Mon ton était plein de reproches. Pendant que je passais mon samedi soir seule devant une pizza et un DVD – Noah avait prévu quelque chose avec ses copains –, Maggie était à une soirée avec Jeremy. Et la pauvre Zoe qui ne se doutait de rien !

— Je maintiens que ça ne prouve rien.

— Tu plaisantes ! Ça prouve tout ce que je te dis depuis des semaines. Tu ne voulais pas m'écouter, et voilà !

Noah et moi étions sur le chemin du retour. J'avais écourté la soirée, prétextant de la fatigue, car je ne pouvais plus supporter de rester assise en face de ces deux traîtres sans rien dire.

Au restaurant, Noah avait changé de sujet très rapidement, craignant, à juste titre, que je ne me jette à la gorge de mon « amie ».

— Peut-être qu'il l'a invitée parce qu'il ne voulait pas y aller tout seul ?

— Mais il a déjà une copine ! C'est avec elle qu'il devrait vouloir passer son temps libre.

— OK, mais ce n'est pas de sa faute à lui si Zoe est partie en colo pour l'été...

— Tu ne vas quand même pas le défendre !

— Et toi, tu ne vas quand même pas l'accuser à tort !

J'ai préféré me taire. Noah commençait sérieusement à me taper sur les nerfs. Moi qui pensais que c'était un garçon honnête et droit, je n'imaginais pas qu'il puisse se ranger du côté de Jeremy. Que lui fallait-il de plus ?

On a roulé en silence jusqu'à chez moi. Je ne voulais pas terminer notre soirée sur une dispute, surtout pas après les récents événements, mais je ne voyais pas comment. Finalement, c'est Noah qui a pris la parole.

– Écoute, Violet, c'est trop bête de se fâcher à ce sujet... On oublie, OK ?

J'ai fait la moue. Penser que je pouvais tirer un trait sur cette soirée était mal me connaître.

– On déjeune ensemble demain au bureau ? Je pense pouvoir me libérer.

Cette nouvelle m'a décroché un sourire. Noah avait été tellement occupé ces derniers temps qu'il refusait régulièrement de m'accompagner quand je passais par son bureau sur le chemin de la cafèt'. Je savais bien que ça n'avait rien à voir avec moi, qu'il n'avait simplement pas le temps ou qu'il se sentait obligé de déjeuner avec ses collègues, mais j'étais toujours un peu attristée de le savoir si proche et de ne pas pouvoir le voir plus souvent pour autant.

– Oui, ça me ferait plaisir !

Il s'est penché pour m'embrasser, plus tendrement cette fois-ci, et j'ai oublié toute cette histoire. Jusqu'à ce que j'aille me coucher.

Je n'ai pas pu m'endormir. Et si cela avait été moi à la place de Zoe... Moi, je voudrais savoir ! Comment pardonner à Zoe si j'apprenais qu'elle avait été au courant que Maggie s'était rapprochée de Noah, qu'elle avait peut-être déjà commis l'irréparable et qu'elle ne m'avait rien dit ? Ça sert à ça, les vraies amies, non ? À se dire la vérité, toute la vérité, même celle qui fait mal. Pourtant, comment pourrais-je aborder un tel sujet avec mon amie ? Comment lui faire part de cette double trahison ? Je ne me remettrais jamais d'être celle qui lui aurait causé toute cette peine...

— Il faut que j'en parle à Zoe.
— Oh non, Violet, tu ne vas pas remettre ça !

Noah a reposé son sandwich. Autour de nous, la cafétéria de BCP était encore presque déserte. On avait réussi à s'éclipser assez tôt pour éviter la foule. Carroll m'avait aussi rappelé qu'on allait assister à une réunion de production sur *My Life in Heaven*, le fameux film dans lequel Olivia avait décroché un rôle. Je risquais donc de la croiser sur le tournage dans les jours à venir, pensée qui me faisait enrager.

— Si c'était toi, et que ta copine te trompait, tu n'aimerais pas le savoir ?
— Ce n'est pas la question !
— Mais si, c'est justement la question. Je ne peux pas faire ça à Zoe. C'est l'une de mes meilleures amies.
— Eh bien, justement, si c'est ta meilleure amie, tu ne peux pas lui briser le cœur sans avoir de véritables preuves.
— ...
— Et pour le moment, tu n'as pas de preuves !

J'ai soupiré bruyamment.

— Sérieusement, Violet. Promets-moi que tu ne diras rien à Zoe.

Je me suis contentée de hausser les épaules.

— Promets-moi que tu n'iras pas semer la zizanie dans la bande.

Pourquoi est-ce que les gens veulent toujours que je leur promette quelque chose ?

— D'accord, ai-je répondu faiblement.

Noah a esquissé un sourire satisfait.

– Bon, on se voit toujours ce soir ? Je passe chez toi avant le ciné ?

– Ça marche, m'a-t-il répondu avec un petit clin d'œil un peu plus chaleureux.

– Et quand tu l'as revu mercredi soir, tu avais déjà appelé Zoe ?

Lou essayait de suivre tant bien que mal.

– Non, pas encore. Je ne savais plus quoi faire. J'étais persuadée que, quoi que je fasse, les conséquences seraient désastreuses. Je n'osais pas imaginer ce qu'il allait advenir de notre bande... Et j'en voulais à Maggie ! Elle m'avait envoyé deux e-mails depuis notre soirée, juste pour prendre des nouvelles soi-disant, mais je pensais qu'elle cherchait surtout à savoir si je me doutais de quelque chose. Je les avais effacés sur-le-champ sans lui répondre.

– Si ça peut te rassurer, moi aussi, j'aurais été convaincue que Jeremy trompait Zoe avec Maggie.

– Merci... j'en étais *tellement* certaine, quoi que Noah en dise.

– Et alors, qu'est-ce qui s'est passé ensuite ?

– Eh bien, on n'en a pas reparlé du tout. Moi, je n'arrêtais pas d'y penser, mais pour Noah, l'affaire était close.

J'ai longuement réfléchi avant d'appeler Zoe. J'aurais préféré lui en parler de vive voix et je savais bien que je la verrais pendant le week-end, mais je ne pouvais plus attendre.

À ma grande surprise, sa réaction a été très calme et sereine.

– Ah, ma chère Violet ! Tu as toujours une imagination débordante.

– Mais je t'assure que je les ai vus ! Et tu ne trouves pas ça étrange que Jeremy ait emmené Maggie à la soirée ?

– Non, pas vraiment… D'ailleurs, je le savais. Jeremy m'avait dit qu'il avait proposé à Maggie de venir. Je ne voyais pas le problème.

– Et moi, alors ? Je n'avais rien de prévu ce soir-là. Pourquoi ne m'a-t-il pas invitée, moi ?

– Il devait penser que tu avais quelque chose de prévu avec Noah…

Zoe était toute guillerette, comme à son habitude. Insouciante, toujours optimiste, elle ne voulait rien entendre de ce que je lui racontais.

– Écoute, Zoe, je ne comprends pas…

– Je sais que tu crois bien faire… Mais je connais Maggie depuis des années. Elle ne ferait *jamais* une chose pareille…

– C'est ce que je pensais, moi aussi…

– Et Jeremy m'appelle tous les jours pour me dire à quel point je lui manque.

– Ce ne sont que des mots !

– Bon, arrête, Violet ! On dirait que tu as envie d'avoir raison.

– Non, pas du tout… Je cherche juste à te protéger et tu ne m'écoutes pas !

– C'est toi qui ne m'écoutes pas, a répondu Zoe sans hausser la voix. Je te dis que tu te fais du souci pour rien. Je parlerai à Maggie ce week-end et on tirera tout ça au clair.

Mon cœur s'est mis à battre à toute allure. J'imaginais déjà la scène. Notre soirée entre filles allait virer au carnage. Zoe confronterait Maggie, qui avouerait tout, brisant le cœur de Zoe et leur amitié par la même occasion.

— Bon, Violet, il faut que j'y retourne, les enfants m'attendent. On réglera ce petit malentendu ce week-end, OK ?

— OK, ai-je répliqué sans aucune conviction.

Et puis, Olivia a débarqué dans les locaux de BCP. J'étais vraiment nerveuse à l'idée de la revoir, mais je savais aussi que c'était inévitable. Carroll devait être présente les quelques jours de tournage en studio, et cela voulait donc dire que je ne pourrais pas échapper à cette pimbêche. Heureusement, celle-ci a été tellement occupée par ses répétitions que je n'ai fait que la croiser en coup de vent. Cela ne l'a pas empêchée de me lancer un regard mauvais chaque fois que je passais devant elle, mais, tant qu'elle ne m'adressait pas la parole, je m'estimais heureuse.

— Cette fille ne m'a jamais rien inspiré de bon, a remarqué Lou.

— Tu ne crois pas si bien dire ! Et je crois bien que je la déteste encore plus maintenant, même si, pour une fois, ce n'est pas de sa faute…

— Et Noah, il est arrivé quand, alors ?

Un des scénaristes avec qui Noah travaillait avait participé à ce projet et tous les deux sont venus assister à une partie du tournage, vendredi. Lors d'une pause, j'en ai profité pour aller discuter avec mon amoureux. Et ça a été plus fort que moi. Je voulais être honnête, lui montrer qu'il n'y avait pas de secrets entre nous. Je n'ai pas pu me retenir de lui raconter l'étrange conversation que j'avais eue avec

Zoe. Je pensais que Noah serait soulagé de savoir que Zoe avait pris les choses avec calme, et que je n'avais finalement pas semé la zizanie. Mais, bien au contraire, il a vu rouge et m'a entraînée à l'écart.

— Mais ça ne va pas, la tête ! Tu m'avais promis que tu ne lui dirais rien !

— Je sais, je sais, mais je n'ai pas pu m'en empêcher. Il fallait que je le lui dise.

— Tu es incroyable, Violet, je ne peux vraiment pas te faire confiance !

Noah était hors de lui.

— Mais ça n'a rien à voir avec toi !

— Eh bien, si, un peu, quand même ! Jeremy est *aussi* mon pote, c'est aussi *ma* bande. Et je t'avais fait promettre de ne pas aller fourrer ton nez dans les histoires d'un autre couple, mais tu l'as quand même fait dans mon dos !

— Noah, calme-toi, tout va s'arranger !

Il a baissé la voix d'un ton.

— Tu sais quoi, j'en ai marre de tout ça. Je crois que j'ai besoin de faire un break.

— Qu'est-ce que tu veux dire ?

J'essayais de garder mon calme, mais la colère que je pouvais lire dans ses yeux était plus qu'alarmante.

— Entre nous. J'ai besoin d'une pause. Je ne te comprends pas parfois, et ça me fait un peu peur. Je t'appellerai quand j'y verrai un peu plus clair.

Noah a tourné les talons sans me laisser le temps de répondre. J'étais bouche bée, les bras ballants en plein milieu du couloir, quand j'ai senti une présence derrière mon dos. Olivia se tenait là, un sourire narquois sur le visage. Elle s'est avancée vers moi, et, sans s'arrêter, a murmuré : « Tu ne sais vraiment pas y faire avec les garçons… »

— Quelle peste ! a hurlé Lou, me prenant totalement par surprise.
Lou ne s'emporte presque jamais de la sorte.
— Noah avait vraiment bien choisi son moment pour te faire une scène !
— Il ne pouvait pas savoir qu'elle était dans les parages…

J'étais complètement déprimée quand je suis rentrée à la maison après le travail. Simon a tout de suite remarqué ma petite mine et a deviné sans que je dise un mot que je m'étais fâchée avec Noah. Il m'a encouragée à tout lui raconter, mais j'ai préféré m'enfermer dans ma chambre jusqu'à l'heure du dîner. Je n'avais vraiment pas envie de lui raconter dans quel pétrin j'étais encore allée me mettre.
Pendant ce temps-là, je redoutais terriblement la soirée de samedi avec mes trois copines.
Je suis arrivée en avance chez Zoe. Je n'avais encore aucune idée de ce que je comptais faire. Lui offrir une épaule sur laquelle pleurer quand elle accepterait enfin les faits ? Faire office d'arbitre entre elle et Maggie quand la vérité éclaterait ? Je sentais mes mains devenir de plus en plus moites au fur et à mesure que j'approchais de la porte d'entrée. Mais c'est Maggie qui a ouvert. J'ai eu envie de prendre mes jambes à mon cou quand je l'ai vue, mais elle m'a fait un grand sourire et m'a prise dans ses bras.
— Salut, ça va ? J'ai trop hâte que Claire arrive !
Comment osait-elle se montrer chez Zoe ?
Ma pauvre Zoe, qui avait déjà tant souffert de sa rupture avec son ex, Matthew, à cause de cette peste d'Olivia qui

avait répandu une fausse rumeur sur elle, comment allait-elle survivre à cela ?

– Eh ! les filles, je viens de recevoir un SMS de Claire, elle est en retard. Elle nous dit de commencer sans elle.

Zoe venait d'arriver de la cuisine. Elle avait l'air détendu, le teint légèrement hâlé sous ses taches de rousseur et la mine fraîche de celle qui a passé de nombreuses heures à faire des activités en plein air.

– Oh, non... J'avais un truc à vous annoncer. Je n'en peux plus d'attendre ! s'est écriée Maggie.

C'en était trop. Je ne pouvais plus me retenir. Mais comment lui dire tout ce que je pensais ? J'en étais bien incapable, et puis je m'étais déjà bien trop mêlée de cette histoire... Il valait mieux qu'elle dise la vérité à Zoe de son plein gré. J'ai décidé de ronger mon frein. Si Maggie a remarqué la colère dans mon regard, elle n'en a rien laissé paraître.

– Je comptais attendre Claire pour vous en parler, mais... J'ai un truc à vous avouer.

J'ai cru entendre Zoe déglutir à côté de moi.

– J'ai rencontré quelqu'un. Et c'est grâce à Jeremy.

Hein ?

– Oui, Mark... On est au courant, en fait... Mais...

Zoe m'a lancé un regard noir. Je lui avais raconté que j'avais vu Mark et Rebecca dans les bras l'un de l'autre, et on s'était mises d'accord : il valait mieux que Maggie ne l'apprenne pas pour le moment. Mais j'étais si intriguée par les révélations de Maggie que j'avais presque oublié tout le reste. En tout cas, elle n'a pas eu l'air si surpris que cela.

– Non, pas Mark. Hmmm, je me demandais si Jeremy avait vendu la mèche à ce sujet... J'ai ma réponse.

— Ne lui en veux pas ! On se faisait toutes du souci pour toi, et c'est moi qui ai insisté pour en savoir plus… On avait bien vu que tu avais complètement craqué pour lui…

Maggie a poussé un grand soupir.

— Oui, c'est vrai, j'ai un peu perdu la tête sur ce coup-là. Mais j'ai bien retenu la leçon, ce mec est un vrai joueur !

— Bon, revenons au sujet qui nous intéresse… Dis-nous tout ! a poursuivi Zoe, impatiente.

— Ah oui, a repris la belle brunette, un sourire se dessinant sur son visage. Bon, depuis le début, alors…

Maggie nous a alors raconté qu'après son histoire avec Mark, elle s'était sentie un peu démoralisée. Elle n'avait pas trop voulu nous en parler – elle est vraiment pudique sur ses sentiments – mais l'attitude du briseur de cœurs l'avait vraiment blessée.

— Et pourquoi tu ne t'es pas confiée à l'une d'entre nous à ce moment-là ? On t'aurait consolée, nous ! me suis-je écriée.

— Je me sentais si bête ! Je crois qu'au fond de moi, je savais depuis le début que les choses n'allaient pas fonctionner, que c'était un bourreau des cœurs, mais je ne voulais pas me rendre à l'évidence… Et puis, Jeremy m'a surprise en train de pleurer en sortant du bureau, et là, je n'ai pas pu me retenir et je lui ai tout avoué.

— Je ne comprends pas pourquoi il ne m'a rien dit… est intervenue Zoe.

— Je lui ai fait promettre ! J'avais honte, je ne savais plus où j'en étais… Et, tu vois, ton Jeremy, c'est un mec bien !

Zoe a éclaté de rire.

— Ça, je le savais !

— En tout cas, ce jour-là, je me suis étonnée. Je lui ai raconté que je me sentais seule, que c'était difficile pour moi de voir mes trois copines heureuses en amour, alors qu'avec moi, ça ne semblait jamais fonctionner... Et il m'a dit qu'il se sentait coupable. Il se doutait que Mark n'était pas un garçon pour moi, mais il m'avait quand même donné son numéro...

Deux jours plus tard, nous a-t-elle raconté, Jeremy lui avait dit qu'il voulait se rattraper. Il avait un copain qui, à coup sûr, lui plairait, et il lui avait proposé de les faire se rencontrer. Au départ, Maggie avait été absolument contre un rendez-vous arrangé. Un *blind date*[1], comme on dit ici, c'est super stressant ! Jeremy avait insisté plusieurs fois, et Maggie avait continué à dire non. Pourtant, la description que Jeremy avait faite de Josh l'avait intriguée. Le garçon en question était le frère d'un copain de Jeremy, et était passionné de voyages et de littérature, tout comme notre belle intello. Le petit copain de Zoe l'avait décrit comme un garçon réservé mais très sympa et qui n'était pas du genre à mener les filles en bateau. Lui non plus n'avait jamais vécu d'histoire d'amour sérieuse et Jeremy le soupçonnait d'être un vrai romantique. Malgré cela, Maggie refusait toujours de rencontrer ce garçon qu'elle ne connaissait pas. C'est pour cela que Jeremy l'avait invitée à la soirée. Il savait que Josh y serait, et que ce serait le moment idéal pour une rencontre.

— Et alors, alors, alors ? Il est comment, ce Josh ?

Le suspense nous tenait en haleine.

— Parfait ! Dès que l'on s'est rencontrés, on ne s'est plus quittés de la soirée. On a tellement de points communs ! Et puis, il est tellement mignon...

---

1. *Blind date* : littéralement, un rendez-vous aveugle. Un rendez-vous où l'on ne connaît pas la personne.

– Des détails ! a crié Zoe.

Maggie ne s'est pas fait prier.

– Il est mince, un peu plus grand que moi, il a une bouche pulpeuse – très très sexy –, les cheveux châtain clair, bouclés, avec une mèche rebelle sur le front. Il est un peu timide, comme moi, mais quand Jeremy m'a proposé de rentrer, je lui ai dit que j'avais envie de rester un peu plus longtemps.

– Et...

Zoe et moi étions pendues aux lèvres de notre amie, qui ne cachait pas sa joie de nous voir si intriguées par son histoire.

– Et... Josh et moi avons encore discuté un long moment, puis il m'a raccompagnée chez moi et... il m'a embrassée !

– YEAH !

Cette bonne nouvelle méritait bien des applaudissements. J'étais doublement ravie. Maggie avait un nouvel amoureux *et* il ne s'était rien passé entre elle et Jeremy.

– Mais ce n'est pas tout... a-t-elle repris, malicieuse. On s'est revus deux fois depuis et, à chaque fois, j'ai dû me pincer pour me convaincre que ce n'était pas un rêve... Les filles, je crois vraiment que je suis en train de tomber amoureuse !

– C'est génial ! Je suis très heureuse pour toi ! a annoncé Zoe en prenant son amie dans ses bras.

J'ai pensé à Noah. Il fallait absolument que je lui annonce la bonne nouvelle ! Lui aussi allait être ravi d'apprendre que tout était bien qui finissait bien. Enfin, en espérant qu'il ne soit pas encore fâché contre moi... Maggie m'a aussi expliqué pourquoi elle m'avait menti lors de notre dernière soirée au King of Burgers. Elle ne pouvait pas me retrouver plus tôt car Jeremy, se sentant un peu responsable, voulait la voir en tête à tête pour savoir comment les choses s'étaient passées entre elle et Josh.

— Eh, les filles, vous savez ce que ça veut dire ? s'est exclamée Zoe en se relevant, c'est la première fois qu'on a toutes un petit copain en même temps ! Et commencer notre année de *senior* comme ça, c'est plutôt cool, non ?

C'est à ce moment-là que j'ai décidé de ne pas raconter ma dispute avec Noah à mes copines. Zoe avait raison, chacune d'entre nous avait désormais un amoureux et les choses feraient vraiment mieux de rester ainsi. J'allais réparer les dégâts avec le mien et tout rentrerait dans l'ordre.

Sur ce, nous avons commencé à préparer le dîner. On avait chacune apporté les ingrédients nécessaires à une salade, j'avais acheté de la glace, Zoe un paquet de pop-corn pour le film que nous avions prévu de regarder un peu plus tard, et il ne manquait plus que notre quatrième mousquetaire pour commencer la soirée.

— C'est bizarre, Claire devrait être là depuis un moment... On l'appelle ? ai-je demandé aux filles, tout en découpant une tomate.

— Elle m'a envoyé un SMS tout à l'heure, mais...

La sonnette de la porte a interrompu Zoe.

— La voilà ! Ne bougez pas, j'y vais, a annoncé Maggie. Et laissez-moi lui annoncer ma nouvelle... Déjà qu'elle va m'en vouloir de ne pas l'avoir attendue...

Une minute plus tard, nous avons entendu la voix familière de Claire dans l'entrée, suivie d'un gros sanglot. Zoe m'a lancé un regard inquiet et nous avons laissé nos planches à découper pour courir au salon.

Claire avait les yeux gonflés, le nez rouge et de longues traînées de mascara sur les joues. Maggie lui avait passé un bras réconfortant autour des épaules.

– Ça va aller... raconte-nous tout.

Mais elle n'arrivait pas à se calmer.

– Je le déteste, cette espèce de... a-t-elle hurlé entre deux crises de pleurs.

Maggie l'a entraînée vers le canapé et nous l'avons suivie en silence.

– J'aurais dû me douter de quelque chose. C'est de ma faute !

– Qu'est-ce qui t'arrive ? s'est inquiétée Zoe. C'est Zach ? Vous vous êtes disputés ?

– Ne me parle pas de ce mec ! Je ne veux plus jamais en entendre parler ! a-t-elle crié de plus belle.

Zoe, Maggie et moi avons patienté, attendant que Claire se décide à parler. Nous savions bien qu'elle allait finir par tout nous raconter.

– On passait un été tellement génial... Et je n'ai rien soupçonné...

Je suis allée lui chercher un paquet de mouchoirs, et, après s'être mouchée plusieurs fois, Claire a enfin repris une respiration normale. Puis elle nous a annoncé la nouvelle. Elle venait juste d'apprendre que Zach la trompait depuis le début de l'été. Je n'en croyais pas mes oreilles. Claire et Zach étaient si amoureux ! Pour moi, ils avaient toujours été le couple parfait et je mentirais si je disais que je n'avais pas ressenti un peu de jalousie en apprenant qu'il l'avait invitée à passer tout l'été avec lui à San Diego. Pourquoi les histoires d'amour sont-elles toujours aussi compliquées ? Zach était attiré par une des voisines de son cousin depuis des années. Il la voyait tous les étés mais elle ne s'était jamais intéressée à lui auparavant, enfin, jusqu'à cette année. Et Claire s'était tellement amusée pendant les vacances qu'elle ne s'était rendu compte de rien. Elle s'était fait des copines et n'avait jamais douté de Zach quand il lui disait aller faire du surf avec ses copains, ou une partie de volley-ball...

– Je trouvais ça plutôt bien, au contraire, qu'on soit un couple indépendant... Je ne voulais pas donner l'image de la fille toujours collée à son copain, nous a-t-elle expliqué. Et puis, quand on se retrouvait que tous les deux, c'était super, ultra-romantique... le rêve ! Je ne suis vraiment qu'une belle idiote !

– Ne dis pas ça ! l'a grondée Zoe. Le seul idiot dans l'affaire, c'est Zach. Non mais, pour qui il se prend celui-ci ?

– Et je la connais en plus, cette Melissa ! Je l'ai rencontrée quand on est arrivés, et j'ai même discuté avec elle, lors d'une soirée.

– Mais alors, tu sais ce qui s'est passé entre eux ? ai-je risqué.

– Cet idiot m'a dit que c'était le fait qu'elle le voit avec moi. Tout à coup, elle s'est rendu compte qu'elle avait des sentiments pour lui... Ils se sont embrassés et, après, ils ont continué à se voir en cachette. Enfin, c'est ce qu'il m'a dit...

– Il t'a tout avoué comme ça ? a demandé Maggie, incrédule.

– Non, bien sûr que non ! Cela faisait plusieurs jours que je le trouvais bizarre. Il était distant, n'arrêtait pas de chercher la bagarre avec moi, surtout depuis mon retour de week-end à la maison... On devait rentrer en voiture avec sa famille aujourd'hui, et ce matin, il m'a dit qu'il avait l'intention de rester, en fait, et que je devrais rentrer seule avec ses parents. Je crois qu'il n'avait même pas l'intention de me dire pourquoi...

Les sanglots ont repris pendant quelques minutes. Personne n'a osé dire un mot, ni bouger d'un pouce.

— J'ai tellement insisté qu'il a fini par m'avouer son histoire avec Melissa, a repris Claire, soudainement. Il m'a dit qu'il était fou amoureux d'elle, qu'elle aussi et qu'il allait rester avec elle jusqu'à la rentrée. J'étais sous le choc. C'est là que je me suis rendu compte que Zach ne m'avait jamais dit qu'il m'aimait, moi. Tout se passait bien entre nous jusqu'à cet été, mais il ne m'aimait pas !

— J'espère que tu lui as collé une baffe ! me suis-je insurgée.

Claire a esquissé un sourire, le premier depuis qu'elle avait passé la porte d'entrée.

— J'étais bien trop choquée. On a continué à parler pendant une heure, j'ai essayé de comprendre ce qui s'était passé... Je ne voulais pas croire ce qu'il me disait. Mais il était clair que lui avait eu tout le temps d'y réfléchir... Et ses parents m'attendaient alors...

— Je n'arrive pas à croire qu'il ait fait ça derrière ton dos pendant tout ce temps. Noah m'a toujours dit que Zach était un garçon super... Tu parles !

— Sauf que, malheureusement, tous les garçons ne sont pas aussi parfaits que Noah... a répondu Claire, une pointe d'amertume dans la voix.

Je lui ai offert un petit sourire pour toute réponse.

— Pauvre Claire ! Ça me fait vraiment de la peine pour elle. Les mecs peuvent vraiment être lâches parfois.

Lou m'écoutait déjà depuis plus d'une heure, mais si elle s'était lassée de mon histoire, elle n'en avait rien laissé paraître.

– Et alors, que s'est-il passé pendant le reste de la soirée ?

– Pas grand-chose. On a essayé de consoler Claire du mieux qu'on le pouvait, mais Maggie n'a pas osé lui parler de Josh.

– Je peux comprendre…

– Et moi, j'ai pensé à Noah toute la nuit, je n'ai pas pu dormir. J'ai même eu envie de passer chez lui après la soirée, mais il était déjà tard quand je suis partie, alors, j'ai attendu ce matin.

Ce matin, donc, en me réveillant d'une nuit presque sans sommeil, j'ai avalé mon petit-déj' sur le pouce et attrapé le bus. Je me sentais prête à faire n'importe quoi pour régler les choses entre nous. Mais, quand je suis arrivée chez Noah, il n'avait pas l'air ravi de me voir.

– Hmmm, qu'est-ce que tu fais ici ? J'ai prévu une partie de basket avec des potes… Je dois partir bientôt…

– Je te demande juste de m'écouter. Dix minutes, pas plus.

Je lui ai raconté pour Maggie et Josh. Je lui ai dit que j'étais désolée, que je m'étais trompée, mais qu'heureusement Zoe ne m'en voulait pas. Quant à Maggie, elle ne saurait jamais rien de mes soupçons. Je lui ai dit que j'avais une imagination débordante, que j'étais trop impulsive, mais que mes bêtises n'avaient pas du tout créé la zizanie dans la bande. C'était plutôt une bonne chose, non ? Quand je me suis enfin tue, Noah s'est contenté de hausser les épaules. Puis je lui ai parlé de Claire et Zach. Zach étant un très bon copain de Noah, il n'était pas impossible qu'il soit déjà au courant. Mais, en apprenant la nouvelle, il a visiblement eu de la peine pour Claire.

– Je suis vraiment désolé. Ce n'est pas du tout le style de Zach de se comporter comme ça, ça ne lui ressemble pas...

Une petite idée m'est passée par la tête. J'aurais fait n'importe quoi pour aider Claire, qui était encore toute chancelante quand elle était repartie de chez Zoe.

– Peut-être que tu pourrais lui parler ? Il t'écoutera peut-être, toi...

– Tu n'arrêtes vraiment jamais ! s'est agacé Noah. Ce n'est pourtant pas la première fois que je te dis que je ne veux pas me mêler des histoires d'autres couples !

– Mais...

– Non ! C'est vraiment nul ce qu'il a fait, mais rien de ce que je peux dire ou faire ne changera les choses.

– OK, OK ! C'était juste une suggestion.

Je me suis approchée pour le prendre dans mes bras, mais il a reculé d'un pas.

– Violet, je ne comprends plus. Je t'avais dit que j'avais besoin de faire une pause, et tu te pointes chez moi un dimanche matin...

Le regard dur de Noah m'a brisé le cœur.

– Je suis désolée, mais je voulais tellement que tu saches que tout était rentré dans l'ordre...

– Il n'y avait pas de désordre avant que tu fourres ton nez dans les histoires des autres !

– J'ai fait une bêtise, je sais...

– Et tu es incapable de tenir une promesse.

On s'est observés en silence pendant quelques instants. Je ne savais plus quoi dire pour améliorer la situation.

— Écoute, j'étais sérieux quand je te disais que je voulais faire une pause. Ça ne marche pas entre nous, en ce moment. Et puis, avec les dernières semaines de stage et la rentrée qui arrive, on va tous les deux être très pris, alors…

Ma gorge s'est asséchée. J'ai essayé de prendre la main de Noah, mais il a reculé de nouveau.

— … Je ne sais plus si… Enfin, je pense qu'on devrait arrêter de se voir.

E-mail de **loulou@emailme.com**
à **violetfontaine@myemail.com**
*le mardi 2 août à 17 h 26*
Sujet : Tes recherches !
Coucou, Violet,

J'ai lu tous les liens que tu m'as envoyés depuis notre conversation. Décidément, Internet regorge d'informations sur les Walmsley ! Tu ne trouves pas ça drôle qu'on en sache désormais autant alors que nos recherches n'ont abouti à rien pendant si longtemps ?

En tout cas, il y a une chose qui m'intrigue : si je venais d'une famille aussi riche et célèbre, je réfléchirais à deux fois avant de leur tourner le dos !

Bises,
Ta Lou

PS : J'espère que tu arrives à oublier Noah… Il ne sait pas ce qu'il perd. J'aimerais vraiment pouvoir te remonter le moral… C'est dur d'être si loin !

PS2 : Au fait, tu as dû le remarquer, mais une bonne partie des articles a été écrite par le même journaliste, un certain Scott Byrne. Il doit être autant passionné par les Walmsley que nous, celui-là ;-)

E-mail de **isafontaine@myemail.com**
à **violetfontaine@myemail.com**
*le vendredi 5 août à 7 h 55*
Sujet : La rentrée !

Coucou, ma chérie,

J'espère que tu profites bien de tes dernières semaines chez Black Carpet Productions… Es-tu heureuse à l'idée de faire ta deuxième rentrée à Albany High ? Plus qu'un mois avant ta dernière année de lycée… Profites-en !

Bisous,
Maman

# Tombée à pic

## *Samedi 6 août*

*OMG* ! Je ne sais pas si on peut faire une crise cardiaque à 17 ans, mais je crois bien que c'est ce qui m'est arrivé tout à l'heure. Mon cœur n'a pas explosé, mais j'ai dû faire tous les efforts du monde pour arrêter de hurler de joie. Ça, pour une surprise, c'en est une, et je ne suis pas près de m'en remettre !

Quand je suis descendue pour le petit-déjeuner, j'ai trouvé Susan toute seule dans la cuisine en train de feuilleter un magazine de mariage – pour changer – devant son assiette de pancakes. Simon étant le chef « pancakes » à la maison, j'ai été surprise de ne pas le voir dans les parages.
— Ah, oui, il est parti faire une course, m'a répondu Susan, désinvolte, lorsque je lui ai posé la question.
J'ai réchauffé les quelques pancakes qu'elle m'avait laissés, je me suis servi un grand verre de jus d'orange, j'ai attrapé un autre magazine dans l'énorme pile de revues que Susan avait accumulées ces derniers mois, et je me suis installée en face d'elle.
Mon stage chez BCP se termine dans deux semaines, et je suis un peu triste à l'idée de quitter Carroll et toute l'équipe. Malgré tout, je me sens aussi soulagée car j'ai

passé toute la semaine à raser les murs pour éviter de tomber sur Noah. Il m'a fallu ruser pour ne pas le croiser à la cafèt' ou pour ne pas prendre l'ascenseur en même temps que lui. Son message est bien passé, il ne veut plus me voir, et je tiens à respecter sa décision. Bon, en réalité, c'est surtout qu'il n'était pas question qu'il voie dans quel état je suis depuis notre rupture : j'ai passé des nuits blanches entrecoupées de mauvais rêves, mes yeux sont gonflés, mes cheveux à moitié propres, et je n'ai fait aucun effort vestimentaire de la semaine. Mes plus belles jupes et robes d'été sont restées au placard, laissant place à un pantalon en lin informe et à des débardeurs basiques. Accaparée par mon chagrin, je n'avais vraiment pas envie d'être féminine. Carroll a fait semblant de ne rien remarquer mais elle a insisté pour que je parte plus tôt chaque soir, prétextant que les choses étaient toujours beaucoup plus calmes au mois d'août.

Lundi soir, j'ai retrouvé Claire autour d'un thé glacé. Elle était encore en état de choc. Zach avait refusé de lui parler au téléphone et il n'avait répondu à aucun de ses e-mails et SMS. La pauvre ! Malgré son attitude odieuse, elle était encore complètement accro et ne souhaitait qu'une chose : se réveiller de cet horrible cauchemar. C'est à ce moment-là que je lui ai avoué qu'elle ne serait pas la seule célibataire du groupe à la rentrée. Je sais que mon amie ne me veut que du bien, mais je me doute aussi que cette nouvelle l'a soulagée. Même si mon histoire était moins terrible que la sienne, on savait désormais que l'on pourrait compter l'une sur l'autre pour se remonter le moral. Zoe était repartie en colo pour deux semaines et Maggie et Josh ne se quittaient plus d'une semelle. Si Claire n'avait pas été là, j'aurais certainement passé une bonne partie de la semaine sous la couette à pleurer.

— Vous avez besoin d'aide pour ce midi ? Je peux mettre la table, si tu veux.

— Non, tout est prêt, m'a répondu Susan, qui était désormais en train de faire un peu de rangement dans le salon. Ses parents venaient déjeuner à la maison, et Simon m'avait demandé de ne rien prévoir aujourd'hui.

— Ah si, ce que tu pourrais faire, c'est aller te préparer, m'a-t-elle fait remarquer alors que je feuilletais un nouveau magazine, toujours en pyjama. Ils arrivent bientôt...

J'ai traîné devant mon armoire pendant vingt minutes. Il faisait un temps magnifique dehors et j'ai soudainement eu envie de me pomponner un peu. Après m'être laissée aller pendant une semaine, porter une jolie robe ne pourrait que me remonter le moral. J'étais en train d'appliquer une couche de mascara quand la sonnette de la porte d'entrée a résonné.

— Violet ! Tu peux aller ouvrir ? s'est écrié Simon du rez-de-chaussée.

Tiens, je ne l'avais même pas entendu rentrer.

— Euh... Je ne suis pas tout à fait prête...

— S'il te plaît, a-t-il insisté. On est occupés en cuisine.

Les cheveux encore humides, j'ai descendu les marches en maugréant, et me suis dirigée vers la porte.

— *Oh my God !!!!!*

J'ai dû me frotter les yeux pour m'assurer que je ne rêvais pas.

— Surprise !

— Surprise, tu plaisantes ? C'est plus qu'une surprise ! Tu parles d'un choc ! Comment, enfin... pourquoi... mais qu'est-ce que tu fais ici ?

— Tu ne croyais tout de même pas que j'allais laisser ma meilleure amie se remettre d'une rupture toute seule ?

J'ai pris Lou dans mes bras et ai attrapé sa valise. Derrière moi se tenaient Simon et Susan, un sourire aux lèvres.

— Vous étiez au courant ?

— Qu'est-ce que tu crois ? a répondu Simon avec un petit clin d'œil. Allez, Lou, viens poser tes affaires dans la chambre de Violet.

J'avais à peine laissé à Lou le temps de s'asseoir que je la bombardais déjà de questions. J'avais l'impression d'être victime d'une crise d'hallucinations : ma meilleure amie venait de faire plus de seize heures d'avion pour me rendre visite !

Lou m'a raconté qu'elle avait harcelé ses parents à la fin de l'année scolaire pour qu'ils la laissent partir à Los Angeles, mais, prudente, elle ne m'en avait pas reparlé. Quant à moi, je n'y avais presque plus songé, trop occupée par mon stage, Noah, et tout le reste.

Mais quand elle a appris que Noah avait rompu avec moi, elle a trouvé un billet d'avion de dernière minute, réussi à convaincre ses parents, et elle est partie pour l'aéroport sans même que je me doute de quoi que ce soit.

Simon et Susan étaient de mèche, bien entendu, et ils avaient prétexté ce déjeuner en famille pour que je reste à la maison pendant que mon hôte préféré allait chercher mon amie à l'aéroport.

Incroyable, mais vrai, Lou, ma chère Lou, ma meilleure amie va passer plus d'une semaine avec moi à LA ! Il faut que je lui montre mes quartiers préférés, que je l'emmène faire du shopping dans toutes les boutiques qui n'existent pas en France, qu'elle voie mon lycée, rencontre mes copines et... bien sûr, j'adorerais la présenter à Noah, mais cela me semble quelque peu compromis...

Peu importe, Lou est là ! Les vacances peuvent vraiment commencer !

# Elle et moi

## *Mardi 9 août*

Quel bonheur d'avoir Lou à mes côtés en cette fin d'été californien ! Une bonne nouvelle n'arrivant jamais seule, j'ai appris que Simon avait demandé à Carroll de m'accorder deux journées de congé afin que je puisse profiter de ma meilleure amie au maximum. Maggie et Claire l'ont adorée – comment aurait-il pu en être autrement ! et Simon et Susan la considèrent déjà comme un membre de la famille. En quelques jours, elle a fait des progrès considérables en anglais. Des vacances doublées d'un séjour linguistique, c'est tout bénef', non ? En tout cas, si ça ne tenait qu'à moi, Lou resterait pour toujours. J'étais tellement excitée que j'ai appelé maman pour lui annoncer la bonne nouvelle. On a eu très peu d'échanges depuis que j'ai découvert son mensonge, mais une telle occasion méritait que j'enterre la hache de guerre. Évidemment, elle était déjà au courant. Je me demande bien combien de fois par semaine maman et Simon se parlent sans que je le sache. Et j'imagine qu'ils n'évoquent pas que la visite de ma meilleure amie. La dernière fois que je l'ai eue au téléphone, il y a quelques semaines, elle a même fait une allusion au fait que j'avais vu le passeport de Simon, sur l'air de « ne touche pas aux affaires des autres ! ». J'ai bien eu envie de lui rétorquer que je n'avais rien fait du tout, que l'assistante de Simon était venue me trouver pour que je lui rende un service, mais j'ai préféré faire la sourde oreille. Si maman a des secrets pour moi, j'ai bien le droit d'en avoir pour elle, non ?

On est allées à la plage tous les jours depuis l'arrivée de Lou, on a fait du vélo jusqu'à Venice Beach hier, puis elle m'a aidée à préparer ma garde-robe pour la rentrée. Elle a été surprise que je lui dise ne pas avoir besoin d'acheter un nouveau sac – ça ne me ressemble pas de ne pas vouloir faire de dépenses –, mais quand je lui ai montré la besace offerte par Simon, elle a tout de suite compris que je ne pourrais jamais me séparer d'elle. Et on a même composé ensemble ma tenue pour le jour J, un peu en avance, certes, mais ce n'est pas tous les jours que je peux profiter des conseils de ma meilleure amie en direct live. Et donc, pour mon premier jour en tant que *senior*, je porterai une robe à bretelles vert d'eau et bleu marine, avec un petit gilet assorti et des compensées ouvertes en daim beige. Comme l'année dernière, ça me paraît un peu étrange de faire ma rentrée en tenue d'été, mais c'est ça, la Californie, et je ne risque pas de me plaindre !

# Enquête en cours

## *Vendredi 12 août*

Lou part après-demain. Je donnerais n'importe quoi pour qu'elle puisse rester un peu plus, mais c'est la vie, malheureusement, et, comme elle me l'a fait remarquer, c'est moi qui ai choisi de m'exiler, en tout cas pour le moment.

Mais ça ne m'a empêché de profiter de ma meilleure amie au maximum ! Et j'ai eu bien plus besoin d'elle que je n'aurais pu l'imaginer. Je suis retournée chez BCP mercredi après mes deux jours de repos. Carroll m'a tout de suite signalé que je pourrais à nouveau partir plus tôt jusqu'à la fin de la semaine, à la fois car elle n'avait pas grand-chose à me confier, mais aussi parce qu'elle savait qu'il ne me restait que quelques jours pour profiter de Lou. Claire a été adorable et s'est improvisée guide touristique pour mon amie. Ensemble, elles sont allées à Beverly Hills, sur Hollywood Boulevard, et Claire l'a même emmenée dans les boutiques branchées de West Hollywood. De mon côté, j'ai passé mon mercredi matin à faire de l'archivage, tout en me remémorant les super moments passés avec Lou ces derniers jours. J'étais tellement de bonne humeur que j'en avais presque oublié que je risquais de croiser Noah à tout moment. Et, quand Carroll m'a proposé d'aller déjeuner ensemble à la cafèt', je n'ai pas réfléchi une seconde avant de dire oui.

Et c'est là que j'ai eu le choc de ma vie. J'ai dû me retenir de hurler devant tous les employés de BCP. J'aurais pu l'étrangler, ou la défigurer au point qu'elle ne pourrait plus jamais jouer dans un de ses satanés films. Mais bien sûr, au lieu de cela, j'ai fait comme si je n'avais pas remarqué qu'Olivia était en train de déjeuner avec Noah à quelques pas de moi. Si Carroll n'a pas remarqué mon malaise, Olivia, elle, n'en a pas raté une miette. Elle m'a lancé un regard méchant avant d'éclater de rire, un rire aussi sonore que faux, à ce que venait de lui dire mon ex-petit copain. Je ne sais pas s'il a senti ma présence, ou remarqué le regard d'Olivia, mais il s'est tourné vers moi l'espace d'un instant. Sur son visage, je n'ai rien lu. Pas d'affection. Pas d'amitié. Rien de mauvais, mais aucune trace non plus des sentiments qu'il aurait pu avoir encore pour moi. J'ai à peine touché ma salade.

Le soir même, Lou m'a écoutée lui raconter, une nouvelle fois, tous les détails de notre histoire et de notre rupture, sans m'interrompre. « Je suis là pour ça », n'arrêtait-elle pas de me dire, « Vide ton sac, je t'écoute ! ». Depuis le début de la semaine, je brûlais d'envie d'attraper mon téléphone et de supplier Noah de m'accorder une nouvelle chance ou au moins d'accepter un rendez-vous pour que je puisse m'expliquer à nouveau. Mais Lou m'en a dissuadée à chaque fois.

– Je crois qu'il a été clair, malheureusement... Et j'ai peur que si tu insistes, ça ne fasse que le conforter dans sa décision...

– Mais il me manque tellement !

– Je comprends, Violet, et je suis désolée...

Et Lou avait raison, comme toujours. S'il avait tenu encore un tout petit peu à moi, Noah n'aurait pas profité de sa pause pour déjeuner avec Olivia. Se passait-il quelque chose entre eux ? Ou, comme il l'avait sous-entendu lors de la soirée BCP, profitait-il simplement de ses contacts ? Peu importe. Il fallait que j'efface cette image de ma tête le plus rapidement possible.

Heureusement, Lou et moi étions aussi occupées par un autre sujet de la plus haute importance. Mon amie était tout aussi motivée que moi pour reprendre notre enquête, sur mon père et sur le mystère Simon, là où nous l'avions laissée.

J'avais parlé à Lou de la lettre que j'avais écrite à l'attention de Paul Walmsley, avant de la supprimer en apprenant que Susan, qui avait eu la même idée avant moi, s'était disputée avec Simon à ce sujet. Cependant, Lou pensait que le contacter était une bonne idée. Simplement, il valait mieux que je n'évoque pas le mariage de son frère.

– Mais qu'est-ce que je pourrais bien lui dire, alors ? Bonjour, je m'appelle Violet Fontaine, et je crois que votre frère connaît mon père, alors j'essaie d'en apprendre plus à son sujet sans qu'il le sache ? Je ne suis pas sûre que ça fonctionne…

– Non, bien sûr que non ! a répliqué Lou, en étouffant un rire. Mais dans tous les articles que tu as lus, tu n'as rien trouvé sur Simon ?

– Pas plus que ce que je t'ai déjà dit. Et rien de nouveau, en tout cas. Simon est le frère cadet de la famille et il s'est exilé aux États-Unis il y a dix-sept ans environ.

– Donc, pas très longtemps après sa rencontre avec ta mère.

– Oui, c'est vrai. Pourquoi tu dis ça ?
– Non, comme ça. C'est juste qu'on tourne un peu en rond, tu ne trouves pas ?

Lou a poussé un grand soupir avant de reprendre.

– Et il n'est jamais rentré en Angleterre après cela ?
– Si ! Mais ça, je le savais, ai-je répondu en attrapant mon ordinateur.

Il y avait tout d'abord cette réflexion que Simon m'avait faite quelques mois plus tôt, à propos d'un pull que je portais quand j'étais petite. Et puis, j'avais trouvé ce cliché, dans les archives payantes d'un journal anglais. J'ai cliqué sur le lien pour le montrer à Lou.

C'était une photo de la famille Walmsley au grand complet, prise en 1995, lors d'une réception de famille, quelques jours avant le mariage de Paul, indiquait l'article.

– Alors, ça veut dire que Simon est rentré pour assister au mariage de son frère ?
– Pas exactement. En fait, c'est ce que je pensais aussi au départ. Qu'ils ne devaient pas être si fâchés puisque Simon, qui habitait déjà à Los Angeles depuis près de deux ans, avait fait le trajet pour son frère. Mais si tu regardes toutes les photos, tu remarqueras qu'on voit Simon sur celles prises avant le mariage, au déjeuner de la famille Walmsley, à la fête donnée par les parents de sa fiancée, Joanna...
– ... Mais il n'est pas sur les portraits de famille officiels le jour du mariage ! s'est exclamée Lou, qui scrutait chaque photo comme si sa vie en dépendait.
– Tout à fait !

Malheureusement, cette révélation ne nous éclairait pas beaucoup plus. Il pouvait y avoir plusieurs explications à l'absence de Simon ce jour-là. Et s'il était subitement tombé malade ? Et s'il avait curieusement raté la séance photo car occupé à... euh, enfin, à autre chose ? Et s'il s'était fâché avec son frère la veille du mariage ? Et s'il avait été secrètement amoureux de Joanna au point de ne pouvoir supporter la voir épouser son frère ?

Lou a une imagination tout aussi débordante que la mienne, mais il a bien fallu nous rendre à l'évidence : aucune de ces hypothèses ne tenait vraiment debout. Et quand Simon était parti pour la Californie, Paul et Joanna étaient déjà ensemble. Pourquoi serait-il parti vivre à l'autre bout du monde s'il avait été follement amoureux d'elle ?

Je pensais qu'à nous deux, on arriverait à mettre certaines choses au clair, mais le brouillard ne se dissipait pas, quoi que l'on fasse.

— En tout cas, si Simon n'a pas assisté au mariage de son frère, je peux comprendre que Paul ne veuille pas venir au sien... a continué Lou.

— Mais ses parents, alors ? Quelle serait leur excuse ?

— Peut-être la même chose ? Ils en veulent à leur fils d'avoir quitté le pays, coupé les ponts avec eux...

Hmm. On avançait d'un pas, puis on reculait de deux.

— Bon, alors, tu proposes quoi ?

— On écrit une lettre à Paul Walmsley et on essaie d'en savoir plus, mais sans parler du mariage.

— Mais si ma mère ou Simon l'apprennent, je serai privée de sortie jusqu'à mes 30 ans !

— Bon, eh bien, je ne vois qu'une seule autre personne qui puisse nous aider.

— Qui ? ai-je demandé.

— Scott Byrne.
— Le journaliste ?

Lou a hoché la tête. Sans dire un mot, j'ai attrapé mon ordinateur et j'ai ouvert un nouveau brouillon dans ma boîte e-mail.

*Cher M. Byrne,*
*Je m'appelle Violet Fontaine et, étudiante en école de journalisme, je suis à la recherche d'informations sur la famille Walmsley. J'ai déjà lu tous vos articles, mais j'aurais quelques questions à vous poser. Auriez-vous un moment à m'accorder ?*
*Bien à vous,*
*Violet Fontaine*

Penchée au-dessus de mon épaule, Lou lisait à voix haute à mesure que je tapais sur le clavier.
— Parfait. Envoie.
— Tu crois vraiment que c'est une bonne idée ?

J'ai repoussé mon ordinateur et j'ai réfléchi quelques instants. Mon impulsivité innée ne m'ayant pas forcément servie par le passé, je voulais être sûre de mon coup.
— De le contacter ? Bien sûr ! Il en sait certainement plus que nous.
— Non, pas ça. Je me demande juste s'il n'y aurait pas une meilleure façon de le faire. Une façon un peu plus… disons, discrète.

Lou a fait une grimace.
— De quoi as-tu peur ?
— Je ne sais pas. C'est juste un sentiment. Je me demande si tout cela ne va pas finir par me retomber dessus…

Lou a défait et refait sa queue-de-cheval trois fois, ce qui m'a décroché un sourire. Lou faisait tout le temps cela quand elle était nerveuse. J'ai refermé mon ordinateur.

– Attends ! m'a-t-elle ordonné, décidant finalement de laisser ses cheveux tomber sur ses épaules. C'était quoi ton prénom préféré quand tu étais petite ?

Je l'ai regardée avec des yeux ronds.

– Heu... Chloé. Pourquoi ?

Une étincelle s'est allumée dans son regard.

– Parce que ce n'est pas Violet Fontaine qui va contacter Scott Byrne... Mais Chloe, euh... Chloe, euh... Sylvester. Chloe Sylvester, ça sonne bien, non ?

E-mail de **scottbyrne@newsdaily.co.uk**
à **chloesylvester@myemail.com**
*le samedi 13 août à 8 h 45*
Sujet : Re : Questions sur la famille Walmsley
Chère Miss Sylvester,

J'ai bien reçu votre e-mail. Je suis ravi d'apprendre que mon travail vous intéresse à ce point. Comme vous l'avez remarqué, je me spécialise dans l'histoire des grandes familles de Grande-Bretagne, un sujet qui m'a toujours passionné. J'ai beau faire ce métier depuis plus de vingt ans, j'ai parfois du mal à croire ce que les plus riches et les plus puissants de mon pays peuvent cacher comme secrets...

Quant à votre demande... Oui, je serais prêt à discuter avec vous de mon travail et de mes méthodes d'investigation, même si, pour des raisons de confidentialité, je ne pourrai sans doute pas répondre à toutes vos questions.

Mais, en tant que journaliste en herbe, cela ne vous surprendra pas trop !

Bien à vous,
Scott Byrne
Journaliste
*News Daily*

# Bachelorette Party[1]

## *Dimanche 14 août*

La dernière soirée de Lou à Los Angeles a coïncidé avec l'enterrement de vie de jeune fille de Susan. La future mariée n'a pas hésité une seconde à inviter mon amie à se joindre à notre petit groupe. Lydia s'était proposée pour organiser l'événement chez elle. Elle et son mari, Derek, habitent une jolie petite maison de plain-pied, décorée avec goût, tout en noir et blanc. Les seules touches de couleur viennent des magnifiques peintures surréalistes du maître de maison.

Parmi les invitées à la soirée, il y avait aussi Jessica, Kristen, Martha, une amie de longue date de Susan, et quelques-unes de ses collègues de travail. Lydia avait vu les choses en grand. Elle avait fait livrer des plats du restaurant japonais le plus réputé de la ville et des pâtisseries si joliment décorées que je me suis demandé un instant si on pouvait vraiment les manger. La table était superbement dressée, dans des tons pastel. Quatre petits bouquets de roses blanches y étaient posés et Lydia avait même composé des marque-places avec une photo en noir et blanc de Susan et Simon. Au recto, le papier était ligné : chaque

---

1. *Bachelorette Party* : enterrement de vie de jeune fille.

fille était invitée à y écrire un petit mot pour la future mariée, qu'elle pourrait conserver en souvenir de cette soirée.

Lydia nous a conduites vers la terrasse où de délicieux cocktails colorés nous attendaient. La maîtresse de maison portait une longue robe noire avec un décolleté en V profond, qui mettait en valeur sa peau de rousse et sa crinière de lionne. Elle était resplendissante, mais pas autant que la future mariée qui avait choisi pour l'occasion une robe jaune citron, une couleur que je ne l'avais jamais vue porter mais qui s'associait parfaitement avec son carré blond et son teint hâlé. Susan avait fait de nombreuses séances de yoga sur la plage pendant l'été et le résultat était flagrant : elle avait l'air en pleine forme.

Seule ombre au tableau de cette soirée qui s'annonçait splendide : ma pauvre Lou. Elle s'était réveillée avec une migraine telle – ça lui arrive parfois – que j'ai eu peur qu'elle ne puisse pas m'accompagner à la soirée. Cependant, elle a insisté et c'est pâle comme un linge qu'elle est montée en voiture avec Susan et moi. Mais, au fur et à mesure que le cocktail avançait, je voyais bien que mon amie était sur le point de se sentir mal. Lydia l'a remarqué à son tour et a proposé à Lou d'aller s'allonger dans la chambre d'amie, adjacente à l'atelier de Derek. Nous avions visité le lieu de travail de l'artiste un peu plus tôt, quand Lydia nous avait fait faire le tour de la maison. La meilleure amie de Susan se sert aussi de l'atelier pour ses travaux créatifs, et le sol était jonché de papiers de diverses couleurs, de rubans, de boîtes, de tissus… Moi, je suis très douée pour savoir quelle robe porter, où, quand et comment, mais ne me demandez pas de tenir une paire de ciseaux… Je ne sais rien faire de mes dix doigts !

Heureusement que Lydia était là, elle, pour aider la future mariée à penser, dessiner, découper les marque-places, le plan de table, les livrets de cérémonie… Autant de choses que j'aurais été bien incapable de faire et que Lydia gérait de toute évidence d'une main de maître.

Naturellement, notre conversation a rapidement dévié sur les futurs mariés et, à ma grande surprise, je me suis rendu compte que je ne savais même pas comment Susan et Simon s'étaient rencontrés. Simon est tellement énigmatique, tellement secret ! La preuve, je viens seulement de découvrir son vrai nom. Cependant, ce qui m'a le plus étonnée, ce n'est pas tant que Simon ne m'ait pas raconté leur histoire, mais plutôt qu'il ne me soit jamais venu à l'esprit de poser la question. Moi, la plus curieuse de toutes les curieuses, ça ne me ressemble pas !

Lydia nous a alors tout raconté : c'est elle qui avait présenté les deux amoureux. Quelle amie en or ! Susan a vraiment de la chance. Lydia est agent littéraire et travaille avec l'agent de Simon. Au fil des années, à force de se croiser à l'occasion de soirées et d'événements professionnels, ils avaient sympathisé. Il y a deux ans, Susan, qui se remettait d'une rupture assez douloureuse, avait été invitée à une de ces soirées par Lydia, qui voulait lui changer les idées. Elle se doutait déjà qu'elle et Simon s'entendraient à merveille, mais elle avait préféré ne rien dire à son amie pour ne pas l'effrayer. Et Lydia avait vu juste ! Ils s'étaient plu au premier regard et ils ne s'étaient plus quittés ensuite.

Au fur et à mesure que son amie racontait cette histoire, je voyais le sourire de Susan s'épanouir sur son visage. Tout à coup, j'ai ressenti un gros pincement de cœur. Il y a encore quelques semaines, moi aussi j'affichais ce sourire un peu bêta, le rose aux joues, le regard un peu vague de la fille amoureuse. Je me suis demandé si Noah pensait à Olivia, parfois, s'il appelait, s'il lui avait parlé de nous... Bon, arrête, Violet, il n'est pas question que tu éclates en sanglots en plein milieu de cette belle soirée.

Une fois à table, nous avons parlé des préparatifs du mariage. Des détails de la robe. Du déroulement de la cérémonie. Du rôle des demoiselles d'honneur. Des derniers détails à régler avant le jour J. Connaissant toutes les réponses par cœur, j'écoutais d'une oreille distraite, pensant à Lou, ma pauvre Lou, qui se reposait toujours dans la chambre d'amis. Ce n'est qu'en entendant le nom de ma mère que je suis sortie de ma rêverie. Je n'avais pas entendu la question de Julie, une des collègues de Susan, mais cela semblait avoir un rapport avec les quelques invitées qui n'avaient pas pu venir à notre soirée.

– Eh bien, il y a ma copine, Helen, qui est en déplacement pour le boulot pendant une semaine, et Isabelle, qui arrivera quelques jours avant le mariage, a répondu Susan.

Je me suis redressée sur mon siège. Je sais que Susan et maman se sont rencontrées lors de sa venue à Noël dernier, mais je ne pensais pas qu'elles étaient restées en contact depuis. Qu'est-ce qu'elles pouvaient bien avoir à se dire ? Étaient-elles plus proches que je ne l'imaginais ? Maman était en contact permanent avec Simon, mais je ne croyais pas être la seule de la maison à être exclue de leurs confidences. J'avais peut-être eu tort. Je brûlais de poser la question à Susan, mais ce n'était évidemment ni le moment, ni le lieu. Au lieu de ça, j'ai décidé d'aller prendre des nouvelles de Lou et de lui apporter quelque chose à manger. Mon amie avait meilleure mine et lisait un livre qu'elle avait trouvé dans l'impressionnante bibliothèque de la maison. Quand elle a vu le plateau que je venais de lui apporter, elle s'est redressée à la vitesse de l'éclair et a englouti son repas pendant que je l'observais, assise au bord du lit. Au moins, elle avait retrouvé l'appétit, c'était bon signe !

À mon retour dans la salle à manger, Susan et ses amies étaient en train de discuter de ce qu'elles allaient faire après le dîner. Susan avait prévu une soirée calme, mais elle semblait de plus en plus tentée par l'idée d'aller prendre un verre avec ses amies dans un des bars branchés de la ville. Elle m'a jeté un petit coup d'œil coupable et je l'ai rassurée illico :

– Lydia a raison, vous n'allez pas finir la soirée comme ça ! Lou est encore un peu faible, de toute façon, et on ferait mieux de rentrer.

– Et puis, moi, je les ramène. C'est sur mon chemin de toute façon... Susan, tu n'auras qu'à reconduire maman, a renchéri Jessica.

C'était parti pour une soirée de folie entre filles, enfin, entre adultes. Pff, et dire qu'il faudra que j'attende mes 21 ans pour sortir en boîte dans ce pays ! Quatre ans, ça me paraît si long... En plus, d'ici là, je serai probablement rentrée à Paris. J'ai secoué la tête, comme pour chasser cette idée de mon esprit. À la fin du repas, Kristen, Jessica et moi nous sommes proposées pour débarrasser la table et Lydia n'a pas protesté. Elle voulait absolument discuter de quelques détails « mariage » avec Susan et elle l'a entraînée vers l'atelier pour lui montrer les résultats de ses travaux manuels.

Vingt minutes plus tard, Susan et ses amies étaient prêtes à partir, et Lou a émergé de la chambre d'amis, en faisant une drôle de tête. Je me suis précipitée vers elle.

– Je croyais que tu allais mieux ? Tu as encore ta migraine ? me suis-je inquiétée.
– Non, non, ça va, a-t-elle répondu en évitant mon regard.
– Mais...
– Je te dis que ça va, a-t-elle insisté avant d'attraper son sac.

Les yeux collés à la vitre, Lou n'a pas dit un mot de plus pendant le trajet du retour. Je me retournais toutes les deux minutes pour vérifier qu'elle n'était pas sur le point de tomber dans les pommes, mais Jessica, elle, était bien trop excitée pour se soucier d'elle.

– J'ai réessayé ma robe de demoiselle d'honneur ce matin, elle est vraiment sublime. Tu as super bien choisi !
– Oh, tu sais, ce n'est pas moi... c'est Susan, au final, qui a eu le dernier mot.
– Oui, mais c'est toi qui l'avais repérée... J'ai hâte de la porter !

L'enthousiasme de Jessica m'a fait sourire. Moi aussi, j'avais essayé cette robe une demi-douzaine de fois, seule ou avec des chaussures, la pochette et les bijoux que j'ai choisis pour aller avec, et je brûle d'impatience de la porter enfin le jour J.

– Au fait, tu as décidé de ce que tu allais faire avec Noah ?

Mon sourire s'est évanoui. Ce n'était pas une surprise, pourtant. Jessica était au courant, tout comme Susan et Simon. Ma première pensée avait été de leur cacher ma rupture avec Noah. Je n'avais pas envie de les embêter avec mes histoires, et surtout, je ne voulais pas faire pitié. Oh, la pauvre Violet, incapable de garder un petit copain ! Qui fait tellement de gaffes, et des gaffes tellement énormes, que les garçons se lassent d'elle au bout de quelques semaines !

Mais, en fait, je n'avais pas non plus été capable de leur cacher ma tristesse. Ils avaient vite remarqué ma petite mine et mes yeux gonflés. J'ai fini par craquer et je leur ai tout avoué. Enfin, non, pas *tout* avoué, juste que Noah et moi, ça n'allait plus et que l'on s'était séparés. Ils avaient l'air tellement peinés pour moi !

Et, sans doute parce que, en ce moment, elle a des petits cœurs à la place des yeux, Susan a tout de suite affirmé que ce n'était qu'une passade et que les choses rentreraient rapidement dans l'ordre. Rien n'est moins sûr, mais je n'ai pas eu l'énergie de la contredire. Il y a trois jours, elle m'a remis une enveloppe qui contenait l'invitation de Noah. Simon, qui l'aime beaucoup, lui avait déjà dit qu'il était invité et, bien sûr, Noah avait répondu qu'il ne manquerait ce mariage pour rien au monde.

– Je ne veux pas te forcer la main, m'avait dit la future mariée. Et je comprendrais que tu ne veuilles plus l'inviter...

Je l'avais observée en silence. Noah ne voulait même plus m'adresser la parole, alors, je voyais mal comment l'aborder pour lui donner la fameuse invitation. Et s'il était avec *elle* ?

– C'est toi qui choisis... Tu lui donnes si tu veux. Mais bon, ce serait peut-être un moyen de vous réconcilier, non ? m'avait-elle lancé avec un petit clin d'œil.

Depuis, l'invitation de Noah dort dans mon sac.

– Non, pas encore, ai-je fini par répondre à Jessica.
– Tu ne veux pas qu'il vienne, c'est ça ? a poursuivi la nièce de Susan.

J'ai poussé un grand soupir.

– C'est plus compliqué que ça... Je ne sais même pas si j'ai envie de la lui donner. Et s'il vient et que ça me gâche la journée ? En même temps, pourquoi viendrait-il ? Il n'a plus aucune raison...

Pour toute réponse, Jessica m'a offert un regard désolé.

— N'y pense pas trop, Violet. Je suis sûre qu'au fond de toi, tu sais déjà ce que tu veux faire.

La voiture était à peine garée devant la maison que Lou ouvrait déjà la portière pour sortir. Elle a tout de même lancé un au revoir chaleureux à notre conductrice avant de se diriger vers la porte.

— Ma pauvre, ai-je lancé une fois à l'intérieur. Attends deux minutes, je vais te trouver un cachet d'aspirine. Tu ne vas pas passer une autre nuit comme ça !

— Je ne suis pas malade, a murmuré Lou.

— *Quoi* ?

Elle a collé son index sur sa bouche et m'a fait signe de la suivre jusque dans ma chambre.

— Comment ça, tu n'es pas malade ? ai-je repris, un peu plus bas.

Lou s'est assise sur le lit.

— Si, j'étais malade. Mais après avoir mangé, ça allait mieux. J'allais même venir vous rejoindre quand...

J'ai retenu ma respiration. Ce n'était pas dans les habitudes de Lou d'être si mystérieuse.

— ... J'ai entendu des voix de l'autre côté du mur. Lydia et Susan, a-t-elle précisé, devant mon regard interrogateur. Elles étaient dans l'atelier, et... j'ai tout entendu.

Constatant qu'elle avait toute mon attention, Lou a poursuivi.

— Lydia a demandé à Susan si elle était certaine « qu'il » venait. Et elle a répondu quelque chose du genre : « Oh, tu sais, avec la famille de Simon, rien n'est jamais certain. » Sa

copine a continué : « Mais là, elle l'a mis au pied du mur, non ? »
– Mais de qui elles parlaient ?
– Attends une seconde, tu n'as pas entendu la suite. Susan a dit : « Je ne l'ai jamais rencontré, mais je n'ai pas l'impression que Paul est le genre d'homme que l'on met au pied du mur. » Et Lydia a rétorqué : « En tout cas, s'il ne veut pas que le scandale éclate, il a plutôt intérêt à faire ce qu'elle demande, non ? »
J'ai essayé tant bien que mal de mettre de l'ordre dans les révélations de Lou.
– Tu veux dire que le frère de Simon vient au mariage ? Pour éviter un... scandale ?
Lou a hoché la tête.
– Et ce n'est pas tout ! Susan a repris : « Elle a vraiment tout fait... Elle ne le lâche plus... J'espère que tout rentrera dans l'ordre car je n'ai quand même pas envie que cela gâche le mariage ! »
– Et c'est tout ?
– Tu sais bien que je n'aime pas écouter aux portes... Il n'y a que pour toi que je ferais ça !
– Mais cette femme qui ne lâche plus Paul, c'est qui ? Sa femme ? Un membre de la famille ? Une amie de Simon ? Et ce scandale... ai-je continué en nouant mes cheveux au-dessus de ma tête.
Lou s'est allongée sur le lit, appuyée sur ses coudes. Ses joues avaient retrouvé toutes leurs couleurs, et son visage s'était détendu.
– Eh bien, ça, c'est une mission pour Inspecteur Violet, non ?

# L'interviewer interviewé

## Lundi 15 août

Ce matin, je me suis levée deux heures plus tôt pour appeler Scott Byrne. Nous n'avions pas convenu d'une date ou d'un horaire particulier, mais je n'avais pas pu penser à autre chose depuis les révélations de Lou. Mon amie étant rentrée chez elle, je n'avais plus qu'une idée en tête : suivre la seule et unique piste qui pourrait me conduire près du but. Et, malgré le décalage horaire, celle-ci valait la peine que je raccourcisse ma nuit, quitte à devoir user ensuite de mon arme secrète, l'anti-cerne.

Sous le couvert de ma nouvelle identité, Chloe Sylvester, je m'étais présentée à Scott Byrne comme une étudiante en école de journalisme passionnée par l'Angleterre et par son travail sur les plus puissantes familles de son pays. J'avais évoqué l'empire des Walmsley et l'incroyable travail d'investigation que M. Byrne avait réalisé au cours de toutes ces années sur leur vie et leurs affaires. J'avais prétexté avoir besoin de conseils pour mener à bien mon travail au sein de mon journal étudiant lors de mon année de *senior*, et il avait mordu à l'hameçon.

Toutefois, je me doutais que les choses ne seraient pas simples. Un journaliste ne révèle jamais ses sources, et M. Byrne n'allait sans doute pas me divulguer des informations encore non publiées. Il n'allait peut-être rien m'apprendre de nouveau. Mais, en revanche, je ne m'attendais pas à ce que les rôles puissent être inversés.

– Il y en a un dans toutes les familles. La voix masculine, un peu rauque, de Scott – il avait insisté pour que je l'appelle ainsi – me parvenait très clairement via Skype. J'ai imaginé qu'il avait environ la quarantaine.

– Un qui n'est pas fait du même bois, qui ne fonctionne pas tout à fait de la même manière que les autres. Et tout l'argent du monde ne pourrait rien y faire !

– Vous parlez de Si... enfin, de Daniel, n'est-ce pas ?

– Oui. Il est différent. Il n'a jamais voulu participer aux affaires de la famille. Je me souviens, au début de ma carrière, d'avoir interviewé le père, Conrad. Il m'avait reçu chez eux, un samedi. Les deux garçons étaient là. Paul, qui devait avoir 17 ans à l'époque, dégageait déjà une certaine raideur, de la dureté. Il avait tenu à écouter toute notre conversation. Il répondait même à certaines questions à la place de son père ! Daniel, lui, était assis au fond de la pièce, silencieux, presque absent, occupé à écrire dans un carnet. C'était comme si on n'existait pas. Il avait l'air tellement absorbé que je ne sais même pas s'il m'a remarqué !

Pour la forme, j'ai demandé à Scott quel type de questions il avait posées à Conrad Walmsley ce jour-là, et comment il formulait ses questions en général. J'ai écouté ses réponses d'une oreille distraite, jusqu'à ce que la conversation revienne sur le sujet qui m'intéressait.

– Le problème avec ces gens-là, c'est qu'ils savent se jouer des journalistes. Ils contournent les questions, fournissent des réponses toutes faites. Il est difficile d'en tirer quoi que ce soit de valable. Et je crois bien que Paul, le fils, est pire. Ce type ne m'a jamais rien inspiré de bon…

— Pourquoi ? ai-je demandé, sur un ton que je voulais léger.

— Hmmm, parce que… il a un passé pas net. Il a fait des choses… enfin…

— Quel genre de choses ?

Scott a pris une grande inspiration.

— Je ne peux pas tout te dire… Et surtout, pas tant que je n'aurai pas de preuves de ce que j'avance. C'est pour ça que je suis sur les traces de Daniel depuis toutes ces années. Peut-être que lui parlerait… Il n'est pas comme eux…

Concentrée que j'étais sur les informations que Scott pourrait laisser échapper, je n'étais pas bien certaine d'avoir compris.

— Vous voulez dire que vous ne savez pas où est Daniel ?

— Non. Il y a quelques années, la rumeur a couru qu'il était parti vivre en Californie, qu'il avait changé de nom… Mais je n'ai plus jamais entendu parler de lui après le mariage de son frère. Si ce n'est pas une preuve, ça !

— Une preuve de quoi ?

— Qu'il n'approuvait pas ce que son frère avait fait. Je me doutais qu'il ne resterait pas pour leur mariage. Il devait bien l'aimer, la petite…

— Quelle petite ? Il y avait quelqu'un d'autre ?

Malgré moi, ma voix était devenue stridente, le ton trop empressé pour être totalement innocent. Le journaliste est resté silencieux pendant un moment. Il s'est éclairci la voix avant de reprendre.

— Je ne peux pas t'en dire plus. J'ai même certainement trop parlé. Et puis, je ne peux rien faire de plus tant que je n'ai pas vérifié mes soupçons.

— Et vous êtes sûr que Daniel peut vous aider ?
— Sûr, non. Mais s'il y a une personne dans cette famille qui serait prête à dire la vérité, ce serait sans doute lui !
— Mais pourquoi vous aiderait-il ? Si vous cherchez à prouver que son frère a fait quelque chose de mal...
— Ah, que j'aimerais avoir encore l'innocence de l'adolescence ! s'est exclamé Scott en riant. Mais, tu sais, ce n'est pas parce qu'il n'a pas vu sa famille pendant toutes ces années qu'il n'a pas envie que la lumière soit faite sur toutes leurs magouilles !

— Qu'est-ce que tu en penses ?
Lou m'a offert un regard sérieux à travers la webcam. J'allais être en retard au travail, mais ma conversation avec Scott me restait sur l'estomac. Il fallait absolument que je la décortique avec ma co-détective avant de partir.
— J'en pense que Chloe Sylvester s'est peut-être emballée un peu vite.
— Mais si je lui dis où il peut contacter Daniel, enfin Simon, on approchera peut-être un peu plus du but !
— Tu ne peux pas faire confiance à ce mec. Tu le connais à peine ! s'est emportée Lou.
— C'est un journaliste, ce n'est pas n'importe qui !
— Et tous les journalistes sont des modèles d'éthique et d'angélisme ?
— Non, bien sûr que non, ai-je répondu en essayant de chasser le souvenir de l'affreux Nathan.
Un long silence s'est installé quelque part au milieu de notre Paris-LA.
— Et si je lui proposais un marché ? Des informations sur Simon en échange de la vérité sur son frère ? Ou si je lui demandais s'il a déjà entendu parler d'Isabelle Fontaine ?

– Je ne sais pas, Violet, a soupiré mon amie. Ça me paraît risqué.

– Mais je n'ai pas d'autres pistes !

– OK, mais ce n'est pas une raison pour faire n'importe quoi... Et, en plus, qui te dit que Simon a envie d'être retrouvé ?

Hmm, je déteste quand Lou a raison.

– Bon, il faut que j'y aille, je vais vraiment être en retard.

– Promets-moi une chose, a lancé Lou, en se relevant de son fauteuil.

J'ai fait oui de la tête.

– Tu ne fais rien sans bien y réfléchir avant, OK ?

Quand je suis arrivée au bureau, Betty était assise à ma place, en face de Carroll, et toutes les deux étaient tellement prises dans leurs chuchotements, entrecoupés de mini fous rires, qu'elles ne m'ont même pas vue entrer. Soudain, Carroll a relevé la tête.

– Violet, *hello* !

Betty s'est tout de suite reprise. Elle s'est levée, non sans lancer un petit clin d'œil à sa collègue.

– À plus, les filles.

Carroll a réprimé un sourire, puis Betty a disparu dans les couloirs.

– Je suis désolée d'être en retard, je devais... ai-je commencé, les joues en feu.

– Ah, mais ce n'est pas grave !

J'osais à peine la regarder dans les yeux. Ma boss a froncé les sourcils.

– Ne t'inquiète pas... on ne parlait pas de toi.

J'étais mortifiée à l'idée de faire mauvaise impression lors de ma dernière semaine chez BCP. Un air malicieux est passé dans le regard de Carroll.

– Tu sais garder un secret ?

Je me suis immédiatement redressée sur mon siège. Un secret ? Oh oui ! Le garder... Hmm, je peux toujours essayer, non ? J'ai fait oui de la tête.

– Tu connais Olivia Steiner ?

Ce nom m'a glacé le sang. *OMG*, qu'est-ce que j'étais sur le point d'apprendre ? Carroll ne savait rien de (feu) ma relation avec Noah, et j'ai eu la mauvaise impression que mon lundi allait tourner au cauchemar.

– Euh, on est au lycée ensemble... ai-je répondu dans un souffle.

– Ah oui ! Eh bien, tu dois savoir qu'elle est carrément impossible ! Certes, elle a un certain talent d'actrice, mais heureusement que papa a fait pression pour qu'elle obtienne son rôle : elle a fait tourner toute l'équipe en bourrique !

J'ai éclaté de rire. Un rire nerveux, un brin machiavélique.

– Betty me racontait toutes les exigences de cette princesse pendant le tournage. C'est incroyable d'être aussi arrogante à son âge...

Je n'arrivais toujours pas à contrôler mon rire. Ahaha, Olivia Steiner, arrogante ? Mais ce n'est pas du tout un secret, ça !

– Bon, tu promets, hein, Violet ?

J'ai secoué la tête.

– Il n'y a pas grand-chose à répéter... Quiconque l'a déjà croisée sait très bien de quoi tu parles.

— Bon, parlons de quelque chose de plus intéressant. C'est ta dernière semaine ici, et on va faire en sorte qu'elle soit mémorable, n'est-ce pas ?

— Je l'espère bien !

— Et puis, n'oublie pas de réserver ta soirée de vendredi…

— Vendredi ?

Le séjour de Lou et le déroulement de notre enquête m'avaient tellement occupée, que tout ce qui concernait BCP était passé au second plan ces derniers temps.

— Votre pot de départ ! Vous êtes plusieurs stagiaires à nous quitter cette semaine, et tu ne crois pas qu'on va vous laisser partir comme ça ?

Super. Moi qui avais prévu de ne pas croiser Noah de la semaine, voilà que mes plans tombaient à l'eau ! Il y a tout un tas de raisons pour lesquelles je n'ai pas très envie de croiser mon ex : et s'il était avec Olivia ? Et si, en le voyant, je réalisais à quel point je suis encore follement amoureuse de lui ? Et s'il faisait comme si je n'existais pas ? Et puis, je n'ai toujours pas décidé de ce que je vais faire au sujet de son invitation au mariage. Au secours ! Il ne me reste que quatre jours pour me préparer à l'affronter une dernière fois avant la rentrée. Le compte à rebours est lancé.

# Une occasion spéciale

## *Mardi 16 août*

– Qu'est-ce que tu penses de celles-ci ?

Claire avait décroché quatre robes du portant et les tenait successivement devant elle. Je l'ai observée.

– J'aime bien la bleue, elle te va bien au teint. La noire… Tu n'as pas déjà quatre robes noires dans ta penderie ? La verte est chouette, un peu plus *fashion* que les autres, et la rouge, wow, sexy… Mais bon, il faut avoir l'occasion de la porter !

– Mais justement, *j'ai* l'occasion de la porter, a ricané Claire en reposant la robe noire sur le portant.

– Tu me caches quelque chose ?

– Mais non ! Hello, Violet, tu as la tête dans les nuages ou quoi ? La soirée chez Jeremy ! C'est *the* soirée !

– Ah ! Tu vas y aller ? ai-je répondu, quelque peu étonnée.

– Bien sûr ! Ne me dis pas que tu ne vas pas y aller ? m'a-t-elle lancé depuis la cabine d'essayage.

– Si, si, enfin, je pense…

Je me suis assise sur le fauteuil de la jolie boutique où j'avais retrouvé Claire hier après le travail.

– Tu n'essaies rien ?

J'ai fait signe que non.

— WOW ! Cette robe est splendide sur toi. Si Zach pouvait te voir maintenant, il s'en mordrait les doigts !

Une ombre est passée dans le regard de mon amie.

— Désolée, je n'aurais pas dû dire ça...

— Non, ne t'en fais pas. Zach, c'est du passé. Il m'a fait souffrir, mais maintenant c'est fini. Je suis passée à autre chose.

— Tu n'as pas peur qu'il soit là samedi soir ?

— Eh non. Zoe a posé la question à Jeremy, et il se trouve qu'il n'est même pas invité ! De toute façon, lui et Zach n'ont jamais été proches...

Après la terrible découverte que Claire avait faite au sujet de Zach, elle avait plongé dans une véritable déprime. Elle l'avait appelé sans arrêt, mais il ne répondait à aucun de ses messages, elle n'arrivait pas à se lever, ne sortait presque plus de chez elle... Zoe, Maggie et moi nous faisions beaucoup de souci pour elle.

Et puis, miracle. Un matin, elle s'était levée, et c'était fini. Elle n'avait plus de larmes, plus de rancune, plus d'envie de se morfondre. La douleur était partie, ou s'était estompée tout du moins, aussi vite qu'elle était arrivée. Tout à coup, elle a vu les choses clairement : Zach s'était comporté comme un vrai mufle. Il l'avait trompée, derrière son dos, alors qu'elle était venue passer l'été avec lui. Il ne l'avait jamais vraiment aimée. Et puis, récemment, elle m'avait fait une révélation : elle ne l'avait jamais vraiment aimé non plus.

Au départ, je ne l'avais pas crue, pensant qu'elle laissait sa colère prendre le dessus.

– Non, non. J'avais beaucoup d'affection pour lui. On s'entendait super bien, je le trouvais craquant... Mais, je ne sais pas, il manquait un truc.

– Et ça ne te gênait pas ?

– Non, je n'y pensais pas vraiment. J'avais un petit copain drôle, avec qui j'avais des points communs, on s'amusait bien, ça me suffisait.

– Et pourtant, tu ne l'aimais pas ?

– Si... enfin, non, pas vraiment. Pas comme ça. Pas comme toi tu aimais Noah ou comme Zoe aime Jeremy. Je n'ai jamais ressenti le besoin de lui dire « Je t'aime ». C'est un signe, non ?

Je me suis contentée d'une grimace pour toute réponse.

Claire est ressortie de la cabine, vêtue cette fois-ci de la robe rouge, au décolleté en V. Elle était radieuse. Personne n'aurait pu croire qu'elle venait de vivre une rupture aussi douloureuse.

– Si tu portes cette robe à la soirée de Jeremy, tu ne risques pas de rester célibataire bien longtemps, ai-je commenté, une pointe de jalousie dans la voix.

Mon amie a haussé les épaules.

– Eh bien, c'est le but, non ?

– Dis donc, tu ne perds pas de temps...

J'avais encore du mal à passer une journée sans penser à Noah, sans réfléchir à ce que j'aurais pu faire différemment, sans espérer... Et Claire, elle, avait déjà tourné la page. Mon amie a fait la moue et, sans dire un mot, elle s'est éloignée avant de revenir avec deux nouvelles robes.

– Je croyais que tu avais trouvé *the one* ?

— Elles ne sont pas pour moi… s'est-elle exclamée en me tendant les cintres. Zou, file les essayer, c'est un ordre ! a-t-elle ajouté en souriant.

J'ai attrapé les robes et je me suis dirigée vers la cabine d'à côté, sans grande conviction.

— Je ne suis pas comme toi, moi… ai-je repris derrière la porte. Je ne me sens pas vraiment d'attaque. Et si Noah y était avec… une autre fille ?

Le visage d'Olivia m'est soudainement apparu.

— Eh bien, ce serait quand même lui le grand perdant. Car, quelle que soit la fille, il est impossible qu'elle soit mieux que toi !

Je suis ressortie de la cabine. Hmmm, Claire a vraiment bon goût. Je n'aurais jamais choisi ce modèle pour moi, mais je suis tombée sous le charme de cette robe bustier en tulle, bleu marine et bleu roi, qui dessinait parfaitement ma taille et m'allait comme un gant.

— Hmmm, je ne sais pas… Si je le voyais en train de danser avec une autre fille, j'aurais peur de faire une crise de jalousie…

— Et si c'était toi qui le rendais jaloux en t'éclatant avec un autre garçon ? Il y en aura à la pelle à la soirée de Jeremy…

Je lui ai lancé un regard en biais. On sait toutes que, dans la bande, ce n'est pas moi, l'experte en garçons.

— *Come on*, Violet ! Ça va être une soirée géniale. Jeremy en organise toujours une à la fin de l'été, et, d'après ce que j'ai pu comprendre, c'est un événement à ne pas rater ! Et puis, c'est l'occasion de clore l'été en beauté… Dans quelques semaines, on sera des *seniors*, notre dernière année de lycée… Il faut marquer le coup !

Cinq minutes plus tard, nous passions toutes les deux à la caisse. La soirée de Jeremy promettait d'être géniale, c'est sûr, mais j'espérais surtout que mon nouvel achat me ferait oublier – momentanément, du moins – le stress de la rentrée prochaine. Certes, j'étais super contente à l'idée de faire une nouvelle rentrée au sein d'Albany High. C'était complètement inespéré et j'aurais de toute façon été incapable de laisser ma nouvelle vie derrière moi et de rentrer en France. Mais il y avait un autre élément en jeu, un élément de taille : mon avenir.

Si maman a bien voulu, sans même que je sache pourquoi, me laisser rester une année supplémentaire à Los Angeles, j'imagine bien que, pour elle, il n'est pas question que j'y fasse mes études supérieures. Il faudrait que je me concentre sur l'année à venir, mais les faits sont là : tous mes amis californiens vont passer une bonne partie de leur année de *senior* à sélectionner des universités, poser des candidatures, rédiger leurs essais d'entrée, essayer d'obtenir des bourses pour pouvoir étudier dans les établissements les plus prestigieux – et donc les plus chers – du pays... Et moi, dans tout ça ? Même si j'arrivais à convaincre ma très chère mère de toutes les vertus des meilleures universités américaines, il nous serait impossible de trouver les moyens de couvrir les frais d'inscription. Et il n'est même pas question que je lui en parle : toute ma vie, maman m'a rappelé à quel point il a été difficile pour elle de m'élever seule et de devoir toujours se débrouiller sans l'aide de personne.

Donc, pas d'études supérieures américaines pour moi. Même si j'en rêve la nuit. Même si je ne veux pas quitter mon pays d'adoption. À moins que... Violet Fontaine finit bien toujours par trouver un moyen d'obtenir ce qu'elle veut, non ?

Hier soir, après le dîner, j'ai décidé qu'il était grand temps que mon enquête passe à la vitesse supérieure. Parce que le mariage approche, et que la rentrée arrivera juste après. Et si, en dix-sept ans, je n'ai toujours pas réussi à trouver la clé du mystère de mon père, je doute pouvoir avancer beaucoup plus lorsque j'aurai repris les cours, la vie lycéenne et mon poste au sein du journal. Non, Violet, ça suffit de toujours tout remettre au lendemain ! Le reste de ta vie commence dès aujourd'hui. Et ce serait bien de rassembler toutes les pièces du puzzle, non ?

Ce matin, j'étais prête à mettre mon plan à exécution. Doucement. Sans dévoiler toutes mes cartes à la fois. Sans faux pas. De toute façon, je n'ai pas vraiment le choix. Le moindre faux pas pourrait bien me faire trébucher dans un précipice d'ennuis.

E-mail de **chloesylvester@myemail.com**
à **scottbyrne@newsdaily.co.uk**
*le mardi 16 août à 8 h 22*
Sujet : une information capitale
Cher Scott,
Je tiens tout d'abord à vous remercier de m'avoir accordé un entretien téléphonique hier. Les conseils que vous m'avez donnés se sont avérés bien plus précieux que vous ne pouvez l'imaginer…
Cela dit, j'aimerais en savoir plus sur les Walmsley. J'ai mes raisons, mais je comprends que vous ne souhaitiez pas partager toutes vos recherches sans contrepartie. Et si je

vous proposais un échange ? Je crois bien détenir une information qui pourrait vous intéresser...
Bien à vous,
Chloe Sylvester

E-mail de **scottbyrne@newsdaily.co.uk**
à **chloesylvester@myemail.com**
*le mardi 16 août à 8 h 34*
Sujet : Pas si vite
Chloe,
J'avais bien compris que vous n'étiez pas qu'une « simple » étudiante en journaliste. On ne fait pas pareil métier sans développer au bout de toutes ces années un certain instinct... Mais j'ai pour principe de ne travailler qu'avec des sources sûres, des personnes que je connais personnellement et en qui je peux avoir confiance.
Alors, si un jour vous passez à Londres, nous pourrons nous rencontrer et en discuter plus longuement. Mais en attendant, je préfère en rester là.
Cordialement,
Scott

E-mail de **chloesylvester@myemail.com**
à **scottbyrne@newsdaily.co.uk**
*le mardi 16 août à 8 h 57*
Sujet : J'insiste...
Et si l'information dont je parle pouvait vous faire avancer dans votre recherche ? D'une manière spectaculaire ?

E-mail de **scottbyrne@newsdaily.co.uk**
à **chloesylvester@myemail.com**
*le mardi 16 août à 9 h 08*
Sujet : Désolé…
Ma chère Chloe, je ne vais tout simplement pas pouvoir collaborer avec vous. Mon sujet est très délicat et je doute qu'une jeune fille de votre âge, à l'autre bout du monde qui plus est, puisse vraiment m'apporter les réponses dont j'ai besoin pour étayer mes doutes. Si vous le souhaitez, nous pourrons discuter de vos projets journalistiques plus en détail, mais en ce qui concerne les Walmsley, le sujet est clos.
Scott

E-mail de **chloesylvester@myemail.com**
à **scottbyrne@newsdaily.co.uk**
*le mardi 16 août à 10 h 11*
Sujet : Daniel
Je connais le nom d'emprunt et l'adresse exacte de Daniel Walmsley.

E-mail de **scottbyrne@newsdaily.co.uk**
à **chloesylvester@myemail.com**
*le mardi 16 août à 10 h 32*
Sujet : Je n'y crois pas
Chloe, je suis perplexe. On ne plaisante pas avec l'information. La vôtre ne tient pas debout.

E-mail de **chloesylvester@myemail.com**
à **scottbyrne@newsdaily.co.uk**
*le mardi 16 août à 10 h 40*
Sujet : Croyez-moi
Je ne peux pas tout vous expliquer, mais pourquoi mentirais-je ?

J'ai passé le reste de la journée à envoyer ou à répondre à des e-mails. Malheureusement, ce n'était pas avec Scott Byrne que je conversais. Je peux comprendre qu'il ait des doutes, mais il ne peut tout de même pas ignorer le fait que je détiens un renseignement qu'il cherche à obtenir depuis des années, non ? Et s'il ne me répondait jamais ? Et s'il pensait que je suis complètement timbrée ? Et si, et si... Ah non, je le harcèlerai jusqu'à ce qu'il craque, voilà tout. Bref, la journée étant plutôt tranquille chez BCP, j'ai enfilé ma casquette de demoiselle d'honneur et ai échangé des dizaines d'e-mails avec Susan sur tous les détails qui restent à régler avant le mariage. À moins de trois semaines du jour J, la future mariée a besoin de toute l'aide possible. D'ailleurs, il serait difficile de ne pas remarquer les tensions entre elle et Simon ces derniers jours. Celui-ci est tellement occupé par son travail qu'il n'est pas toujours très disponible pour sa fiancée. Et, bien que Susan m'ait dit plusieurs fois que les préparatifs d'un mariage sont souvent une affaire de femme, j'ai bien l'impression que l'attitude de Simon l'agace. Alors, je fais tout ce que je peux pour être là pour elle, je l'accompagne sur le lieu de réception, je l'aide à trouver ses accessoires, j'ai même créé une liste de chansons pour le DJ, mais malheureusement, cela ne change rien au fait que Simon se désintéresse des préparatifs. De mon côté, je soupçonne que son comportement est à lier au fait qu'il a déserté le mariage de son frère et que sa famille refuse de venir au sien : de toute évidence, chez les Walmsley, le mariage est un terrain miné.

Et donc, derrière mon bureau, en faisant comme si de rien n'était, j'ai à nouveau donné mon avis, cette fois-ci sur le design des marque-places et des menus, que Susan venait de terminer avec l'aide de Lydia et qui devaient partir chez l'imprimeur ce soir. Je les trouvais très réussis, mais Susan tenait absolument à avoir l'avis de Simon. Profitant d'une pause-café de Carroll, je suis allée le trouver dans son bureau.

Jusque-là, je m'étais toujours interdit d'aller déranger Simon au travail. Il était rare de le croiser, de toute façon, car il était souvent en réunion ou en déplacement sur un tournage. Mais, même quand il était là, je préférais garder mes distances : pas question qu'il regrette de m'avoir obtenu ce stage ! Mais les règles sont faites pour être brisées, non ? Et, le hasard faisant bien les choses, il venait juste de rentrer de sa dernière réunion de la journée.

– Je ne voulais pas te déranger, mais... c'est à propos de Susan. Elle t'a envoyé quelques e-mails et...

– Pff ! Je n'ai pas eu une seconde à moi aujourd'hui ! J'y jetterai un coup d'œil tout à l'heure.

Simon n'avait pas eu l'air de sentir la gêne dans ma voix. S'il ne faisait qu'y « jeter un coup d'œil », Susan allait voir rouge ! Lydia et elle avaient passé des heures sur les menus, et, chaque fois qu'elle avait demandé l'aide de Simon, il n'avait justement rien fait d'autre qu'y « jeter un coup d'œil ». Cela risquait d'être la goutte d'eau qui allait faire déborder le vase.

– Mais, c'est que... C'est assez important et...

– Ne t'inquiète pas, je verrai ça avec elle ce soir.

J'ai pris une grande inspiration. Je n'aime pas vraiment me mêler des affaires des autres. Enfin, si. Mais pas de Simon et Susan. Euh, non, mais qu'est-ce que je raconte ? Je me mêle *toujours* des histoires des autres.

– Simon, est-ce que je peux te parler franchement ?

– Mais, ma chère, je n'en attends pas moins de toi ! a-t-il lancé avec un petit sourire.

– Bon, c'est juste que, Susan... Eh bien, elle se démène pour que ce mariage soit absolument parfait. Et je fais tout ce que je peux pour l'aider, mais je crois... enfin, je pense qu'elle aimerait vraiment que tu participes un peu plus.

– Je vois...

– ... Et elle doit emmener tout ça chez l'imprimeur ce soir, et elle a besoin de toi, voilà.

Simon m'a observée en silence, et j'ai soudain regretté d'avoir ouvert la bouche. Un jour, vraiment, il faudra que j'apprenne à m'occuper de mes affaires.

– Je suis désolée. Ça ne me regarde pas, je n'aurais pas dû...

– Non, non ! Tu as bien fait, a-t-il enfin répondu. Je n'ai pas été là pour elle, tu as raison. Ces histoires de mariage, ça me... Enfin, ce n'est pas une raison. Et j'apprécie beaucoup ton aide, tu sais ? Je... je vais me rattraper.

– Elle sera tellement contente ! me suis-je exclamée, soulagée.

– Et, Violet, on garde ça pour nous, n'est-ce pas ? Elle n'a pas besoin d'être au courant de cette petite conversation...

– Motus et bouche cousue, ai-je fait, en faisant signe de me sceller les lèvres.

Je suis repartie vers mon bureau d'un pas léger. Vingt minutes plus tard, un e-mail de Susan m'informait que Simon était époustouflé par son travail et qu'il l'accompagnerait avec plaisir chez l'imprimeur. Mission accomplie. Les préparatifs du mariage étaient repartis sur les chapeaux de roue, Susan n'avait plus besoin de mon aide, pour le moment en tout cas. Et je pouvais oublier Scott Byrne pour le reste de la journée. Il devait faire nuit en Angleterre, désormais. Inutile de le relancer. Une heure plus tard, Simon m'a proposé de me ramener à la maison. Cela aurait pu être une fin de journée tranquille, sans histoire. Mais, en général, quand je pense que mon petit monde est en ordre, c'est le moment précis qu'il choisit pour voler en éclat.

E-mail de **isafontaine@myemail.com**
à **simonporter@emailme.com**
*le mardi 16 août à 17 h 54*
Sujet : V.
Simon,
Je m'inquiète au sujet de Violet. Moins j'ai de ses nouvelles, et plus je me demande ce qu'elle mijote à notre insu. Est-ce que tu continues à la surveiller ? Si jamais elle apprend la vraie raison pour laquelle je me rends si souvent à Londres, je n'ose même pas imaginer ce qu'elle pourrait faire. Aurais-tu par hasard des nouvelles de son père ? De mon côté, RAS…
Bises,
Isa.

# Dérapage contrôlé

## *Mercredi 17 août*

J'ai tenu à peu près quatorze mois. J'ai résisté à la tentation d'entrer dans son bureau quand il n'était pas là. Je n'ai pas touché à son téléphone les rares fois où il l'a laissé traîner sur la table de la cuisine pendant quelques instants. J'ai déjà jeté un œil curieux à son courrier, mais je ne l'ai jamais ouvert. J'ai été tentée, plus d'une fois. J'ai failli déraper, à plusieurs reprises. Mais à chaque fois, un certain respect, une admiration pour mon hôte, m'ont empêchée de commettre l'irréparable. À la maison, j'avais eu moins de scrupules. J'avais maintes fois fouillé dans les affaires de maman à la recherche d'indices sur mon père. J'avais parcouru les albums photo, fait les tiroirs, consulté la liste de contacts sur son téléphone portable et son carnet d'adresses... Et j'aurais sans aucun doute examiné le contenu de sa boîte e-mail si j'avais un jour pu en décoder le mot de passe. Mais chez Simon, où j'étais une invitée, je n'avais jamais pu franchir ce pas. Et, les quelques fois où j'avais eu envie de plonger, Lou avait été là pour me remettre sur le droit chemin.

Mais si je m'étais laissé entraîner du côté sombre de la force ? Saurais-je désormais qui est mon père ? Mon instinct me dit que oui.

Jusqu'à hier soir, je n'avais jamais vu Simon se séparer de son téléphone plus de deux minutes. Il reçoit des e-mails et des appels pour le travail constamment, soir et week-ends, et Susan plaisante souvent sur le fait que c'est avec son BlackBerry qu'il devrait se marier. Mais là, j'ai eu une chance inespérée. Et, sans réfléchir un instant – j'ai dû sentir que le temps était bien trop précieux pour que je le passe à écouter mes scrupules –, je l'ai saisie.

Quand Simon et moi étions rentrés hier soir, Susan l'attendait de pied ferme pour se rendre chez l'imprimeur. J'ai bien lu sur son visage à quel point elle était ravie qu'il ait proposé de l'accompagner, et je me réjouissais d'être intervenue, quand le téléphone de Simon s'est mis à sonner. La déception de Susan a été palpable. Simon s'est excusé d'un geste, faisant signe qu'il en avait pour deux minutes, et s'est enfermé dans son bureau, ignorant le regard implorant de sa belle, qui tapait sur sa montre pour indiquer qu'ils allaient être en retard. Quand Simon est ressorti de son bureau quelques minutes plus tard, il était encore au téléphone, et j'ai bien cru que Susan allait exploser. Simon a enfin dû sentir l'urgence de la situation.

– Il faut vraiment que j'y aille, là. On en reparle plus tard. Je te rappelle, OK ?

Quand il a raccroché, Susan lui a lancé un regard plein de reproches. Sentant son agacement, j'ai préféré m'éclipser dans la cuisine. De là, j'ai entendu Susan se plaindre que l'imprimeur fermait dans vingt minutes, qu'ils ne seraient jamais à l'heure. Simon l'a encouragée à partir *illico presto* et à continuer leur conversation dans la voiture. Je suis sortie en entendant la porte d'entrée se refermer et j'ai bien cru être victime d'une hallucination. Le téléphone de Simon était posé sur la console de l'entrée. Je n'arrivais pas à en croire mes yeux. Simon ne sortait *jamais* sans son téléphone. Celui-ci était comme greffé à sa main. D'instinct, j'ai senti qu'il ne partirait pas sans être venu récupérer son précieux objet, même s'il devait s'attirer les foudres de sa fiancée. Et j'avais raison, car, moins d'une minute plus tard, il était de retour, le souffle court, alors que, de la voiture, Susan l'intimait de se dépêcher.

J'ai juste eu le temps de parcourir les premiers e-mails, et je n'ai pas hésité un instant quand j'ai vu le nom de maman apparaître dans la liste des expéditeurs. Simon ne s'est douté de rien ; je m'étais à nouveau réfugiée dans la cuisine, le cœur battant, livide, quand j'avais entendu ses pas. S'il m'avait vue, il aurait sans aucun doute deviné ce que je venais de faire.

Maman ne me mentait pas qu'au sujet de ses voyages à Londres. Elle m'avait menti toute ma vie. Je ne me souviens pas d'un anniversaire, ou d'un Noël ou d'une autre occasion spéciale où je ne lui ai pas demandé de m'en dire plus sur mon père. Elle avait toujours esquivé mes questions, me reprochant de m'intéresser à quelqu'un qui n'avait pas hésité à m'abandonner. Elle jurait ne plus rien savoir de lui, avoir coupé les ponts, ne même pas savoir où il habitait.

Et Simon... Simon qui connaissait toute la vérité. Comment pouvait-il me regarder dans les yeux ? Il y a quelques mois, je l'avais accusé d'être mon père. Comment avait-il pu ne pas m'avouer l'identité de celui-ci à ce moment-là ? Il avait vu à quel point tout cela me touchait. Personne ne devrait grandir sans connaître ses parents. Maman avait toujours eu des mots très durs à son sujet, mais cette menteuse devrait balayer devant sa porte avant de juger les autres. J'étais tellement écœurée par ma découverte que je suis sortie retrouver Zoe avant que Simon et Susan ne rentrent. S'il avait pu me voir à son retour, mon hôte n'aurait eu aucun mal à lire toute la colère que je nourrissais à son encontre.

Zoe était rentrée la veille de sa colonie de vacances, et n'avait qu'une chose en tête : la super soirée de Jeremy. J'ai pensé vider mon sac, lui raconter ce que je venais d'apprendre, lui avouer que je n'en pouvais plus de courir sur les traces de mon inconnu de père... Mais en écoutant mon amie me faire le *who's who* de la liste d'invités, j'ai compris ce dont j'avais vraiment besoin : me changer les idées.

– Maggie vient avec Joshua, bien entendu. Après tout, c'est Jeremy qui les a présentés. Et, d'après ce que j'ai compris, il y aura plein d'autres mecs craquants *et* célibataires ! Jeremy a déjà quelqu'un en tête pour Claire. Enfin, c'est plutôt un de ses copains qui n'arrête pas de le bassiner avec notre jolie blonde. Cet idiot de Zach ne sait pas ce qu'il perd !

Zoe n'a pas eu l'air de remarquer que je n'avais pas dit un mot depuis cinq minutes et a continué :

– En revanche, je sais que Mark est invité... Mais, vu que Maggie est amoureuse, maintenant, ça ne devrait pas poser de problème. Qu'est-ce que tu en penses ? Violet ? Violet ?

Le souvenir de Mark et Rebecca à la soirée BCP a fait surface quelque part dans ma mémoire. Il n'en fallait pas plus pour me faire revenir à la réalité.

– Hmmm, sauf s'il vient avec sa nouvelle conquête...

– Oh, toi, tu me caches quelque chose ! s'est exclamée Zoe, une étincelle dans le regard.

J'ai eu l'impression qu'après plusieurs semaines passées auprès d'enfants, ma meilleure amie californienne avait vraiment besoin d'un cocktail bien plus de notre âge : amour, soirée et potins, une recette qui marche à tous les coups.
– Mark non plus, il ne sait pas ce qu'il perd. Ce mec n'a aucun goût. Il a laissé passer sa chance avec Maggie, et tout ça pour tomber dans les bras de Rebecca !
– *What ?* L'expression effarée de Zoe était comique. Mark et Rebecca ?
– Je les ai vus ensemble. Tu te rappelles, elle le draguait déjà lors de sa soirée du 4 Juillet... Eh bien, elle est arrivée à ses fins.
– Incroyable ! Et Maggie est au courant ?
– Tu plaisantes ? J'aurais eu bien trop peur qu'elle s'en prenne à moi si je lui annonçais la nouvelle, ai-je répondu, en me moquant gentiment.
– Pff, il a ce qu'il mérite. C'est bien la preuve que notre Maggie était trop bien pour lui !
Après un court silence, Zoe a repris.
– Noah sera là aussi... Ça ne te dérange pas ?
J'ai fait signe que non, sans grande conviction. Et puis soudain, je lui ai tout raconté : la conversation de Noah avec Olivia, le fait qu'elle ait surpris notre rupture, leur rapprochement suspect...
Quand j'ai eu terminé, Zoe m'a prise dans ses bras.
– Oh, ma pauvre ! Tu sais, j'ai parfois du mal à te comprendre... Tu es une des personnes les plus bavardes que je connais, mais tu es tout à la fois capable de cacher tes sentiments à tes meilleures amies ! Promets-moi que, la prochaine fois, tu viendras te confier ! On est là pour ça !

– Je promets, ai-je confirmé en laissant échapper un lourd soupir.
– Mais tu sais, je pense que tu te trompes. Olivia et Noah ? C'est inenvisageable !
– Oui, enfin, on n'aurait jamais pensé que Zach puisse tromper Claire, ai-je raillé.
– Certes, a concédé Zoe, mais, mets ça sur le compte de l'intuition féminine si tu veux, je suis persuadée que Noah ne tomberait jamais aussi bas.

J'ai esquissé un sourire.
– Merci.
– Merci pour quoi ?
– Merci d'être mon amie. Merci de m'écouter quand j'en ai besoin. Merci d'être là. Merci de m'apporter exactement ce dont j'ai besoin, sans même que je sache exactement ce que c'est. Tu m'as manqué, tu sais ? Ma vie à LA n'aurait pas été la même sans toi.
– Eh bien, tu as de la chance, alors, car tu n'es pas près de te débarrasser de moi ! On a encore une année de lycée ensemble, et mon petit doigt me dit qu'elle va être phé-no-mé-nale !
– Sensationnelle, même !

Mais avant d'y arriver, il me reste encore quelques étapes à franchir.

# Le jeu du chat et de la souris

## *Jeudi 18 août*

Hier, Carroll m'a demandé si je pouvais l'assister lors d'une série d'interviews. Le shooting d'une série très populaire – dont je n'ai pas le droit de dire le titre ! – est sur le point de recommencer et l'équipe de production a planifié des entretiens avec tous les acteurs principaux. Mon rôle : aider Carroll à s'assurer que le planning va être suivi à la lettre, que les cameramen sont en stand-by, que la maquilleuse/coiffeuse est « bookée » et que les starlettes se pointent à l'heure prévue (autant dire : mission impossible). Cela m'a donné l'occasion d'assister à la plupart des entretiens – et de découvrir en avant-première ce qui va se passer dans une de mes séries préférées ! –, une expérience absolument fascinante. De quoi m'occuper l'esprit à 150 % mais de quoi aussi me maintenir éloignée de mon ordinateur – et de mon téléphone – pendant la quasi-totalité des deux derniers jours.

Après une nuit brumeuse, j'ai découvert hier matin que Scott Byrne n'avait toujours pas répondu à mon message. Pour être honnête, cela m'a presque soulagée. Si je mettais mon plan à exécution et lui dévoilais l'identité de Simon, qui sait ce qu'il m'apprendrait... J'en frissonne rien que d'y penser. Maman arrive à LA dans dix jours, et je ne me sens pas du tout en état de l'affronter. Comment lui pardonner ? Je me vois déjà éclater en sanglots en plein milieu du mariage et la sommer de tout m'avouer. En tout cas, elle a raison sur une chose : mieux vaut ne pas imaginer ce que je serais capable de faire.

J'ai profité de ma dernière mission au sein de BCP pour commencer à faire mes au revoir. Je sais bien que j'aurai l'occasion de discuter avec tous mes « collègues » lors de mon pot de départ, mais je ne peux pas m'empêcher de me sentir un peu triste à l'idée de quitter ces lieux. J'avais accepté ce stage sans trop réfléchir, mais je n'oublierai jamais les expériences que j'ai pu vivre aux côtés de Super Carroll. Mon stage n'avait peut-être pas accompli sa mission première − me fournir la clé du mystère Simon −, mais j'en repars toutefois avec des souvenirs indélébiles. Et Carroll m'a déjà fait promettre que je resterai en contact avec elle, ce qui m'a fait chaud au cœur. J'ai l'impression de commencer une nouvelle année armée de quelques amis de plus, et ça me fait un bien fou.

Puis, j'ai enfin pu repasser à mon bureau quelques secondes. En regardant mes mails, j'ai eu du mal à contenir mon excitation quand j'ai vu le nom de Scott Byrne s'afficher dans mes messages non lus. Il avait mordu à l'hameçon. Enfin, mordillé, plutôt.

« Imaginons un instant que ce que tu dis est vrai, que souhaites-tu en échange ? »

Et j'avoue que c'était une très bonne question. À laquelle je n'étais pas sûre d'avoir la réponse. Qu'est-ce que j'espère retirer de tout ça, en fait ? Ai-je vraiment bien réfléchi avant d'agir, comme je l'avais promis à Lou ? Entre trois coups de fil et deux entretiens, j'ai commencé à formuler un semblant de réponse. Divulguer l'identité réelle de Simon, identité qu'il s'était donné beaucoup de peine à camoufler, impliquait une vraie trahison de ma part. S'il l'apprenait, il ne me pardonnerait sans doute jamais. Et ne parlons même pas de maman. Dans ma réponse, j'ai fait part au journaliste de ma réserve. Il fallait que le jeu en vaille la chandelle. Je ne pouvais pas briser la confiance de quelqu'un qui compte beaucoup pour moi sans réfléchir aux conséquences de mon acte. En envoyant mon message, j'ai pensé un instant qu'il allait faire fuir son destinataire, déjà réticent à accepter notre petit marché. Mais j'avais tort. Un nœud d'appréhension dans l'estomac, j'ai découvert sa réponse en rentrant à la maison. Si nous faisions « affaire », il protégerait sa source, comme il est coutume de faire dans le journalisme. Il m'assurait que je n'avais aucun souci à me faire. Si je voulais bien lui remettre mes informations – le nom d'emprunt de Simon ainsi que ses coordonnées –, je bénéficierais d'une sorte d'immunité. Les Walmsley ne connaîtraient jamais l'auteur de cette « fuite ». M. Byrne avait beau avoir un ton très rassurant, le doute se faisait de plus en plus en moi. C'est qu'il lui manquait une pièce du puzzle : même si j'étais protégée en tant que source, Simon pourrait sans doute lire ma trahison sur mon visage.

Hier soir, lors du dîner, celui-ci n'a d'ailleurs pas manqué de remarquer mon air distrait. Les deux futurs mariés s'étaient entièrement réconciliés, et ils détaillaient gaiement le déroulement de leur *special day*, mais je n'avais pas le cœur à me joindre à eux. Et si Simon avait compris que j'avais fouillé dans son téléphone ? Se doutait-il de ce que je m'apprêtais à faire ? Et puis, après tout, c'était entièrement sa faute. Je n'aurais pas eu à faire ça si maman et lui m'avaient dit la vérité sur leur étrange relation depuis le début.

– Tu es bien silencieuse, ma chère... *A penny for your thoughts*[1].

– Euh... Je...

Le regard profond de Simon m'a bouleversée. Sans lui, je ne serais même pas ici, à Los Angeles, en train de vivre cette incroyable aventure. Je donnerais tout l'or du monde pour comprendre pourquoi Simon a senti le besoin de changer d'identité, et de couper les ponts avec sa famille, quand il est arrivé aux États-Unis. Betty avait beau m'avoir dit que de nombreux écrivains optent pour un nom de plume, dans le cas de Simon Porter, enfin de Daniel Simon Walmsley, je *savais* que c'était plus que cela. Mais pourquoi ? La réponse à cette question me rapprocherait de l'identité de mon père. Les mots de maman ont résonné en moi. « *Aurais-tu par hasard des nouvelles de son père ? De mon côté, RAS.* » Depuis que j'avais lu cet e-mail, je ne cessais de me le repasser en boucle, connaissant désormais chaque virgule par cœur.

Mon père ne connaît sans doute pas Simon Porter. Mais Daniel Simon Walmsley ? Oui, c'est une évidence. Et moi, j'aimerais bien en apprendre un peu plus sur cet étranger chez qui je vis depuis plus d'un an.

– Ça te fait drôle de quitter BCP ?

La question était innocente, mais il y avait quelque chose d'imperceptible dans son regard. De l'inquiétude ? Du doute ? De l'irritation ? J'ai eu le sentiment déconcertant que ce n'était pas la question qu'il avait vraiment envie de me poser. Mais j'ai joué le jeu.

– Oui, vraiment ! J'ai hâte de rentrer au lycée, aussi, mais, je ne sais pas, j'ai peur de sentir comme un vide...

---

1. *A penny for your thoughts* : un sou pour tes pensées.

– Carroll m'a dit que tu allais lui manquer ! D'ailleurs, elle m'a fait plein d'éloges sur toi. En l'espace de quelques semaines, tu t'es montrée indispensable, d'après ce que j'ai compris.
– Tu as parlé de moi avec Carroll ?
– Bien sûr ! Je m'intéresse à ce que tu fais. Tout ce que tu fais, a-t-il précisé, sur un ton qui n'était pas si léger que ça.
– Simon se sent toujours responsable de toi, est intervenue Susan, gaiement. Tu es sa petite protégée...
Sa remarque anodine s'est frottée au regard sombre de son fiancé.

Ce matin, j'ai recontacté Scott Byrne pour lui dire que j'étais prête à tout lui avouer. J'ai tapé mon message vite, sans réfléchir, quelques minutes avant que Carroll arrive au bureau et m'entraîne pour une autre séance folle d'entretiens. Elle avait aussi un déjeuner d'affaires à l'extérieur, et elle m'a proposé de l'accompagner. J'ai accepté avec grand plaisir, et pas seulement parce que le déjeuner en question se déroulait dans un restaurant mexicain de renom. Je craignais encore trop ma réaction si je venais à croiser Noah à la cafèt'. Quand nous sommes rentrées au bureau, le nom désormais familier du journaliste anglais s'affichait dans mes messages non-lus.

« *Pas si vite* » répondait-il sans ménagement, « *notre marché ne sera conclu que si tu peux me fournir une preuve de ce que tu avances. Je ne connais toujours pas la raison pour laquelle tu prétends connaître Daniel Walmsley.* »
Oh, mais c'est qu'il commençait à me taper sur les nerfs, celui-là ! S'il ne voulait pas me faire confiance, il n'avait qu'à se débrouiller tout seul. Non, mais ! Ça faisait des années qu'il recherchait Simon, je proposais de le lui

apporter sur un plateau, et monsieur faisait la fine bouche !
J'aurais sans doute eu plus vite fait de mettre Simon au pied
du mur. D'exiger des explications sur son identité, sur ses
curieux échanges avec maman. Ou même, j'aurais pu
contacter Paul Walmsley directement. Peut-être que lui
aurait été plus conciliant.

Mes doigts menaçaient de se défouler sur mon clavier, et
d'envoyer balader mon interlocuteur un peu trop pointilleux. Mais j'avais promis à Lou d'être un peu moins impulsive. Et la vérité, c'est que j'avais besoin de Scott Byrne au
moins autant qu'il avait besoin de moi. Après des heures de
délibération, je suis arrivée à une conclusion.

E-mail de **chloesylvester@myemail.com**
à **scottbyrne@newsdaily.co.uk**
*le jeudi 17 août à 23 h 59*
Sujet : La preuve
De la fenêtre de sa chambre, Daniel peut admirer l'océan
Pacifique. Comment je le sais ? Eh bien, tout simplement
parce que je vis chez lui. Ah ! Et il utilise Simon comme
prénom. Et… si vous voulez savoir la suite, il va falloir me
faire confiance !

# Une invitation

## *Vendredi 19 août*

Quand je l'ai vu à travers la petite foule de visages familiers, je n'ai pas hésité une seconde à aller vers lui. J'étais confiante, presque souriante. À ma grande surprise, toutes les craintes de la semaine passée s'étaient envolées. Il fallait que je le fasse. Pour moi. Bien sûr, je me suis assurée avant qu'« elle » ne serait pas là. Je n'aurais jamais pu réunir autant de courage si la plus diabolique de l'*evil trio* avait été dans les parages. Mais non, cette soirée était réservée aux employés de BCP, et, Steiner ou pas, Olivia n'en serait pas.

Zoe m'avait envoyé une demi-douzaine de SMS pendant la journée. « Courage, ma belle. » « Tu n'es pas obligée de lui parler si tu ne veux pas. » « Mais si j'étais toi, je lui donnerais l'invitation. » « On ne sait jamais. » « Bon, OK, tu fais ce que tu veux. » « Non, mais sérieusement, donne-lui, tu vas le regretter. » De son côté, Claire m'avait appelée sans cesse pour me parler de la soirée de Jeremy qui avait lieu demain soir : « Et tu viens à quelle heure, toi ? », « Tu porteras quelles chaussures avec ta robe ? », « On va draguer tout ce qui bouge, foi de célibataires ! » Maggie, elle, s'était contentée d'un e-mail pour me souhaiter une super dernière journée chez BCP. Elle aussi terminait son stage aujourd'hui (tout comme Jeremy) et elle était dans le même état que moi : triste, nerveuse mais aussi excitée à l'idée d'avoir enfin deux semaines de vacances bien méritées.

Et, donc, je l'ai aperçu. Je me suis dirigée vers lui, même si, intérieurement, je n'en menais pas large. J'ai été soulagée de voir qu'il ne s'enfuyait pas en courant à mon arrivée. C'était déjà ça, non ? En guise de salut, je lui ai tendu le carton sans plus de cérémonie.

– Qu'est-ce que c'est ? a-t-il demandé en déchirant l'enveloppe.

– Susan voulait que je te la donne...

Noah a sorti l'invitation de l'enveloppe, et l'a étudiée quelques instants.

– Et... tu veux que je vienne ?

– Euh... Je ne fais que te transmettre... Enfin, c'est toi qui vois...

– Je ne sais pas quoi dire, je ne m'y attendais pas... vu que...

Le reste de sa phrase est resté en suspens. Nous savions très bien tous les deux ce qu'il voulait dire. Il ne pensait pas être invité à la suite de notre rupture. Je le comprends ! À ce moment-là, j'ai maudit Susan de m'avoir mise dans cette situation. Les choses entre nous étaient déjà assez délicates ainsi...

– Il faut que je te donne une réponse tout de suite ?

Ohlalala ! Il devait croire que j'avais insisté auprès des futurs mariés pour qu'il soit encore invité.

– Non, euh, tu fais comme tu veux, en fait. Tu peux appeler Simon directement, même...

– Bon, je vais y réfléchir...

Un ange est passé. Je commençais juste à me dire que cette soirée allait tourner au désastre quand Noah a relancé la conversation.

– Et, toi, ça va ? Ton stage s'est bien terminé ?

Il ne m'en fallait pas plus pour me détendre. Je lui ai raconté mes dernières péripéties avec Carroll, les séries d'entretiens, les castings, les déjeuners d'affaires... J'ai enfin pu être complètement honnête. Je ne craignais plus de froisser mon petit copain, d'être en compétition avec lui ou d'avoir la sensation désagréable de lui avoir volé « son » stage. Ça m'a fait un bien fou. Il m'a écoutée sans aucun signe d'exaspération ou de jalousie. Quand je lui ai retourné la question, la conversation s'est enchaînée sans heurts. C'était comme si on s'était quittés la veille.

– Ça allait vraiment mieux vers la fin. J'ai commencé à connaître l'équipe, et j'ai pu obtenir ce que je voulais, avec, enfin, avec...

– Avec Olivia ? ai-je continué, en essayant de ne pas m'étouffer.

– Oui. Tu avais raison, cette fille, ce n'est pas du gâteau ! Je ne suis pas très fier de moi, je n'ai pas l'habitude d'être aussi faux avec les gens, mais je suis content d'avoir tenu bon.

Devant mon regard étonné, il a continué son explication.

– À force de copinage avec elle, j'ai fini par atteindre mon but, et sans avoir à le lui demander, en plus ! C'est elle qui a proposé de me mettre en contact avec Aaron Biram.

– Le scénariste ? Wow !

Noah m'avait parlé de lui à plusieurs reprises. Plusieurs de ses films ont fait de vrais cartons au box-office.

– Eh oui ! Son père le connaît – forcément, Richard Steiner connaît tout le monde – et il a accepté de devenir mon *mentor*. Je vais lui envoyer mon travail dès la semaine prochaine.

Noah semblait ravi.

– C'est super ! Je suis vraiment contente pour toi. Tu l'as bien mérité... Et Olivia, dans tout ça ?

– Olivia, quoi ?

– Eh bien, tu la vois... souvent ?

Noah a haussé les épaules.

– Non... Son tournage est fini, elle ne traîne plus par ici... Et je ne vais pas vraiment dans le même genre de soirées qu'elle...

– Alors... ?

– Alors, il ne s'est rien passé entre nous, si c'est ce que tu veux savoir.

J'ai rougi jusqu'aux oreilles. Bien sûr que c'était ce que je voulais savoir, mais je ne pensais pas avoir été si transparente. Mais, peu importe ! C'est comme si un poids s'était soulevé de mon cœur.

On a continué à discuter pendant un long moment. Si long, même, que j'en ai presque oublié où j'étais. On a parlé de nos vacances, de la rentrée, de Simon et Susan...

Puis Betty est venue me trouver pour me dire au revoir, elle devait se rendre à un dîner. Noah est retourné à ses collègues et je ne l'ai plus vu de la soirée. Tout à coup, j'ai eu hâte de me retrouver à la soirée de Jeremy et de reprendre les choses là où l'on venait de les laisser.

Lentement, j'ai fait le tour de tous mes collègues, toutes les personnes que j'avais croisées dans les locaux, celles avec qui j'avais travaillé d'une façon ou d'une autre, en terminant bien sûr par ma chère Carroll. Simon était parti une heure plus tôt, et, quand j'ai quitté les locaux de Black Carpet Productions pour la dernière fois, j'ai essuyé une petite larme. En tout cas, cette journée avait été parfaite sur tous les points, et totalement à l'image de mon stage. Maintenant, il ne me restait plus qu'à profiter de deux semaines entières de vacances ! J'allais pouvoir buller sur la plage, voir mes copines, rattraper mon retard en lecture... Ce soir, c'est sûr, je vais faire de beaux rêves. Il faut juste que je continue d'ignorer les cinq appels manqués laissés par Scott Byrne tout au long de la journée.

# Une bombe

*Samedi 20 août*

Et heureusement que j'ai profité de cette nuit de sommeil. C'était certainement ma dernière nuit paisible avant... un long moment. Le temps que je digère tous les événements depuis mon réveil ce matin. J'ai été réveillée par la sonnerie de mon téléphone, à 7 heures du matin, une heure bien trop matinale pour un samedi. En voyant son nom affiché sur l'écran, j'ai maudit le jour où j'avais donné mon numéro au journaliste. J'avais été tellement excitée à l'idée d'obtenir quelque information sur les Walmsley que j'aurais fait n'importe quoi pour qu'il me prenne au sérieux. J'avais même changé mon message de répondeur au cas où il appellerait. Je ne voulais pas qu'il découvre la mascarade derrière la fausse Chloe Sylvester. Et, sans le savoir, en effaçant mon message personnalisé pour laisser place à la voix générique de l'appareil, j'avais changé le cours de ma vie.

– J'essaie de te joindre sans arrêt depuis hier !
– Hmm...

Encore à moitié endormie, j'avais du mal à suivre le ton surexcité de mon interlocuteur.

– J'espère bien que tu ne me fais pas marcher avec cette histoire... Tu habites avec Daniel Walmsley ? Mais où exactement ? Et pourquoi ?

Je me suis redressée dans mon lit et j'ai bu une grande gorgée d'eau. Il fallait que je sois d'attaque face à cet assaut.

– Scott, vous allez bien vite. Je viens à peine de me réveiller et...

– Mais tu devais bien te douter de ma réaction quand tu m'as envoyé cette bombe ! Si ce que tu dis est vrai...

– Ce que je dis *est* vrai, l'ai-je interrompu sèchement. Si vous voulez que cette conversation continue, vous allez devoir commencer par croire ce que je vous dis.

Silence à l'autre bout de la ligne. Puis, un gros soupir.

– Chloe, je ne suis pas sûr que tu comprennes l'importance de la situation. Ce n'est pas un jeu. L'avenir d'une des plus grandes familles d'Angleterre pourrait être bouleversé si je peux prouver mes soupçons. Un vrai scandale. Ce serait un coup... énorme. Mais je n'ai pas le droit à l'erreur. Sinon, je peux dire adieu à ma carrière.

– Scott, je ne sais pas si vous vous rendez compte, mais il est 7 heures du matin, ici. Autrement dit, il va falloir y aller doucement si vous voulez que je suive.

– Bon, commençons par le commencement. Comment connais-tu Daniel ?

– Ah non non non non non, me suis-je énervée. Avant de répondre à vos questions, j'ai besoin de comprendre certaines choses. Tout d'abord, il me faut la garantie que vous ne nuirez pas à Si... à Daniel.

– Mais c'est impossible ! Si le scandale éclate, cela l'affectera sans aucun doute. Enfin, pas autant que son frère, et que ses parents, mais ça, je ne peux rien y faire.

– Je crois que vous ne m'avez pas très bien comprise. Il n'est pas question que je fasse quoi que ce soit qui pourrait nuire à Daniel. Je ne connais pas les Walmsley, je ne sais pas de quoi ils sont coupables, mais je sais que Daniel ne ferait pas de mal à une mouche.

– On est d'accord là-dessus, a répondu le journaliste, un brin agacé. Et cette histoire ne le concerne pas vraiment, de toute façon, enfin, pas directement. Ce n'est pas de sa faute s'il est né dans cette famille sans scrupules.

– Encore une fois, Scott, vous n'êtes pas très clair. Si vous voulez que je collabore...

Scott a poussé un autre gros soupir.

– Et tu me donneras les coordonnées de Daniel si je t'explique ?

– Vous avez ma parole.

– Bon, que l'on soit clair, tout ceci est strictement confidentiel.

– Bien sûr.

Le journaliste a pris une grande inspiration. Je sentais bien que tout cela lui pesait, il ne pensait sans doute pas que j'allais être aussi difficile. Mais trop de choses pesaient dans la balance pour que je prenne tout cela à la légère.

– Bien. Dès que Paul Walmsley a atteint l'âge adulte, il a commencé à travailler pour l'entreprise familiale. Tout de suite, il a démontré énormément de talent pour les affaires, tout comme son père et son grand-père avant lui. Il était promis à un bel avenir et une grosse fortune s'il continuait ainsi. Puis, il a rencontré Joanna. Elle venait d'une famille tout aussi noble et les médias ne parlaient que d'eux : un couple aussi beau, puissant, riche... Leur mariage s'annonçait comme le mariage du siècle !

J'écoutais avec intérêt. Avec passion, même.

— Et puis, une ombre est arrivée dans le tableau. Paul a rencontré quelqu'un d'autre. La rumeur veut qu'il ait eu une liaison, le temps d'un été.

— Avant son mariage ?

— Oui, deux ans plus tôt. Il y a dix-huit ans environ. Ce fut un secret très bien gardé. Aucun journal n'aurait voulu publier une telle histoire sans preuve tangente. Cela ne valait pas la peine de risquer les foudres de Conrad Walmsley !

— Vous faites tout ça pour prouver que Paul a eu une liaison dix-huit ans plus tôt ?

— Oh non ! C'est bien plus compliqué que cela ! Selon mes sources, il est tombé follement amoureux de la petite. Il voulait quitter Joanna, remettait tout en question...

— Et Joanna, elle était au courant ?

— Difficile à dire... En tout cas, elle l'a épousé. Mais, même si elle était au courant de son infidélité, je doute qu'elle connaisse toute l'histoire.

— Ce n'est pas tout ?

Scott a laissé échapper un rire.

— Ce n'est que le début. C'est là que les parents sont intervenus. Il n'était pas question qu'une petite passade amoureuse vienne perturber leurs projets. Ils avaient envoyé leurs fils dans les plus prestigieuses universités du pays, leur avaient offert un avenir tout tracé au sein de l'empire familial, et il n'était pas question que Paul remette tout en cause en s'entichant d'une roturière !

— Pff, mais Paul avait bien le droit de choisir qui il voulait, non ?

— Oui, sauf que son père a menacé de le déshériter s'il n'épousait pas Joanna, une fille de son « rang ». Paul a réfléchi avant de mettre tout son avenir en danger. Sous la

pression de ses parents, il a rompu avec la jeune fille. Elle est rentrée chez elle avec une belle somme offerte par les Walmsley pour son silence, pour éviter tout scandale.
– Chez elle ?
– Oui, chez elle, à Paris. Elle était venue à Londres pour étudier un été, et avait rencontré Paul dans un bar. Ma gorge s'est asséchée. Mon cœur s'est mis à battre un peu plus vite dans ma poitrine. Toute trace de sommeil s'était évaporée.
– Mais je ne comprends toujours pas pourquoi vous voulez déterrer une histoire vieille de dix-huit ans ?
– Parce que l'histoire n'est pas finie. Au contraire, les conséquences sont en train de se jouer en ce moment même. Mais, pas si vite. La petite est donc rentrée chez elle, et Paul a demandé sa main à Joanna officiellement. Leurs fiançailles ont fait la une de tous les journaux. Tout allait pour le mieux dans le meilleur des mondes pour les Walmsley quand la petite Française a repointé son nez. Elle était enceinte. De Paul.

Ma main s'est crispée sur mon téléphone. Je n'étais pas sûre de vouloir entendre la suite.

– Quand ils ont appris ça, les Walmsley l'ont traitée comme une moins-que-rien, d'après les informations que j'ai pu récolter. Un enfant hors mariage, quelle horreur pour une famille aussi conservatrice ! Et Paul qui était en train de préparer son mariage avec une autre !
– Et qu'est-ce qu'ils ont fait, alors ?
– Ils ont fait ce que les riches font, ma chère. Ils ont acheté son silence. Lui ont interdit de le recontacter. Et Paul n'a jamais voulu reconnaître l'enfant.

– Et l'enfant... c'était une fille ou un garçon ? J'avais posé cette question dans un murmure. Je pouvais à peine respirer.
– Ça, je ne sais pas. D'après mes informations, Paul n'a plus jamais eu de contacts avec la mère, et Daniel, écœuré par le comportement de son frère et de ses parents, aurait décidé de quitter la maison familiale pour toujours. Mais ça, je ne pourrai pas le prouver tant que je ne lui aurai pas parlé.
– Et la mère, vous connaissez son identité ? ai-je prononcé, haletante.
– Ah, mais je ne vais quand même pas tout te dire ! Tu ne crois pas que c'est à ton tour, maintenant ?
– Vous n'avez pas besoin, je le sais. Elle s'appelle Isabelle Fontaine... Et moi, je suis sa fille.

Après avoir raccroché avec M. Byrne, je suis restée allongée sur mon lit, la tête enfouie sous mon oreiller. Deux heures ont passé, peut-être trois. Mon cœur ne voulait pas se calmer, ne voulait pas arrêter de battre la chamade, menaçait d'exploser dans ma poitrine. Des milliers de questions se sont bousculées dans ma tête, mais je n'étais pas en état de les formuler clairement. Puis, dans un effort surhumain, je suis sortie de ma chambre. Je n'avais même pas faim, juste besoin de... Je ne sais pas. Peut-être besoin de quitter la pièce où ma vie venait de faire un 360 degrés.

Simon était dans la cuisine quand je suis descendue. Un instant, j'ai pensé faire demi-tour, courir le plus loin possible de lui, de toutes les questions auxquelles il ne répondrait sans doute pas. Mais il m'a lancé un regard si profond que je suis restée clouée sur place. Puis, il a commencé à parler, d'une voix douce et impossible, comme s'il récitait un discours appris par cœur.

— J'avais dit à ta mère que ce n'était qu'une question de jours, de semaines. Quand Betty t'a remis mon passeport, je savais que la fin était proche. Il ne te faudrait pas très longtemps pour trouver les pièces manquantes. Il y a un feu en toi, que rien ne peut éteindre... Je l'ai dit à Isabelle plus d'une fois : tu n'arrêterais que le jour où tu aurais découvert la vérité sur ton père.

— Paul Walmsley. Ton frère.

Simon a baissé les yeux, comme si le simple fait d'entendre le nom de son frère le faisait souffrir.

— Mais pourquoi ne m'a-t-elle rien dit ?

— Ça, c'est à elle de te l'expliquer. Ne sois pas trop dure envers elle, Violet. C'est... C'est elle la victime dans cette histoire.

J'ai hoché la tête, presque machinalement.

— J'ai quand même une question à te poser. C'est à cause de moi que tu as quitté l'Angleterre ?

Simon a réfléchi quelques instants avant de répondre.

— Oui et non. Je ne pouvais plus vivre dans l'ombre de mon frère et de mon père. Je savais que je n'étais pas comme eux, que je voulais faire autre chose de ma vie. Si j'étais resté à Londres, j'aurais eu beaucoup de mal à briser le moule. Mais sans cette histoire, je ne sais pas si j'aurais vraiment eu le courage de partir. Tu sais, j'étais avec Paul quand il a rencontré ta mère. Elle était si belle, et si craquante avec son accent français. Mais il savait mieux y faire avec les filles et moi, je me suis contenté de notre amitié. On est devenus proches, et j'avais de plus en plus de mal à supporter ce que Paul était en train de lui faire. Son

histoire avec Joanna était sérieuse, ils étaient sur le point de se fiancer, et pourtant, il promettait la lune à Isabelle.
— Mais il n'avait pas l'intention de tenir ses promesses ?
— Non, ça, c'est tout Paul. Il ne voulait pas choisir entre sa future femme — et son avenir confortable — et sa passion pour une belle Française. Je suis resté pétrifié quand j'ai appris que mes parents avaient presque chassé Isabelle de Londres. Elle avait déjà prévu de s'y installer définitivement. Et puis, quand elle a découvert qu'elle était enceinte, et que Paul ne répondait à aucun de ses appels, elle s'est tournée vers moi. J'ai fait tout ce que j'ai pu pour l'aider mais...
— Finalement, tu es parti...
— Oui, mais je ne l'ai pas abandonnée. J'ai tout essayé, mais Paul ne voulait rien entendre. Et puis, j'avais soumis mon travail à un agent d'Hollywood, que j'avais rencontré quand il était de passage à Londres, et il m'avait offert une opportunité que je ne pouvais pas refuser. Tu venais juste de naître. Je suis allé voir ta mère à Paris et c'est de là que j'ai pris l'avion pour Los Angeles...
— Mais tu m'as revue, après ?
— Oui, je suis rentré à Londres, via Paris, pour le mariage de Paul. Je ne sais pas ce que j'imaginais... Je pensais pouvoir le raisonner, le convaincre de tout annuler. Quand j'ai revu ta mère, seule avec son bébé, le cœur encore brisé par la trahison de mon frère... je suis intervenu une nouvelle fois. Mais rien n'y a fait. Quand j'ai compris que ce mariage aurait lieu quoi que je fasse, j'ai repris le premier avion pour Los Angeles...

E-mail de **isafontaine@myemail.com**
à **violetfontaine@myemail.com**
*le dimanche 21 août à 8 h 34*
Sujet : Ton retour à Paris
Violet,
Je sais que beaucoup de questions se bousculent dans ta tête en ce moment… Mais crois-moi quand je te dis que je n'ai jamais souhaité que tu apprennes la vérité de cette façon… J'aurais tellement aimé que les choses se passent autrement… Malheureusement, je ne peux rien changer au passé. En tout cas, il faut que l'on en discute à nouveau de vive voix avant le mariage… Je ne veux pas tout t'expliquer par téléphone et il ne faudrait surtout pas que cela gâche la journée de Simon et Susan !
Pour le moment, le plus important, c'est que tu rentres en France à temps pour la rentrée scolaire. Je vais m'occuper de tous les papiers pour ton inscription, et je compte sur toi pour être prête à repartir avec moi juste après la cérémonie. J'ai bien conscience que cela ne te fera pas plaisir, mais maintenant que tu sais… enfin, que tu sais tout, il n'y a vraiment plus aucune raison que tu restes à Los Angeles.
Je t'appelle très vite pour organiser ton retour à Paris.
Bises,
Maman

# Contrainte et forcée

## *Mardi 23 août*

– Ah ! Mais il n'en est pas question ! a vituperé Zoe à l'autre bout du téléphone. Je viendrai te chercher moi-même, s'il le faut.
– Mais, Zoe, tu comprends ce que je suis en train de vivre ? Dix-sept ans que j'attendais ça. Crois-moi, je n'ai même pas la force de m'habiller !
– Je vais appeler Claire et Maggie et on te traînera là-bas s'il faut.
– *Please !* Je veux juste être tranquille ce soir... Vous vous amuserez sans moi.
– Et moi, je pense que tu as surtout besoin d'oublier cette histoire l'espace d'une soirée. Fais-moi confiance, Violet... Passer le reste de la journée toute seule ne ferait qu'empirer les choses.

Samedi, après ma conversation avec Simon, j'avais envoyé un SMS à Zoe pour lui dire que je ne viendrais pas à la soirée de Jeremy. Elle m'avait appelée dans la foulée, une fois, deux fois, trois fois, jusqu'à ce que je craque et que je décroche. Je pensais qu'elle comprendrait qu'après une telle découverte, aller à une soirée, voir du monde, faire semblant de m'amuser me serait humainement impossible. Mais elle ne voulait rien entendre.

Vingt minutes plus tard, la sonnette d'entrée a retenti. J'ai entendu Susan ouvrir la porte, et, un instant après, Zoe, Maggie et Claire ont déboulé dans ma chambre.

— Ah ! a fait Zoe en pointant mon pyjama du doigt. Je savais que tu mentais. Je te connais maintenant, Violet Fontaine. Tu n'avais aucune intention de venir !

Claire s'est dirigée vers mon armoire et en a sorti la robe que nous avions achetée ensemble.

Maggie a pris place sur mon fauteuil au tissu japonais.

— Si j'étais toi, je capitulerais. À trois contre une, tu ne vas pas gagner cette bataille.

J'ai observé mes trois amies. Dans leurs regards, j'ai lu de la compassion, de l'inquiétude, de la bonté. Elles faisaient ça pour mon bien, un point c'est tout.

— Bon, je ferais mieux de sauter sous la douche.

Claire m'a fait un maquillage époustouflant — *smokey eye* et *tutti quanti* —, Maggie a arrangé mes cheveux en un chignon dont elle seule a le secret, et Zoe a fouillé dans mes tiroirs pour trouver les accessoires à assortir à ma robe.

— Non seulement tu vas t'amuser à cette soirée, mais tu vas être la fille la plus canon de toutes, a annoncé Claire en apportant un dernier coup de pinceau sur mes pommettes.

Je me suis avancée vers le miroir de ma penderie. Hmmm, je devais bien avouer que les filles avaient fait un travail de maître. Il aurait été dommage que Noah ne me voie pas ainsi…

J'ai commencé à me détendre dans la voiture. Les filles étaient surexcitées par la soirée, comme si c'était la dernière de leur vie. Remarquez, il y a un peu de vrai là-dedans. L'année de *senior* est connue pour être une année très chargée, et, même s'il y aura d'autres soirées, d'autres occasions de faire la fête, l'idée de pouvoir s'amuser comme des folles en sachant que l'on n'a aucun devoir à faire – que lundi, on ne sera pas en cours mais à la plage – est particulièrement séduisante. Une soirée de fin d'été a quelque chose de très spécial : c'est la fin d'une époque. Le début d'une autre. Difficile d'oublier que l'été prochain, on prendra toutes des trajectoires complètement différentes, même si, pour le moment, on ne sait pas du tout lesquelles.

Nous sommes arrivées assez tôt, mais les copains de Jeremy étaient déjà dans l'ambiance de la fête. De nouveaux invités surgissaient toutes les deux minutes, les bras chargés de boissons, de provisions, et tout le monde avait l'air parti pour une soirée inoubliable. Le *dance floor* a été pris d'assaut. Personne ne tarissait non plus d'histoires de vacances. De rencontres sympathiques en aventures extrêmes (un des garçons avait fait un saut en parachute une semaine plus tôt !) en passant par les amours passionnels mais de courte durée, les stages fascinants et les anecdotes croustillantes, il n'y aurait jamais assez de quelques heures pour tout se raconter. Puis Mark est arrivé, avec Rebecca à son bras, et j'ai craint un instant que l'ambiance dans notre petite bande ne s'assombrisse. Maggie était dans les bras de Joshua sur la piste, mais elle a tout de suite accouru vers Zoe et moi quand elle l'a repéré.

– *Oh my God*, les filles, vous avez vu ça ?
Zoe m'a lancé un petit clin d'œil discret.
– Quoi ? a-t-elle fait innocemment.
– Mark ! Avec Re-be-cca ! Je n'en crois pas mes yeux !!!
– Où ça ? Zoe gardait un sérieux impeccable.
– Là ! a répondu Maggie en pointant avec son menton. Vous étiez au courant ?

– Pas du tout ! ai-je poursuivi, sous le regard encourageant de Zoe.
– La preuve qu'il n'a vraiment aucun goût. J'espère que ça ne te chagrine pas trop...
Maggie a eu un sourire narquois.
– Tu plaisantes ? Si Mark ne m'avait pas laissée tomber, je n'aurais jamais rencontré Josh ! J'ai vraiment eu de la chance dans mon malheur...
Et puis, comme si de rien n'était, elle est partie retrouver son amoureux, qui l'attendait le sourire aux lèvres. Maggie et Joshua sont parfaits l'un pour l'autre. Et Mark a beau être canon, il ne lui arrive pas à la cheville.

J'étais sur le point de protester, de rappeler à Zoe que, normalement, elle n'aimait pas du tout les mensonges, quand mon amie, semblant lire dans mes pensées, m'a interrompue avec un sourire coquin.
– *A little white lie* [1], ma chère. Ça ne fait pas de mal !

On n'a presque pas vu Claire de la soirée. À la seconde où elle a passé la porte d'entrée dans sa robe ultra-sexy, un véritable nid de garçons s'était formé autour d'elle. Chacun attendait son tour pour danser avec la belle blonde qui riait à gorge déployée et profitait pleinement de son succès. Jeremy était occupé à se comporter en hôte parfait et Zoe ne me lâchait pas d'une semelle : elle avait bien trop peur que je sois envahie par de sombres pensées et que je veuille quitter la soirée plus tôt.
– Tu n'arrêtes pas de regarder vers la porte, m'a-t-elle fait remarquer, soudainement.

---

1. *A little white lie* : littéralement, un petit mensonge blanc. Un mensonge innocent, sans conséquence.

– Oh, je...
– Tu l'attends, c'est ça ?
J'ai fait la moue.
– Tu peux me le dire, tu sais. Je ne vais pas te juger...
– C'est juste qu'hier, à notre pot de départ... J'ai senti quelque chose, tu vois ? Il s'est passé un truc... Je ne sais pas quoi, mais... Je pensais pouvoir explorer ça, ce soir, comprendre si, enfin...
– Il va peut-être venir ?
J'ai consulté ma montre. Elle affichait 23 h 45.
– Hmmm, ça m'étonnerait. Il serait déjà là, non ?
Zoe s'est levée d'un bond et m'a attrapée par la main.
– Allez, viens ! C'est toi qui m'as dit un jour que quand tu danses, tu oublies tout. Et là, je crois que c'est vraiment le moment de danser, non ?
Pendant l'heure qui a suivi, j'ai eu l'impression qu'à chaque pas de danse, mes tracas s'éloignaient un peu plus. Et puis, Claire nous a rejointes.
– Eh, les filles, vous avez vu qui est là ? Lucas Kabrick !
Zoe m'a lancé un regard en biais. Moi non plus, je ne voyais pas pourquoi Claire estimait cette information si intéressante au point de nous la faire partager.
Lucas était au lycée avec nous. Il était en cours avec moi dans plusieurs matières, et, disons qu'il en pinçait un peu pour moi. Je n'avais même pas fait attention, mais Zoe l'avait surpris en train de me jeter de furtifs coups d'œil à plusieurs reprises, et Claire avait remarqué qu'il déjeunait souvent à la table d'à côté à la cafèt', « comme par hasard ». À la fin de l'année, il avait laissé un petit mot dans mon casier, mais il n'avait jamais osé me regarder dans les yeux. Pour être honnête, je le trouvais un peu étrange, mais, à bien y réfléchir, ce n'était certainement qu'une grande timidité de sa part. Mais

le Lucas qui n'avait d'yeux que pour moi était un brin grassouillet, les cheveux trop longs, et il était assez solitaire. En bref, il n'avait rien à voir avec le garçon que Claire était en train de nous pointer du doigt.
– T'es sûre que c'est bien lui ? a demandé Zoe, incrédule.
– Uhuh. Le mec avec qui j'étais en train de danser tout à l'heure m'a dit que c'était un de ses copains. Ils ont fait un stage de surf ensemble tout l'été, et... Et le surf lui a vraiment réussi, on dirait !
Tu m'étonnes ! Les kilos en trop avaient disparu, les cheveux étaient coupés court et Lucas était en train de se marrer avec toute une bande.
– Comme quoi, un été, ça peut changer un homme, m'a fait Claire, en minaudant.
Je lui ai répondu par un regard mi-moqueur, mi-exaspéré.
– Quoi ? a-t-elle rétorqué. Ne me dis pas que ça ne change pas un peu la donne... Je mettrais ma main à couper qu'il est encore fou amoureux de toi !
– D'abord, je ne pense pas qu'il était « fou amoureux de moi ». Il avait un *crush*, c'est tout. Et puis, si tu savais comme les garçons sont à mille lieues de mes pensées, en ce moment !
Je pensais que Zoe me comprendrait, mais elle a abondé dans le sens de Claire.
– Ce soir, peut-être... Mais dans quelques semaines, quand le nouveau Lucas 2.0 te fera les yeux doux en cours d'espagnol ?
Mes deux copines se sont mises à rire, et, bien qu'offusquée au départ, je n'ai pas pu m'empêcher de me joindre à elle. Si seulement j'avais su à ce moment-là que je ne reprendrais pas le chemin d'Albany High à la rentrée, j'aurais certainement trouvé ça beaucoup moins drôle.

# Dans la balance

## *Vendredi 26 août*

Mon « métro-boulot-dodo » aurait dû faire place à de longues balades sur la plage, à des séances de lecture intensives et à des grasses matinées. Au lieu de cela, j'ai passé la semaine enfermée chez moi. À ressasser avec Lou via Skype. À assurer Claire, Maggie et Zoe qu'elles n'avaient pas besoin de passer prendre de mes nouvelles toutes les deux heures. À faire des recherches sur mon p…, enfin, sur Paul Walmsley. À essayer de comprendre un peu quel type d'homme avait pu faire une chose pareille. Mais surtout, surtout, j'ai passé la semaine qui a précédé l'arrivée de maman (elle atterrit demain matin) à la supplier par tous les moyens de bien vouloir changer d'avis.

L'idée de quitter ma vie californienne me donne des cauchemars. Je ne peux pas. Je ne veux pas. Je n'accepterai pas. Maman n'arrête pas de me dire qu'on en reparlera de vive voix quand elle arrivera demain. Qu'elle m'expliquera pourquoi c'est la seule solution.

Et moi qui pensais qu'elle avait accepté de me laisser partir en échange par pure bonté, qu'elle avait soudainement changé d'avis pour mon plaisir personnel, après que je l'ai eu suppliée pendant deux ans. Enfin, ce n'est pas tout à fait vrai. Au fond de moi, je savais bien qu'il devait y avoir une raison. À présent, je connais la vérité : elle avait tout simplement besoin de se débarrasser de moi pour pouvoir régler ses comptes avec mon père en paix. Bien sûr, ce n'est pas ainsi qu'elle l'explique. Mais mon cerveau a été saturé d'informations, ces derniers jours, et c'est tout ce que j'ai retenu de la situation. Et maintenant qu'elle n'a plus *besoin* de me tenir à l'écart, puisque je sais tout, ou presque, eh bien, elle attend de moi que je saute dans le premier avion, rentre à Paris et laisse tout ce que j'ai vécu ces douze derniers mois derrière moi, sans même me retourner. Comme un lointain souvenir. Comme si ça ne comptait pas. Comme si mon séjour ici n'avait été qu'un détail administratif.

Quant à Scott Byrne, il n'a pas eu l'intention de lâcher prise aussi facilement. Après s'être remis du choc initial, il a continué à me contacter par tous les moyens, trop content de la belle prise qu'il venait de faire. Heureusement pour moi, il a accepté que je ne respecte pas ma part du marché. Il n'avait plus besoin de parler à Simon, de toute façon. Je suis la preuve vivante que tous ses soupçons sur le passé de Paul Walmsley sont confirmés. Cet homme décrit comme dur, intraitable en affaires, à la tête d'une fortune colossale, est mon père. Enfin, mon père biologique, car j'ai beau avoir étudié toutes les photos que j'ai trouvées de lui, je ne ressens rien. Aucune émotion. Aucun attachement. C'est un étranger. Et je pense sincèrement que, quoi qu'il puisse se dérouler par la suite, il restera toujours un étranger pour moi. Avec Joanna, sa femme, il a eu deux enfants, des garçons, qui ne se doutent certainement pas de mon existence. Pendant que maman m'élevait toute seule dans notre petit trois-pièces à Paris, Edward et Peter Walmsley avaient une nourrice à plein temps. Quand j'allais à la piscine municipale avec mes grands-parents, ils passaient leurs vacances dans les Baléares ou les îles grecques, et se prélassaient au bord de la piscine de leur villa. Quand je me rendais à pied au collège de mon quartier, les fils de Paul Walmsley étaient conduits par leur chauffeur à la meilleure école privée de Londres. Leur mère était trop occupée avec ses œuvres de charité. La mienne se rendait au travail une heure plus tôt pour pouvoir passer plus de temps avec moi le soir. La vie de mes deux demi-frères est décortiquée dans les tabloïds anglais. La mienne se contente d'être retranscrite dans les pages de mon journal.

À chaque clic sur un article relatant la vie des Walmsley, je comprends un peu mieux ce qu'aurait été ma vie si Paul avait choisi ma mère. Une chose est sûre : je n'ai aucun regret. Pourtant, j'aurais donné n'importe quoi pour connaître mon père. Mais c'était parce que je l'imaginais mystérieux, grand voyageur ou aventurier, un homme qui n'aurait pas su se contenter d'une banale vie de famille. Parfois, je le pensais agent secret : il se tenait éloigné de moi et maman pour nous protéger. Dans tous mes scénarios fantastiques, il était toujours un héros. Jamais je n'ai cru maman quand elle me disait qu'on était mieux sans lui. Qu'il n'avait pas voulu de nous. C'était impossible. Une force surnaturelle devait l'empêcher d'être avec sa famille. Je ne voyais pas d'autre explication. Si j'avais su qu'il vivait une vie tranquille avec son autre famille – l'officielle – à quelques centaines de kilomètres de moi... Toutes ces années à attendre de pouvoir le rencontrer, à espérer, à rêver. Désormais, cela ne m'importe plus. Je sais qu'une vraie famille, ce n'est pas toujours celle avec qui on a des liens du sang. Je sais que l'homme que j'admire le plus au monde, à défaut d'être le père que j'aurais voulu avoir, est un oncle fantastique. Que je ne suis pas la seule à avoir souffert des caprices de la famille Walmsley.

Mais, maintenant que mon passé est élucidé, c'est mon avenir qui pèse dans la balance. Mon héritage. Mon éducation. Mon désir inaltérable de changer le cours des choses pendant qu'il en est encore temps.

# Une confrontation

## *Dimanche 28 août*

L'avion de maman est arrivé à destination avec quatre heures de retard, et, quand Simon et moi sommes allés la chercher à l'aéroport, les retrouvailles ont été un peu tièdes. Maman avait les yeux cernés, le teint pâle, et elle n'était pas d'humeur bavarde. Bien sûr, elle était contente de nous voir, et nous aussi, mais, sitôt arrivée à la maison, elle s'est dirigée vers la chambre d'amis et n'en est ressortie que plusieurs heures plus tard, à l'heure du dîner. Simon et Susan étaient sortis et j'avais décidé de cuisiner, pour une fois. Rien de bien compliqué – une salade composée –, mais j'avais pris des leçons avec le chef de la maison ces derniers mois, et il fallait absolument que je m'occupe l'esprit en attendant que maman sorte de sa chambre.

Quand elle est arrivée dans la cuisine, maman avait meilleure mine. Elle avait pris une douche et passé une petite robe en coton blanc. Ses cheveux étaient humides, et ses yeux, dénués de maquillage, étaient encore marqués. Je crois que c'est à ce moment-là que j'ai vu les choses telles qu'elles étaient : ma mère avait beaucoup souffert depuis qu'elle avait appris qu'elle était enceinte de moi. Je l'avais toujours accusée de me mentir, de me cacher l'identité de mon père, de m'empêcher de le connaître... Mais je n'avais jamais vu la jeune fille amoureuse qui avait eu le cœur brisé, la mère célibataire qui élevait seule sa fille tout en lisant certainement dans les journaux la vie glamour de son ancien amour, et de la femme qu'il avait choisie. Et, pour couronner le tout, elle se battait depuis deux ans pour assurer mon avenir.

Sans dire un mot, maman a sorti deux assiettes, des couverts et est allée mettre la table sur la terrasse. De mon côté, je remuais nerveusement ma salade, mais je n'avais pas imaginé que maman pourrait être tout aussi chamboulée que moi : elle aussi avait dû appréhender nos retrouvailles après ma découverte de toute la vérité – ou presque – sur ma famille et mon passé.

Pourtant, il fallait bien que l'une d'entre nous brise le silence.

– Tu as fait bon voyage ?

– Mmoui... Enfin, hormis le retard et la nourriture qui laissait à désirer... En plus, j'ai dormi quatre heures, en tout...

– Tu devrais pouvoir rattraper ton sommeil, ici...

– Et toi, tu as pu te reposer, cette semaine ? Tu as dû être contente de pouvoir faire la grasse matinée...

– Hmmm, ce n'était pas exactement les vacances que j'avais envisagées.

Maman a hoché la tête, pensive, puis est retournée à sa salade. Je commençais à me tortiller sur ma chaise. Je m'attendais à une explosion, une dispute, des cris, peut-être, mais l'air était résolument paisible entre nous.

– Je m'en veux, tu sais, ai-je laissé échapper dans un long soupir. Je n'aurais jamais dû... Enfin, j'aurais dû t'écouter quand tu me disais qu'il valait mieux que je ne sache pas.

– Je n'arrive toujours pas à comprendre comment ce journaliste a pu te retrouver. Ça fait des années que j'essaie de me débarrasser de lui par tous les moyens, mais je n'aurais pas cru que...
– Euh... ce n'est pas tout à fait comme ça que ça s'est passé...
Maman a relevé la tête, les sourcils froncés, attendant la suite.
– C'est moi qui l'ai contacté...
J'ai crispé les dents, prête à encaisser tous les reproches qui n'allaient pas manquer de suivre. Ses yeux se sont arrondis, puis elle a secoué la tête nerveusement.
– J'aurais dû m'en douter. Simon m'avait prévenue, d'ailleurs. Parfois, j'ai l'impression qu'il te connaît mieux que moi. Peut-être parce qu'il connaît son frère mieux que moi...
La voix de maman s'est brisée. Ses yeux se sont mis à briller, et j'ai eu un pincement au cœur.
– Je suis désolée...
– Ce n'est pas de ta faute... Toute cette histoire, ça a toujours été tellement compliqué. Tu ne peux pas savoir le nombre de fois où j'ai failli craquer. Je voulais que tu saches... mais je savais que ce n'était pas pour ton bien. Il fallait que je te garde éloignée de cette famille le plus possible.
– Et c'est pour ça que tu m'as envoyée chez mon oncle ? ai-je répondu d'un ton plus moqueur que je ne l'aurais souhaité.
Maman a reposé sa fourchette sur son assiette.
– Ce n'était peut-être pas très malin de ma part. Mais, comme je te l'ai expliqué, il fallait que je t'envoie loin... Je ne pouvais pas m'occuper de tout ça tant que tu étais sous

mon toit. Tu aurais posé trop de questions. Et puis, c'est Simon qui me l'a proposé... Je crois qu'il était triste de ne t'avoir vue grandir que par le biais des photos que je lui envoyais.

Je me suis levée d'un bond et ai attrapé les assiettes, désormais vides. Il me fallait une excuse pour quitter la table. Il fallait que je cesse de poser des questions, de remuer le couteau dans la plaie. Maman m'avait déjà expliqué la situation au téléphone.

Plus je grandissais, plus maman regrettait d'avoir accepté une simple somme d'argent en échange de son silence sur sa relation avec Paul Walmsley. Pendant mon adolescence, elle avait eu de plus en plus de mal à joindre les deux bouts. De son côté, mon père venait d'être nommé P-DG de l'empire Walmsley, à la place de son père qui prenait sa retraite, et s'enrichissait chaque jour. De temps à autre, un journaliste cherchait à la joindre pour entendre sa version des faits. Imaginez un peu ! Si ma mère avait accepté de témoigner, cela aurait eu l'effet d'un véritable tremblement de terre médiatique ! Mais maman avait toujours refusé, et elle tenait bon. Elle avait fait une promesse, avait accepté l'argent des Walmsley, et craignait surtout que cela puisse me nuire. Notre tranquillité aurait été perturbée pour toujours. Et puis, un jour, en lisant un article sur la fortune Walmsley, elle avait appris le montant de la somme estimée que les fils de Paul allaient toucher à leur majorité. Celui-ci était exorbitant et mis de côté pour leur éducation sur un compte épargne qui atteignait, soi-disant, un chiffre à six zéros pour chacun. Le compte serait bloqué de façon à ce qu'ils ne puissent pas dilapider tout leur héritage, mais, d'une façon ou d'une autre, leur avenir était assuré. Maman avait pleuré de rage en lisant cela. Elle avait 22 ans quand elle avait appris qu'elle était enceinte, et, à l'époque, elle s'était surtout préoccupée du fait qu'elle allait avoir un bébé toute seule. Mais, des années plus tard, elle commençait à regretter de ne pas avoir demandé plus. Exigé des Walmsley qu'ils me traitent comme l'une des leurs. Que mon père me reconnaisse comme sa fille. Alors, quinze ans environ après leur idylle, ma mère avait repris contact avec Paul. Bien sûr, cela n'avait pas été simple. Impossible, même. Il avait une femme et deux enfants qui ne se doutaient de rien, et il n'était pas question qu'une petite amourette de jeunesse vienne lui gâcher la vie. Elle avait persisté, et demandé l'aide de Simon. Ce fut peine perdue. Il lui avait fallu d'abord se frotter au bataillon de secrétaires du P-DG. Elle n'avait même pas réussi à lui parler de vive voix. Simon non plus. Les deux frères ne s'étaient quasiment pas adressé la parole depuis que Simon avait fui le mariage de Paul et Joanna – éveillant les soupçons de cette dernière. Maman avait failli abandonner plus d'une fois, mais, quand j'avais commencé à aborder avec elle la possibilité de rentrer dans une école de journalisme, sa motivation avait pris un nouveau tournant : il n'était pas question que mes rêves soient brisés pour une question d'argent, alors qu'Edward et Peter conduiraient des voitures de luxe dès leur dix-huitième anniversaire. À force de rejets, elle avait compris qu'une seule et unique chose fonctionnerait pour attirer l'attention de mon père : la menace. Quand Scott Byrne l'avait contactée à nouveau pour obtenir son témoignage, au lieu de lui dire non, elle l'avait laissé lui proposer une importante somme d'argent pour l'exclusivité de son histoire. Maman n'avait aucune intention d'accepter, elle ne voulait pas tomber aussi bas, mais elle avait désormais une nouvelle arme à son arc. C'est seulement à ce moment-là que mon père avait bien voulu la recevoir. Mais il avait refusé de céder et avait fait traîner les choses. Maman avait embauché un avocat, à Londres, et de très longues négociations avaient été entamées. Malheureusement pour elle, au même moment, plusieurs journaux avaient menacé de publier l'histoire. Elle avait donc décidé de m'envoyer à l'étranger. Elle ne voulait pas que je me retrouve soudainement au milieu de cette bataille juridique et médiatique. Je la suppliais d'ailleurs depuis plus d'un an de me laisser partir en échange aux États-Unis et elle avait sauté sur l'occasion quand Simon lui avait parlé d'un lycée très réputé situé près de chez lui. Voilà comment mes aventures à Los Angeles avaient débuté.

Un sentiment de honte m'a traversée. Sans le savoir, en voulant assouvir mon désir de connaître mon père, j'avais failli gâcher tout ce que maman avait mis en œuvre depuis plus de deux ans.

– Tu as bien fait, ai-je finalement avoué, en ressortant sur la terrasse. J'aurais certainement tout fait pour te mettre des bâtons dans les roues, tant je t'en voulais.

– Et maintenant ? a-t-elle demandé, d'un ton plein d'espoir.

– Maintenant, je me rends compte que je me suis trompée de cible toutes ces années.

Une larme a glissé sur sa joue. Ma gorge s'est serrée. Je n'y tenais plus : passant de l'autre côté de la table, j'ai pris ma mère dans mes bras. J'avais un discours tout préparé pour elle. Et des questions, tellement de questions. Mais pour le moment, je ne pouvais pas prononcer un mot de plus.

Ce matin, l'ambiance à la maison était un peu plus légère. J'ai trouvé Simon, Susan et maman autour de la table de la cuisine, en train de déguster les fameux pancakes de notre chef cuistot. Susan dressait une liste de toutes les tâches qu'il lui restait à accomplir avant le mariage et maman, un peu plus souriante après une bonne nuit de sommeil, lui a proposé son aide.

— Oh, non ! s'est exclamée la future mariée. Tu as bien trop à t'occuper...

Elle m'a jeté un coup d'œil et s'est tue sur-le-champ. Simon a cru bon de lui rappeler la situation.

— Violet est au courant, maintenant...

Susan a observé son fiancé, puis maman, et a repris.

— Dans ce cas... Sur ma *todo list*[1], il y a aussi... le plan de table à parfaire. Pas facile quand on ne connaît toujours pas le nombre d'invités...

— Il ne viendra pas, a lancé maman, sèchement.

— Attendez une seconde, ai-je interrompu. Vous parlez de lui ? Il devait venir au mariage ? Ma voix était montée d'un cran. J'avais complètement oublié ce que Lou m'avait raconté à la suite de l'enterrement de jeune fille de Susan. Je n'avais même pas réfléchi au fait que j'allais peut-être – enfin – rencontrer mon père. Ou pas.

— Même pas pour le mariage de son seul frère ? ai-je protesté.

— Même pas pour rencontrer sa fille, a répondu Simon dans un souffle.

Maman a baissé la tête et s'est mise à observer ses pancakes avec la plus grande attention. Puis, elle s'est relevée sans dire un mot et a quitté la pièce.

---

1. *Todo list* : liste des choses à faire.

– C'est très dur pour ta mère, tu sais... L'argent, c'est une chose... Mais, ça fait des mois qu'elle le supplie de bien vouloir venir à Los Angeles. Pour notre mariage, bien sûr, mais aussi pour qu'il te rencontre, enfin. Elle espérait que, s'il pouvait apprendre à te connaître, il serait plus ouvert... plus compréhensif. Et puis, ici, il n'aurait pas à craindre les paparazzi, le scandale...
– Il reste encore quelques jours... ai-je contesté.
Simon a pris ma main dans la sienne.
– N'y compte pas trop, ma belle. Ton père est un vrai Walmsley : quand il a une idée en tête...
– Hmm, je crois que je tiens ça de lui.
Mon oncle a eu un faible sourire, mais, en réalité, je n'étais pas du tout d'humeur à plaisanter. Je suis remontée dans ma chambre. J'avais besoin de réfléchir à tête reposée. Et j'avais surtout besoin de demander conseil à la seule et unique personne qui saurait quoi faire à ma place.

Lou a affiché une mine désolée.
– Je ne sais pas si je vais être très objective... Ce serait génial de t'avoir à nouveau à Paris... On pourrait se voir tous les week-ends, tu pourrais venir en vacances en Corse chez mes parents...
Mon cœur s'est accéléré. Je n'avais pas envie de prendre une décision. De choisir entre mes deux pays, mes deux amours. Mais le temps me manquait. Maman voulait que je rentre avec elle après le mariage. Si tout se passait comme elle l'avait prévu, j'étais en train de vivre ma dernière semaine à Los Angeles. Ma dernière semaine avec Zoe, Maggie, Claire. Ma dernière semaine à partager le toit de Simon et Susan. Je ne reverrais pas les locaux d'Albany High. Je n'écrirais plus jamais d'autre article pour l'*Albany*

*Star*. Non, non, ce n'était pas possible. Lou avait suivi le même cheminement de pensée.

– Mais en même temps, ce que tu es en train de vivre… c'est… c'est hors du commun, voilà tout. Et imagine, avec l'argent de ton père, entrer dans une grande université américaine ne serait plus un rêve lointain…

– Enfin, ce n'est pas encore fait… Et s'il changeait d'avis tout d'un coup ?

Lou a secoué la tête.

– Il n'a plus le choix, maintenant, il ne peut plus reculer. D'après ce que tu m'as raconté, le scandale va éclater d'une façon ou d'une autre. Imagine ce que les gens penseront s'ils apprennent que le vénéré Paul Walmsley refuse de subvenir aux besoins de sa fille ? Non, ta mère va obtenir gain de cause, c'est sûr…

– Hmmm, et c'est bien pour cela qu'elle veut que je rentre. Elle n'a plus de raison de me tenir à l'écart… Oh, Lou, je ne sais pas quoi faire ! Je savais bien qu'il faudrait que je rentre à Paris un jour ou l'autre, mais rien que l'idée de monter dans l'avion me donne le vertige.

– Violet, il faut que tu écoutes ton cœur. S'il te dit que tu dois rester à LA, je te fais confiance, tu arriveras à convaincre ta mère…

Après avoir raccroché avec Lou, j'ai décidé d'aller faire une balade sur la plage. S'il ne me restait que quelques jours à vivre en Californie, il fallait que j'en profite au maximum. Chacun de mes pas sur le sable chaud m'a semblé peser une tonne. J'ai marché dans l'eau. À Paris, il n'y aurait pas d'océan à l'eau bleue, transparente, et tiède tout l'été. Il n'y aurait pas de palmiers, d'été indien, de Noël à la plage. Mais Paris est Paris et je mentirais si je disais que ma ville natale ne m'a pas beaucoup manqué depuis que je suis à Santa Monica. Les pains au chocolat sortis du four de la boulangerie de mon quartier. Le jardin du Luxembourg, où maman m'emmenait faire une balade tous les dimanches quand j'étais petite. Les petites rues pavées si romantiques où j'avais échangé mon premier baiser avec Louis, mon premier petit copain. Bon, certes, ça avait duré deux semaines, mais ce baiser resterait toujours gravé dans ma mémoire. Et Lou, ma Lou... On avait parlé de ces vacances en Corse des dizaines de fois. Si je n'étais pas partie... Et maman... Comment pourrais-je la laisser repartir seule ? Maintenant que je sais qu'elle ne m'a envoyée ici que pour mon bien, pour assurer mon avenir. Maintenant que je comprends la solitude qu'elle a traversée, si loin de moi. Je suis sa famille. Mais à LA, il y a Zoe, Maggie, Claire. Il y a Noah aussi. Il y a une vie si différente, si excitante, que je ne pourrai jamais lui tourner le dos. Et, comme me l'a rappelé Lou, avec l'argent de mon père, mon avenir s'ouvre désormais sur un jour nouveau. Les possibilités sont sans limites. Comment pourrais-je ne pas les explorer ?

Quand je suis rentrée à la maison, maman était allongée sur le canapé, et parcourait les vieux albums photo de Simon. Il en avait apporté un, et un seul, de sa vie en Angleterre. Il y avait des photos de maman, Simon et Paul tous ensemble, heureux, jeunes et insouciants. D'ailleurs, dans un moment de faiblesse, Simon m'en avait montré une, quelques mois après mon arrivée. Tellement d'eau a coulé sous les ponts depuis. Perdue dans ses souvenirs de jeunesse, maman avait l'air si fragile...

– Maman, il faut que je te parle.

Elle a relevé la tête brusquement, elle ne m'avait pas entendue rentrer. Discrètement, elle a glissé un mouchoir froissé dans sa poche.

– J'ai bien réfléchi et… tu as raison. Il est temps que je rentre à la maison.

E-mail de **clairepearson@mymailbox.com**
à **violetfontaine@myemail.com**, **zoemiller@mailme.com**, **maggiebarrow@myemail.com**
*Le mardi 30 août à 12 h 34*
Sujet : J-7 !!!
Wow, wow, wow, les filles ! Devinez où on sera dans une semaine exactement ??? Moi, je dis qu'il faut qu'on marque le coup pour notre premier déj' de *seniors*. Une virée chez Cookie, ça vous tente ? Et, soyons folles ! Je propose qu'on commande tous les desserts de la carte. Pour faire passer la rentrée en douceur…

Bon, allez, plus qu'une semaine de farniente. La plage m'appelle, j'y retourne !
Claire XOXO

PS : Violet, on attend tous les détails du mariage du siècle avec IMPATIENCE !

# Le calme avant la tempête

## Jeudi 1er septembre

Cette semaine, la maison a été transformée en une véritable base militaire. Une base militaire avec des rubans et des petits sachets de confiserie, mais une base militaire quand même. Kristen, Jessica et Lydia, les autres demoiselles d'honneur et moi avons pris nos quartiers dans le salon. Chacun de nos moments de liberté a été mis à contribution. C'est qu'il reste mille et une petites choses à faire et que le jour J approche à grands pas. Même le marié est désormais impliqué à 100 %. Maman, elle aussi, file un coup de main dès que possible. Elle et Susan sont devenues très proches en l'espace de quelques jours et j'ai l'impression que cela fait très plaisir à chacune : Susan sait à quel point maman et moi comptons pour Simon et maman a grand besoin de s'investir dans un projet qui la distrait des appels quotidiens de son avocat.

Quant à moi… eh bien, même si j'ai fait de mon mieux pour être une parfaite demoiselle d'honneur, la future mariée m'a intimé d'aller voir ailleurs si elle y était. Je l'ai déjà aidée du mieux que j'ai pu ces derniers mois, et, en ce moment, elle a plus d'« assistantes » qu'il n'en faut. Je n'ai pas demandé mon reste car j'avais envie de m'éclipser et de profiter de moments rien qu'à moi. Cela dit, mon désir de solitude n'a duré qu'un temps. Après une longue balade sur la plage, des tours en bus aux quatre coins de la ville pour m'imprégner une dernière fois de son atmosphère et une séance de lèche-vitrines dans le quartier de mes boutiques préférées, je suis allée retrouver les filles. Zoe et Maggie ont délaissé leurs amoureux le temps d'après-midi bronzette autour de la piscine – celle de Maggie – et de papotages à tout-va. Mes trois amies étaient détendues, légèrement bronzées et avaient un moral d'enfer avant la rentrée. Zoe avait hâte de retrouver son Jeremy tous les jours au lycée, Maggie avait du mal à cacher son amour pour Joshua, et Claire nous délectait des SMS envoyés par son plus récent admirateur, rencontré à la soirée de Jeremy. Et moi, je les écoutais tout en essayant de prendre des « photos » avec ma mémoire. Clic, un plongeon dans la piscine. Clic, Maggie dans son maillot ultra-chic. Clic, Zoe qui rit à gorge déployée à une blague de Claire. Clic, une eau turquoise sous le soleil de fin d'été. Quoi qu'il arrive, j'emporterais avec moi ces délicieux moments passés avec mes amies californiennes. Je sais, j'aurais dû le leur dire. J'aurais dû les prévenir du « léger » changement de situation. Il allait bien falloir que je le fasse à un moment ou un autre, non ? Je n'allais pas partir comme une voleuse… Quoique… Les au revoir, ça n'a jamais été mon truc. Je ne sais pas quoi faire, je ne sais pas quoi dire. J'ai peur d'éclater en sanglots et de mettre tout le monde mal à l'aise. D'ailleurs, quand je suis partie précipitamment pour Los Angeles en juillet dernier, Lou et moi n'avons pas eu la chance de nous dire au revoir. Quand maman a décidé de m'envoyer le plus loin possible à la dernière minute, ma meilleure amie était déjà partie en Corse avec sa famille, comme tous les étés. Nos poignants adieux se sont faits par téléphone. Sur le moment, j'ai eu beaucoup de mal à l'accepter, mais c'était peut-être mieux, finalement. Aurais-je vraiment eu le courage de partir si j'avais lu toute la tristesse dans ses yeux ? Et voilà que, maintenant, je me trouvais dans la même situation avec Zoe, Maggie et Claire. Il allait falloir guetter le bon moment, tout en sachant que le bon moment n'arriverait sans doute jamais. En attendant, je jouais le jeu. Je participais aux conversations sur la rentrée, sur nos futurs déjeuners à quatre, sur l'*evil trio*, sur *Homecoming*, le bal de rentrée… Et, ma foi, je crois m'être bien débrouillée. Aussi, quand Maggie m'a demandé si j'allais essayer de nouer des liens avec Lucas à la rentrée, je lui ai répondu, sans réfléchir, que ce n'était pas une mauvaise idée du tout. Au moins, pendant que je pensais à ma rentrée fictive à Albany High, je n'avais pas à réfléchir à ce qui m'attendait à Paris. Soit un véritable brouillard pour le moment. Maman et moi n'avons pas discuté des détails et je crois bien que ça la met mal à l'aise autant que moi. Ma place est avec elle à Paris, mais ma vie… ma vie est indéniablement ici.

J'étais tellement perdue dans mes pensées en descendant du bus qui me ramenait de chez Maggie en fin d'après-midi que je ne l'ai même pas vu, assis sur le banc de l'arrêt de bus. Et puis, quand je l'ai reconnu, il a fallu que je me pince pour m'assurer que c'était bien lui.

— Simon m'a dit que je pourrais certainement te trouver ici… Tu as quelques minutes à m'accorder ?

Incapable de prononcer un mot, j'ai fait signe que oui. Noah m'a entraînée vers la plage.

— Je suis passé chez toi pour te dire, enfin, te demander plutôt, si je pouvais toujours venir au mariage. J'y ai beaucoup réfléchi depuis que l'on a quitté BCP et, si l'invitation tient toujours…

Noah n'a pas osé relever la tête pour croiser mon regard. Le mien restait de toute façon bien ancré sur mes pieds qui foulaient le sable.

– Elle tient toujours... ai-je répondu dans un souffle.

Il y a eu un long silence, alors que nous marchions sur la plage. J'avais une envie folle de m'emballer, mais je me suis interdit de me poser toute question.

– J'ai aussi beaucoup pensé à toi, à nous... Et... je crois que j'ai été un peu dur envers toi.

J'ai enfin relevé les yeux. Noah m'observait tout en marchant.

– Dis quelque chose, a-t-il lancé dans un petit rire nerveux.

– C'est que... je ne sais pas quoi dire. Tu vois, ça m'arrive de savoir me taire !

Noah a laissé échapper un rire. Et il est redevenu le garçon drôle et tendre dont j'étais tombée amoureuse.

– Tu n'es pas quelqu'un d'ordinaire, Violet Fontaine !

– Je crois bien que c'est le meilleur compliment que tu puisses me faire...

Pour toute réponse, Noah a pris ma main dans la sienne. Des frissons ont parcouru tout mon corps.

– Tu as intérêt à dégainer ton plus beau costume !

– Je l'ai déjà sorti de mon armoire. Par contre, je vais avoir besoin de ton aide pour le choix de la cravate...

Nous avons continué à marcher en silence, main dans la main, pendant quelques instants. J'en ai profité pour tout oublier – notre passé quelque peu mouvementé et mon avenir incertain – pour me concentrer sur l'instant présent.

– J'ai bien l'impression que le coucher de soleil va être spectaculaire ! a fait remarquer Noah en levant la tête vers le ciel rougissant.

– Eh bien, il n'est pas question de le rater, alors.

J'ai sorti ma serviette de plage de mon sac et l'ai installée sur le sable. Nous sommes tombés dessus en même temps, et, sans que j'aie eu le temps de comprendre ce qui se passait, Noah se penchait sur moi pour m'embrasser. Les frissons ont repris de plus belle.

– Je sais que c'est beaucoup demander, a-t-il repris après le baiser le plus sensuel que nous ayons jamais partagé, mais est-ce que tu crois que tu pourrais me donner une nouvelle chance ?

Les larmes me sont montées aux yeux.

– J'aimerais pouvoir te donner une nouvelle chance, mais... tu arrives un peu trop tard. Lundi, je serai dans l'avion pour Paris.

Le choc affiché de Noah l'a laissé sans voix. Alors, je lui ai tout raconté. Mon père. La raison pour laquelle ma mère m'avait laissée partir en Californie. Le choix que j'avais fait... Noah est resté silencieux pendant tout mon discours. Et puis, tout à coup, son visage s'est éclairé.

– Eh bien, ça nous laisse encore quatre jours pour profiter l'un de l'autre, non ?

E-mail de **paul.walmsley@walmsleyltd.co.uk**
à **violetfontaine@myemail.com**
*le vendredi 2 septembre à 14 h 23*
Sujet : Message de Paul Walmsley
Chère Violet,
Je tenais à t'écrire personnellement pour t'informer que, suite à de nombreuses discussions avec Isabelle, j'ai décidé de céder à sa requête. En tant que Walmsley, tu auras donc droit à tous les avantages financiers dont mes deux fils, Peter et Edward, vont bénéficier. Mon avocat veillera à

tous les détails administratifs et te contactera pour te préciser les montants et te donner accès à ton compte dès tes 18 ans.

J'espère cependant que tu comprendras que mon investissement dans ta vie s'arrêtera là. D'après ce que j'ai pu entendre de la part de Daniel et Isabelle, tu es une jeune fille créative, intelligente et promise à un bel avenir. Mais, pour préserver le bien-être de ma famille, je ne pourrai pas t'apporter plus. C'est aussi dans cette optique que j'ai décidé de ne pas me déplacer à Los Angeles pour le mariage de mon frère, à qui je souhaite néanmoins beaucoup de bonheur. Je suis ravi de savoir que tu as trouvé en lui la figure paternelle qui t'a toujours manqué.

Bien à toi,
Paul Walmsley

# Le W-day

## *Dimanche 4 septembre*

– Pour tes yeux, je vois un *smokey* dans les tons bruns-rose et la bouche, *nude* ou rose pâle. On reste chic et sophistiqué, dans l'esprit de la robe.

Ayesha, la maquilleuse recrutée par Susan, s'affairait autour de moi. Elle venait de terminer le maquillage de Jessica, et je savais que je pouvais lui faire confiance les yeux fermés : la nièce de Susan était magnifique. Mais pas autant que la mariée, bien sûr, que Mitchell, son coiffeur, était en train de bombarder de laque.

– Bon, avec tout ça, tu peux danser jusqu'au bout de la nuit, ça ne bougera pas !

Susan affichait un sourire béat et l'écoutait d'une oreille distraite. Elle avait été assez nerveuse ces derniers jours, à vérifier les derniers détails, régler les problèmes de dernière minute et s'assurer que tout allait bien se dérouler comme elle le souhaitait. Mais, le matin de son mariage, elle était d'un calme infini.

Simon avait passé la nuit chez un ami, et notre maison avait été prise d'assaut par les demoiselles d'honneur et l'équipe de coiffeurs et maquilleuses : Mitchell et Ayesha étaient chacun venus avec leur assistant. Maman avait organisé la livraison de mini-sandwiches et de boissons, pour que l'on puisse se ravitailler tout en se préparant pour ce jour si magique. J'ai savouré ce moment entre filles : le calme relatif avant la tempête, les fous rires entre Lydia, Kristen et Susan, l'ambiance détendue... On aurait pu croire qu'il s'agissait simplement d'une après-midi *girly*, et pas du plus beau jour de l'une d'entre nous.

Et quand, une fois maquillée et coiffée, Susan est réapparue dans sa robe de mariée, j'ai failli fondre en larmes. Elle était si belle ! Mais Ayesha avait passé quarante-cinq minutes sur mes yeux de biche et mon teint zéro défaut et il n'était pas question que je gâche son beau travail.

Et puis, ce fut mon tour d'enfiler ma robe. J'avais beau l'avoir essayée une douzaine de fois, je n'ai pu réprimer un petit cri en m'apercevant dans le miroir. Avec mes cheveux bouclés à la perfection, mon léger maquillage de soirée et les superbes sandales argentées que j'avais achetées avec Susan, l'effet était époustouflant. J'avais hâte de voir la tête de Noah quand je ferais mon entrée. Mon petit doigt me disait qu'il allait rester bouche bée. Quand elle m'a vue, maman m'a prise dans ses bras.

– Je crois qu'il est temps que j'arrête de te considérer comme une petite fille. Tu es une vraie jeune femme maintenant !

Le mariage n'avait pas encore commencé, et je devais me mordre l'intérieur de la joue pour ne pas craquer. Ne pas craquer. Profiter de ce jour comme si c'était le dernier. Profiter de ce jour *parce que* c'était le dernier.

Simon, lui, n'avait pas ma petite astuce. À la seconde où la mariée est apparue, ses yeux se sont noyés de larmes. La veille, je lui avais montré l'e-mail reçu par son frère. Simon l'avait balayé d'un revers de la main.

– Isabelle et toi êtes là, et c'est toute la famille dont j'ai besoin. Et puis, demain, j'épouse la femme de ma vie. Il n'y a que ça qui compte, non ?

Brian, son ami scénariste avec qui il collabore régulièrement – et que j'avais croisé plusieurs fois chez BCP –, s'est précipité pour lui offrir un mouchoir. Finalement, mon père avait raison : je n'ai pas besoin de lui dans ma vie, j'ai déjà toute la famille qu'il me faut.

J'avais déjà vu Noah en costume à la prom de fin d'année, mais j'ai quand même été subjuguée par la classe de mon cavalier. Noah passe le plus clair de son temps en jean et en basket, ou en short et en tongs, pendant l'été, mais il porte la cravate comme personne.

– Vous formez un très joli couple, m'a chuchoté maman plus tard dans la soirée alors que je revenais d'un rock endiablé au bras de mon amoureux.

Et ce n'est pas moi qui allais la contredire. Ma chère maman aussi était radieuse. La veille, elle avait accompagné Susan et Lydia pour un massage dans un des instituts les plus réputés de la ville. Puis, les filles avaient passé trois heures à se faire bichonner : manucure, pédicure, soins du visage... Maman avait paru rajeunie de cinq ans en rentrant. Comme si elle avait laissé tous ses soucis à Paris. Ou plutôt comme si elle venait de sortir victorieuse d'une longue bataille, et pouvait enfin souffler. Dans sa valise, elle avait pris deux robes pour l'occasion, et, fait rarissime, on était tombées d'accord sur la même : une délicieuse robe émeraude en soie toute légère, cache-cœur avec des petites manches courtes. Avec ses cheveux arrangés en un chignon un peu flou et son maquillage raffiné, elle était bien plus belle que je ne l'avais vue ces dernières années.

Rien d'étonnant alors que les quelques copains célibataires de Simon se soient relayés pour la faire rire et danser tout au long de la soirée. Les mariés ont fait un discours hilarant, les invités ont fait chauffer la piste de danse et le gâteau était tellement délicieux que j'en ai avalé deux parts. En cachette. Et Noah ne m'a pas quittée de la soirée, me rappelant que j'étais absolument sublime. Le genre de soirée qui ne devrait jamais avoir de fin.

Et le réveil n'en a été que plus brutal ce matin. Depuis dix heures, je tourne dans ma chambre comme une lionne en cage. À mes pieds gisent mes deux valises. À moitié pleines, ou à moitié vides, c'est selon, mais les faits sont là : elles sont comme moi, pas encore prêtes à partir. Face à la montagne de vêtements qui jonchent le sol de ma chambre, je me demande si tout cela n'a pas été qu'un incroyable rêve. Simon et Susan sont eux aussi dans les bagages. Ils partent pour Hawaï, pour leur lune de miel, dans deux heures. Je devrais être en bas, à profiter de ces derniers instants avec eux. Je devrais leur dire que leur mariage a été le jour le plus féerique de mon séjour à LA. Que cette aventure n'aurait jamais été aussi formidable sans eux. Mais, pour l'instant, je n'en ai pas encore eu le courage. Après leur départ, j'irai retrouver mes copines, qui ne se doutent pas encore de la tournure mélancolique que notre soirée va prendre. J'imagine qu'il y aura des larmes, des promesses, dont certaines, sans doute, ne seront pas tenues. Je ne sais pas encore ce que je vais leur dire. Comment leur expliquer ? Je ne le saurai sans doute toujours pas quand Zoe ouvrira la porte dans un éclat de rire. Quand Claire me racontera la super soirée où nous sommes toutes invitées dans quelques jours. Quand Maggie me demandera mon avis sur sa tenue de rentrée. Comment leur dire au revoir ? Comment tourner la page quand on a la conviction intime que l'aventure n'est pas terminée ?

*Violet Fontaine*

# LE DICO DES FILLES 2013 C'EST...
## PLUS DE 200 MOTS EXPLIQUÉS AUX FILLES, DE ACNÉ À ZEN.
## UN CAHIER DE TENDANCES IRRÉSISTIBLE !

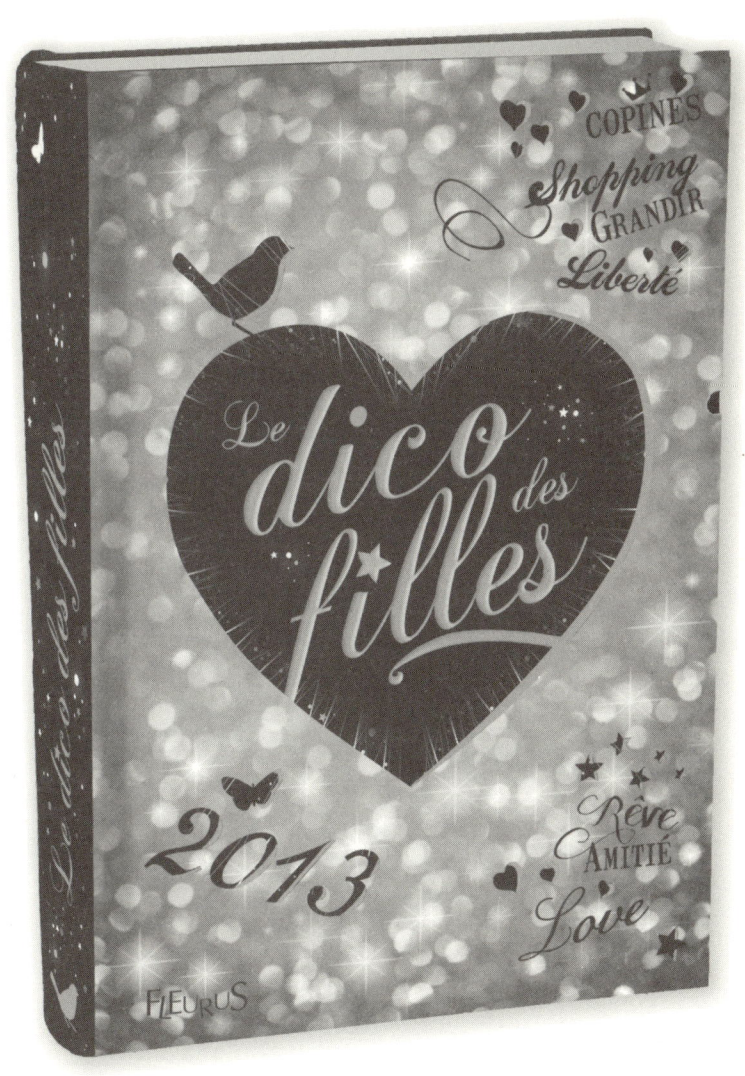

*Et un jeu-concours pour gagner une vraie parure en or !*

FLEURUS

20,90 €

# Le roman des filles

Avez-vous lu *Confidences, SMS et prince charmant !*, *Amours, avalanches et trahisons !*, *Amitié, Shakespeare et jalousie !*, *Grandes vacances, peines de cœur et Irish love !* et *Soupçons, scandale et embrasse-moi !* que toutes les filles s'arrachent ?

Quatre filles, quatre caractères différents, une amitié plus forte que tout. Découvrez comment la douce Lily, la passionnée Chiara, la flamboyante Mélisande et l'impétueuse Maëlle ont fait connaissance, suivez leurs aventures, leurs disputes, leurs réconciliations et leurs amours tumultueuses !

12,90 €

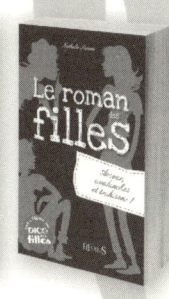

FLEURUS

Composition et mise en pages : Facompo, Lisieux
Achevé d'imprimer en août 2012
par Rodesa (Espagne)
Dépôt légal : septembre 2012